Jennifer Alice Jager

Rising

Terra #2

Weitere Bücher von Jennifer Alice Jager im Arena Verlag:
Awakening. Terra #1
Windborn. Erbin von Asche und Sturm

Jennifer Alice Jager schrieb ihr erstes Buch während der Ausbildung zur Mediengestalterin. Schnell erlangte sie Bekanntheit durch ihre erfolgreichen Märchenadaptionen und Fantasyromane bei Carlsen Impress. Nachdem sie eine Zeit lang in Japan lebte, wohnt sie heute wieder in ihrer Heimat, dem Saarland, widmet sich hauptberuflich dem Schreiben und verbringt ihre Freizeit am liebsten mit ihren Tieren in der freien Natur.

Jennifer Alice Jager

RISING

TERRA #2

Arena

MIX
Papier aus verantwortungsvollen Quellen
FSC® C110508
FSC www.fsc.org

1. Auflage 2019

Dieses Werk wurde vermittelt durch die Michael Meller
Literary Agency GmbH, München.
Covergestaltung: Isabelle Hirtz, Inkcraft, unter Verwendung mehrerer
Motive von Shutterstock (© denisgo, Stock-Asso,
OpsimathPhotography) und istock (© gremlin, kparis)
Layout und Satz: Malte Ritter, Berlin
Gesamtherstellung: Westermann Druck Zwickau GmbH
ISBN 978-3-401-60493-0

見ざる 言わざる 聞かざる

Für all jene, die Ohren, Mund und Augen
nicht vor dem Leid verschließen, das unser
Wohlstand für andere bedeutet.

Because
#thereisnoplanetb

KAPITEL 1

YOUNES

TAG 3: MO, 20:00 UHR,
NASHVILLE CONSERVATION RESERVE, KANADA

Die Männer von Elekreen waren ihnen dicht auf den Fersen. Younes' Atem hetzte. Seine Kraft ließ langsam nach und es fiel ihm immer schwerer, seinen Bruder zu halten. Doch Aufgeben kam für ihn nicht infrage.

Er warf einen Blick zurück und erkannte, dass sie eine Blutspur quer durch den Wald zogen. Bei Tageslicht hätten ihre Verfolger sie dadurch problemlos finden können. Doch der Abend war bereits angebrochen und das verschaffte ihnen die nötige Zeit.

Im Dämmerlicht war es für Younes schwer, etwas zu erkennen. Immer wieder stolperte er über Wurzeln, Äste schlugen ihm ins Gesicht und versperrten ihm den Weg.

Er schloss seine Hand fester um Samuels Arm, als er ihm zu entgleiten drohte. Sein Bruder hielt sich kaum noch auf den Beinen. Kraftlos hing er zwischen Younes und Chloe und aus der Wunde, die sie nur notdürftig versorgt hatten, strömte weiter Blut. Die Angst, er würde jeden Moment zusammenbrechen, war erstickend.

Younes schaute sich noch einmal um. Das Licht von einem halben Dutzend Taschenlampen schnitt sich durch die Dunkelheit und kam unaufhaltsam näher. Er änderte die Richtung, um die

Männer abzuhängen, da riss sich Samuel auf einmal los und fing sich an einem Baum.

»Wir dürfen nicht stehen bleiben!« Chloes Stimme überschlug sich beinahe und Panik zeichnete sich darin ab.

»Ich kann nicht …«, keuchte Samuel und fiel auf die Knie. Die Hand hielt er fest auf seine Wunde gepresst.

Younes versuchte, ruhig zu atmen und einen klaren Gedanken zu fassen, doch in seinem Kopf herrschte Chaos.

Er raufte sich das Haar und taumelte von Sam weg. Es raubte ihm den Verstand, dass er nicht wusste, was hier geschah, wer oder was im Körper seines Bruders steckte und was diese Männer von ihnen wollten.

»Younes?«, flehte Chloe ihn beinahe an.

»Wir … wir sollten uns trennen«, entschied er.

Sie zitterte ebenso wie er, hatte unbändige Angst und überhaupt hatte sie mit alledem nichts zu tun! Der Gedanke, dass er sie in diese Sache mit hineingezogen hatte, fraß ihn schier auf. Darin, Chloe wegzuschicken, sah er den einzigen Weg, sie zu schützen. »Sie sind nicht hinter dir her. Sie werden dir nicht folgen.«

Chloe atmete tief durch. »Ich lasse dich nicht allein«, sagte sie entschlossen. »Das ist doch alles nur ein Missverständnis. Eine Verwechslung.«

Er wünschte sich, es wäre so. Doch Samuel war nicht Samuel, und was bei dem Kraftwerk geschehen war, alles andere als normal.

»Also gut, dann …«, murmelte er und ging neben Samuel in die Hocke. »Wir müssen weiter. Sam?«

Er legte ihm die Hand auf den Arm. Erschrocken stellte Younes fest, dass sich seine Haut kalt anfühlte – als hätte das Leben bereits begonnen, aus seinem Körper zu weichen.

»Ich bin nicht er und das weißt du auch«, sagte Samuel kühl und leise.

Younes' Herz machte einen Satz, als dieses fremde Wesen im Körper seines Bruders aufsah und goldene Blitze in dessen Augen zuckten. Schnell zog er die Hand zurück. Diese Worte gingen ihm durch Mark und Bein. Er wollte das nicht hören und wagte es auch nicht nachzufragen, ob Samuel überhaupt noch am Leben war.

Flüchtig sah er zu Chloe, die von dem Gespräch nichts mitbekommen hatte. Sie sah sich nervös um. In der Ferne waren die Stimmen ihrer Verfolger zu hören und die Lichtkegel ihrer Taschenlampen huschten durchs Dickicht.

Samuel lehnte sich mit dem Rücken gegen den Baum. Für einen Moment hielt er seine Augen geschlossen, und als er sie wieder aufschlug, unterstrichen die Blitze darin das, was er gesagt hatte.

Sosehr es auch wehtat, nur darüber nachzudenken, dass er Sam längst verloren haben könnte – Younes musste es einfach wissen.

»Lebt er noch?«, fragte er gefasst und doch konnte er das Zittern in seiner Stimme nicht ganz verbergen.

Er bereute sofort, diese Frage gestellt zu haben. Noch mehr, als Samuel nicht antwortete.

Wie betäubt starrte Younes ihn an. Konnte das wirklich wahr sein? Dass er seinen Bruder vor sich sitzen sah, mit ihm redete und dabei war er längst tot? Es schraubte ihm die Kehle zu. Das konnte nicht sein! Er konnte einfach nicht akzeptieren, dass sein Bruder nicht mehr da war!

»Sie kommen näher«, flüsterte Chloe. Mit ihren Worten riss sie Younes aus seiner Erstarrung.

»Lasst mich hier«, forderte Samuel ihn auf. »Ich bin nicht der, den du zu retten versuchst.«

Younes öffnete den Mund, fand aber nicht die richtigen Worte. Wer auch immer im Körper seines Bruders steckte, hatte ihm das Leben gerettet. Wie hätte er ihn hier zum Sterben zurücklassen können? Aber ihn mitzunehmen, hätte womöglich ihrer aller Tod bedeutet.

Schließlich schüttelte er den Kopf. Egal, was die Vernunft ihm riet, er konnte ihn nicht blutend hier sitzen lassen und abhauen wie ein Feigling. Nicht wenn auch nur die geringste Chance bestand, Samuel am Ende doch noch zu retten.

»Du schuldest mir noch Antworten«, sagte er entschlossen.

Der Fremde in Samuels Körper nickte. »Dann gib mir einen Moment Zeit.«

Er schloss abermals die Augen und schien sich auf etwas zu konzentrieren. Younes beobachtete, wie sich hinter seinen Lidern die Augen bewegten. Als Blitze zwischen Sams Fingern zuckten, sprang er erschrocken auf.

»Was ist passiert?« Chloe sah ihn irritiert an.

Younes' Blick wanderte von ihr zu den Blitzen und wieder zurück. »Siehst du das denn nicht?«

Auch wenn die feinen Blitze mittlerweile verschwunden waren, konnte sie doch kaum übersehen, dass sich die entladene Energie, einem bläulich schimmernden Spinnennetz gleich, durch das trockene Laub des Waldbodens ausbreitete. Doch Chloe schüttelte nur verwundert den Kopf.

Younes verstand nicht, warum nur er allein wahrnehmen konnte, was so offensichtlich vor ihnen lag: die Energie, das goldene Leuchten in Sams Augen und der süßliche Duft, den er im Krankenhaus das erste Mal wahrgenommen hatte.

Laub rieselte auf sie herab und Chloe blickte hinauf zur Krone des Baumes, an dem Samuel lehnte. Von dem fremden Wesen ging die Energie auf den Baum über, kroch in leuchtendem Blau durch die Fasern des Stamms wie Blut durch Adern und breitete sich über die Äste bis in die dünnsten Zweige aus. Es war, als würde diese Energie dem Baum das Leben entziehen – er starb, und das in rasender Geschwindigkeit.

Die Blätter wurden welk, fielen wie Regen auf sie herab, die Äste verkümmerten und alles Grün wich aus ihnen, während Younes beobachten konnte, wie das blaue Licht langsam zurück in Samuels Körper floss.

»Was stimmt nicht mit der Natur?«, fragte Chloe. Dass der Baum verwelkte, konnte sie sehen. Warum das geschah, blieb ihr jedoch offenbar verborgen.

Samuel schlug die Augen auf. Das goldene Leuchten darin war wieder stärker geworden, nachdem er dem Baum das Leben entzogen hatte.

Zweifel kamen in Younes auf. Zweifel darüber, ob er auf der richtigen Seite stand, wenn er diesem fremden Wesen half. Er wusste nichts über ihn. Nur dass er anders war. Kein Mensch. Er konnte die Natur kontrollieren, Bäume aussaugen, Pflanzen wuchern und Blitze entstehen lassen. Es wäre ihm sicher ein Leichtes gewesen, Younes und Chloe zu töten.

»Dahinten!«, rief jemand.

Chloe wirbelte herum und Younes' Herz machte einen Satz. Sie kamen! Für sein Misstrauen blieb keine Zeit. Er ging auf ein Knie und reichte Samuel die Hand. Sie mussten sich beeilen, bevor ihre Verfolger sie endgültig eingeholt hatten. »Ist es besser?«

Samuel durchbohrte ihn mit seinem Blick, dann packte er, statt nur die Hand anzunehmen, Younes' ganzen Arm und hielt ihn so fest, dass es wehtat.

»Du verurteilst mich, weil ich anders bin«, warf er ihm vor, als hätte er Younes' Gedanken gelesen. »So seid ihr Menschen.

Was euch fremd ist, macht euch Angst und ist eine Bedrohung für euch.«

Younes versuchte, sich loszureißen, kam aber nicht frei. Voller Entsetzen konnte er spüren, wie die Energie des Wesens auf ihn überging, an seinen Gedanken und Gefühlen zerrte und ihn ganz und gar zu verschlingen drohte. Panik kam in ihm auf. Er schrie innerlich, blieb nach außen hin aber stumm. Sein Körper war wie gelähmt.

»Lass …«, presste er hervor, bevor die fremde Kraft in ihm wieder die Oberhand gewann.

»Aber du bist auch anders«, fuhr Samuel in ruhigem Ton fort. »Das solltest du bedenken. Du bist nicht wie die anderen Menschen.«

Younes' Atem ging stoßartig. Die Energie, die ihn durchströmte, war kaum zu halten. Sie schien ihn zu zerreißen, so wie Papier von strömenden Wassermassen zerfetzt wird. Er war völlig machtlos und diesem Wesen ausgeliefert.

Als er bemerkte, wie sich sein linker Arm ohne sein Zutun bewegte, wandte er schwerfällig seinen Kopf zur Seite und riss die Augen auf. Samuel hatte Besitz von ihm ergriffen. Wehrlos musste Younes mit ansehen, wie er die Finger spreizte, wie Blitze dazwischen zuckten und er die Handfläche mit einem Mal auf den Boden schlug.

Die Energie, die von Samuel auf ihn übergegangen war, strömte ins Erdreich und zog sich wie eine Schockwelle blauen Lichts durch die Pflanzen, Wurzeln, Blätter und Bäume.

Alles um ihn herum erstrahlte in einem Geflecht aus reinem Licht. Für Younes fühlte es sich an, als würde sein Geist mit der Energie in die Umgebung übergehen.

Er konnte alles spüren. Jede Bewegung in den Wipfeln der Bäume, jede Berührung des Windes eines jeden Blattes, bis hin zu den Schritten ihrer Verfolger, die Laub und Dreck aufwirbelten.

Die Panik verstummte und an ihre Stelle trat ein unbändiges Gefühl von Freiheit. Er war eins mit allem – ein Teil dieser Welt, zu der er geglaubt hatte zu gehören, doch erst jetzt erkannte er, was es bedeutete, wirklich mit ihr verbunden zu sein. Es gab keine Grenzen mehr, keinen Körper, der ihn fesselte, nichts, was ihn mehr hielt.

Das alles geschah binnen Sekunden, auch wenn es sich für Younes wie eine Ewigkeit anfühlte. Ein Atemzug, dann war es vorbei. Die Energie ebbte ab, floss zurück zu ihm, durch ihn hindurch und in Samuels Körper.

Bald darauf gewann Younes die Kontrolle über seine Glieder zurück. Er war wieder in seiner eigenen kleinen Fleischhülle gefangen und fühlte erst jetzt, wie sie ihn fesselte.

Er sah zu dem fremden Wesen auf. Noch hatte er nicht ganz verarbeitet oder auch nur begriffen, was gerade mit ihm geschehen war, und mehr denn je sehnte er sich nach Antworten. Was dieses Wesen ihm gezeigt hatte, war erschreckend wie faszinierend zugleich – doch die Faszination überwog.

Entschlossen packte er Samuels Arm. »Komm«, forderte er ihn auf und zog ihn auf die Beine.

Samuel krümmte sich, kaum dass er stand und presste eine Hand fest auf die Wunde.

Chloe war sofort bei ihm, um ihn zu stützen. »Geht es?«, fragte sie besorgt.

»Hier entlang«, forderte Younes die beiden auf und schlug den Weg nach rechts ein.

»Bist du dir sicher?« Chloe warf einen Blick in die Richtung, in die sie bisher gelaufen waren.

»Bin ich.« Er wusste, dass sie auf diesem Weg unbemerkt

durch die Reihen ihrer Verfolger schlüpfen konnten, weil er es gesehen hatte. Alles, was sie im Umkreis einer Meile umgab, hatte er gesehen. Jede Pflanze, jeden Stein. Er konnte es selbst noch kaum fassen.

Und jetzt, da er das alles nicht mehr spüren konnte, fühlte er sich leer und eingesperrt. Es war, als wäre ihm ein Teil seines Selbst entrissen worden – ein Teil, der ihm bis zu diesem Moment völlig unbekannt gewesen war, der ihm womöglich gar nicht gehörte. Und doch fühlte es sich so an, als hätte man ihm einen Arm abgehackt und er musste nun versuchen, ohne ihn zurechtzukommen.

KAPITEL 2

ADDY

TAG 4: DI, 06:00 UHR,
SÜDÖSTLICH VON BIRMINGHAM, ENGLAND

Sie fuhren auf der M6 Richtung Birmingham. Dave saß am Steuer des Jeeps und ebenso wie Jared auf dem Beifahrersitz und die andern auf der Rückbank hatte er schon eine Weile nichts mehr gesagt. Was sie auf ihrem Weg sahen, war zu erschreckend, um darüber zu reden.

Wenigstens ging es endlich etwas schneller voran. Den größten Teil der Strecke hatten sie im Schritttempo zurücklegen müssen, weil die Autobahn vielerorts ein einziges Kraterfeld war. Überall zogen sich Risse durch den Asphalt, Pflanzen wucherten wild und ungehindert und ganze Abschnitte waren unter Geröll und Sand vergraben. Was mit der Natur geschah, beschränkte sich ganz offensichtlich nicht nur auf London und Umgebung.

Gedankenverloren betrachtete Addy die Landschaft, die in bunten Farbtupfern an ihnen vorbeiflog. Die Sonne war gerade erst aufgegangen, warf ihnen ihren rötlichen Schein nach und der Geruch nach Regen lag in der kühlen Morgenluft.

Sie schlang die Arme fester um ihren bibbernden Körper. Was am Abend geschehen war, beherrschte noch immer ihre Gedanken. Es saß ihr tief in den Knochen und quälte sie zusätzlich zu der beißenden Kälte. Sie war ein paarmal eingenickt, doch die

Albträume über den Tod ihrer Mum und die schrecklichen Erdbeben ließen sie nicht zur Ruhe kommen.

»Ist dir kalt?«, fragte Casimir.

Er war der Einzige, dem es nichts auszumachen schien, dass sie bei so niedrigen Temperaturen ohne Dach fuhren. Er trug nicht einmal eine Jacke.

»Wenn wir in Birmingham sind, lassen wir das Dach reparieren«, versprach Dave. »Blair, das ist meine Tante, zu der wir unterwegs sind, kann uns da sicher weiterhelfen.«

Addy war sich nicht sicher, ob es Birmingham überhaupt noch gab. Nichts von dem, was sie bisher gesehen hatten, wies daraufhin, dass die Welt außerhalb von Orsett und dem zerstörten London noch dieselbe war. Alles veränderte sich, und das rasend schnell.

»Gib mir deine Hände«, bat Casimir.

Sie verlor sich in seinen honigfarbenen Augen und dem sanften Lächeln, das seine Lippen umspielte, und es kam ihr vor, als würde alleine das schon ausreichen, um ihr Inneres zu erwärmen. Am Abend hatte er seine Seele mit ihr geteilt. Seine Lebensenergie und ihre waren miteinander verschmolzen und das Gefühl, das sie dabei gehabt hatte, ließ ihr Herz schneller schlagen, wenn sie nur daran dachte. Sie löste die Hände von ihrem frierenden Körper und legte sie in seine.

Erwartungsvoll sah sie ihn an, gespannt darauf, welche unglaublichen Kräfte er ihr nun offenbaren würde. Sein wahres Wesen bestand aus reiner Energie. Es durchströmte die Nerven und Synapsen des Körpers von dem toten Jungen, den er kontrollierte, und machte diesen menschlichen Wirt dadurch zu einer Hülle – einem Werkzeug, das er beeinflussen und lenken konnte. Aber er konnte noch mehr. Blitze schossen aus seinen Handflächen, wenn er sich verteidigen musste, und die Energie seines Seins konnte nicht nur auf Addy übergehen, ihr seine Gedanken und Gefühle zeigen, sondern sich auch mit allem anderen, was ihn umgab, verbinden. Was es wirklich bedeutete, ein Meliad, ein Wesen der Natur, zu sein, konnte sie nur erahnen.

Er hielt ihre Hände fest umschlossen und begann, ihre Finger zu reiben. Ganz ohne Magie und übernatürliche Kräfte weckte er eine Wärme in ihr, die sie von den Fingerspitzen bis in ihr tiefstes Inneres erfüllte.

»Wird es besser?«, fragte er.

Sie nickte. Die Worte steckten ihr im Halse fest und irgendwie schämte sie sich für die Gefühle und Gedanken, die er in ihr auslöste, nachdem so viel Schreckliches geschehen war. Sie befreite ihre Hände von ihm und mied seinen Blick.

Unzählige Menschen hatten sterben müssen und sie dachte nur an Casimir. Sie war hin- und hergerissen zwischen der erstickenden Trauer und der Erleichterung, nicht auch noch ihn verloren zu haben.

Vielleicht musste sie einfach dankbar sein, dass er und sie überlebt hatten, dass der Jeep angesprungen war und sie das zerstörte Orsett hinter sich hatten lassen können. Casimirs Nähe spendete ihr Trost und sorgte dafür, dass sie nicht gänzlich an dem zerbrach, was in ihrer Heimatstadt passiert war.

Sie wandte sich ihm wieder zu und erwiderte sein Lächeln, das sofort breiter wurde, als ihre Blicke sich trafen.

Ein lautes Rotorengeräusch ließ sie aufhorchen. Addy blickte zum Himmel, wo ein Militärhubschrauber ihren Weg kreuzte. Es war nicht der erste, den sie sahen, und auch dieser hier flog über sie hinweg, als gäbe es das einsame Auto auf der verwahrlosten Straße nicht. Sicher hatten sie Wichtigeres zu tun, als sich um ein paar Überlebende zu kümmern.

»Ich glaub's nicht«, murmelte Dave, kaum dass es wieder ruhig geworden war.

»Was denn?«, fragte Patti. »Ist doch nicht der Erste, der uns links liegen lässt.«

»Das meine ich nicht«, sagte er und blickte weiter nach vorne.

Nun sah auch Addy es. Ein Fahrzeug kam auf sie zu. Ein anderes Auto in dieser ausgestorbenen Welt. Sie wusste nicht, ob sie sich freuen oder verunsichert sein sollte, endlich auf andere Menschen zu treffen.

»Und ich dachte schon, wir wären die letzten Menschen auf Erden«, meinte Jared in ironischem Ton.

Addy sah sich noch einmal um. Das Gestrüpp zu beiden Seiten der dreispurigen Autobahn war zu dicht, um erkennen zu können, ob sich dahinter wilde Natur oder brach liegendes Land, vielleicht sogar Gebäude, befanden. Nur hier und dort sah man den Mast einer Stromleitung, der aussah, wie schon vor Jahrhunderten aufgegeben und dem Unkraut überlassen.

Das Auto kam näher und Dave wurde langsamer. Nur die Leitplanke trennte sie voneinander. Doch als Dave hupte, um auf sich aufmerksam zu machen, gab der Fahrer des anderen Fahrzeugs Gas und raste an ihnen vorbei.

Addy richtete sich im Sitz auf und sah ihnen nach. Aus dem Kofferraum quellte das Gepäck. Sogar das Dach war schwer beladen. Scheinbar waren diese Menschen auf der Flucht. Nur wovor? Vor dem Militär, den Meliad oder der Natur?

»So ein Arsch!«, knurrte Dave.

»Was soll's«, meinte Patti. »Jetzt ist es ja nicht mehr weit bis nach Birmingham.«

Tatsächlich dauerte es nicht mehr lange, bis sie weitere Autos sahen, die auf der Gegenspur an ihnen vorbeifuhren, und bald waren erste, von Pflanzen eroberte Gebäude zu erkennen. Die

Hoffnung, dass es in Birmingham anders aussah als in London, schwand rapide.

»Ob hier auch diese Biobomben eingeschlagen sind?«, fragte Patti, ganz vom Anblick der überwucherten Fabrikgebäude gefesselt.

»Solche Bomben hat es nie gegeben«, meinte Casimir beiläufig und ohne sie dabei anzusehen.

Patti wandte sich ihm sofort zu. »Und das weißt du woher?«

»Lassen wir das«, mischte Addy sich ein.

Es waren nicht der Ort und nicht die Zeit, um die anderen darüber aufzuklären, wer Casimir war und was es mit Terra Mater und der Natur auf sich hatte. Sie hätte es vielleicht am Abend tun sollen, bevor sie aufgebrochen waren, doch da hatte sie noch unter Schock gestanden. Und nun beherrschten sie Zweifel. Zu groß war ihre Befürchtung, es würde ihr wieder niemand glauben. Sie hatte in Orsett erlebt, wie leicht es den Menschen fiel, an einer Lüge festzuhalten, wenn man zu viel Angst vor der Wahrheit hatte. Sie wollte nicht erleben müssen, dass es ausgerechnet bei Patti, Dave und Jared nicht anders war. Zu sehr hatte sie sich den dreien bereits geöffnet.

»Ich will es aber wissen«, beharrte Patti. »Wieso tut er die ganze Zeit schon so selbstgerecht, als hätte er die Weisheit mit Löffeln gefressen? Und warum nennst du ihn nicht Eric? Ist Casimir der Nickname seines Elfenlordkriegers von irgend so einem hirnverbrannten Onlinegame?«

»Schaut mal hinter uns«, unterbrach Dave sie.

Jared blickte in den Rückspiegel, riss die Augen auf und drehte sich um. Addy tat es ihm gleich.

Ihnen näherte sich ein weiteres Auto. Das erste, das auf ihrer Seite der Fahrbahn fuhr.

Es dauerte nicht lange, da staute es sich auch vor ihnen. Sie waren nicht mehr weit von Birmingham entfernt, aber scheinbar ging es hier nicht weiter. Kurze Zeit später kamen sie zum Stehen und der Familienvan hinter ihnen hielt ebenfalls an. Ein Mann stieg aus und kam zu ihnen gelaufen.

»Wisst ihr, was da los ist?«, fragte er.

»Keine Ahnung«, erwiderte Dave. »Wo kommt ihr her?«

»Tamworth«, sagte der Mann und blickte in die Ferne. Er sah mitgenommen aus. Dreck klebte ihm auf der Stirn und seine Haut war bleich und ausgemergelt, als hätte er seit Tagen nichts Richtiges gegessen. »Aber da gibt's nichts mehr. Der River Tame ist über die Ufer getreten, hat alles überflutet. Drei Tage und von der ganzen Stadt ist nur noch eine Sumpflandschaft geblieben. Wir haben es gerade noch so geschafft zu entkommen. Ich dachte, in Birmingham hätten wir bessere Chancen, und jetzt das.« Er deutete nach vorne. »Wo kommt ihr her?«

»Orsett, London«, sagte Dave. »Es gab ein Erdbeben.«

»Und Bomben«, fügte Patti hinzu.

Auch vor ihnen waren die Leute aus ihren Fahrzeugen gestiegen. Eine Frau hatte das Gespräch mit angehört und mischte sich ein.

»London wurde wirklich bombardiert?«, fragte sie. »Im Fernsehen haben sie davon berichtet. Ich konnte es nicht glauben.«

»Fernsehen?«, wiederholte Patti. »Bei uns war alles tot. Kein Internet, kein Telefon.«

»Wenn es London getroffen hat, dann wahrscheinlich auch den Hauptverteiler«, erklärte der Mann neben ihnen. »Die halbe Insel wird ohne Strom sein, also auch die Mobilfunkmasten und alles andere.«

»Es geht weiter«, sagte die Frau.

Die Karawane setzte sich in Bewegung und der Mann aus dem Van klopfte zum Abschied an ihre Fahrertür.

»Viel Glück«, wünschte er ihnen und ging wieder zu seiner Familie.

»So sieht die ganze Welt aus, oder?«, fragte Jared.

»Wahrscheinlich«, meinte Patti und schluckte schwer.

Immer mehr Autos fuhren auf der Gegenspur von Birmingham weg und bald erkannte Addy auch, woran das lag. Vor der Stadt gab es eine Straßensperre. Militärfahrzeuge standen quer auf der Fahrbahn und Soldaten kontrollierten jedes Auto.

Addys Herz schlug beim Anblick der Maschinengewehre schneller. Auch wenn sie es mit der British Army zu tun hatten, konnte sie ihre Angst vor den Waffen und dem, was sie damit anrichten könnten, nicht ganz abschütteln. Was, wenn die Army über die Meliad Bescheid wusste und Casimir erkennen würde? Wenn sie ihm die Schuld an der rebellierenden Natur gab, so wie es Elekreen tat?

»Ausweis und Fahrzeugpapiere«, forderte einer der Soldaten von der Fahrerin des roten Ford Fiesta vor ihnen.

»Dave?«, fragte Jared unsicher.

Dave nickte und begann, gehetzt die Papiere des Jeeps zu suchen. Der Soldat kontrollierte den Ausweis der Frau, beugte sich vor und erklärte ihr etwas, das Addy nicht verstehen konnte. Ihre Aufmerksamkeit galt ohnehin den anderen Männern, die von Wagen zu Wagen gingen und dabei auf kleine, mit Antennen ausgestattete Geräte in ihren Händen starrten. Addys Magen verkrampfte sich, als sie das Emblem von Elekreen darauf erkannte. Waren das diese Messgeräte, mit denen sie Schwankungen im Energiefeld der Erde feststellen und dadurch Meliad erkennen konnten? »EFA« hatte es der Mann im Elekreen-Kraftwerk genannt und ganz offensichtlich war das Militär damit ausgerüstet.

»Sauber«, sagte einer der Männer laut und richtete sein Messgerät auf das nächste Fahrzeug.

Damit bestätigte er Addys Befürchtung: Nicht nur Elekreen wusste von den Meliad. Das Militär suchte nach ihnen und die Männer kamen näher. Panik übernahm Addys Denken. Nur noch wenige Schritte trennten die Soldaten von ihrem Jeep und sie ahnte, was passieren würde, wenn die Messgeräte anschlugen.

»Wir müssen hier weg«, flüsterte sie Casimir zu.

Er sah sie fragend an, aber auch Patti hatte sie gehört. Ehe Addy sich erklären konnte, stand einer der Soldaten neben Dave.

»Ausweis und Fahrzeugpapiere«, forderte er.

»Wir haben keine Ausweise dabei«, erklärte Dave und reichte dem Mann die Papiere.

Der Soldat seufzte. »Ohne Ausweise kann ich euch nicht durchlassen. Die Stadt ist gesperrt, alles wird evakuiert.«

Addy versuchte, sich nicht anmerken zu lassen, wie nervös sie war. Die Männer mit den Messgeräten kontrollierten bereits den Ford Fiesta und winkten ihn dann durch. Unruhig rutschte sie auf dem Sitz hin und her. Sie suchte nach einem Ausweg, doch ihr fiel nichts ein. Die Soldaten waren in der Überzahl, hatten Maschinengewehre und würden ihr sicher nicht zuhören, wenn sie versuchte zu erklären, was es wirklich mit Elekreen und den Meliad auf sich hatte.

»Wir kommen aus Orsett«, sagte Jared. »Die Stadt ist total zerstört. Alle unsere Sachen sind weg, auch unsere Ausweise.«

»Tut mir leid, Junge«, erwiderte der Soldat.

Dave und Jared wechselten flüchtige Blicke.

»Aber wo sollen wir denn hin?«, fragte Jared.

»Es gibt ein Auffanglager …«

»Schon gut, wir drehen um«, sagte Addy kurz entschlossen. Etwas Besseres fiel ihr auf die Schnelle nicht ein.

Dave sah sie verständnislos an, wandte sich dann aber wieder an den Soldaten. »Ich habe Verwandte in Birmingham. Mein Vater und … Wir können sonst nirgendwohin.«

Hatte Dave nicht von einer Blair geredet? Addy hatte geglaubt, sein Vater sei irgendwo im Ausland auf Geschäftsreise und sie wären unterwegs zu seiner Tante.

Der Soldat seufzte schwer, ließ sich aber erweichen und nickte schließlich.

»Also gut«, sagte er.

Addy betete, dass er eine Ausnahme machen würde, sie einfach durchwinkte und nicht merkte, wie nervös sie war.

Sie schloss die Augen, ihr Herz schlug hektisch und es fiel ihr schwer, ruhig zu atmen. Erst als Casimir ihre Hand ergriff, öffnete sie die Augen wieder. Er hielt sie einfach nur fest, als hätte er am Abend zuvor, während sie seine Hand gehalten hatte, gelernt, wie man als Mensch Trost spendete. Dabei fixierte er die Männer mit den Messgeräten.

»Wir werden sehen, was wir für euch tun können. Fahrt zum Seitenstreifen und wartet dort«, forderte der Soldat und trat vom Jeep zurück.

»Danke«, sagte Dave. Er startete den Wagen, der Familienvan fuhr vor und wurde an ihrer Stelle von den Männern kontrolliert.

Erleichtert atmete Addy durch, auch wenn sie wusste, dass ihnen nur Sekunden geschenkt worden waren. Bald wären auch sie an der Reihe.

»Wir können zu Fuß weiter«, schlug sie vor.

»Was ist denn bloß los mit dir?«, fragte Patti aufgebracht. »Du zappelst hier rum, als hättest du drei Kilo Koks im Kofferraum versteckt. Hast du doch nicht, oder?«

»Es ist wegen mir«, sagte Casimir mit Blick auf die Soldaten.

»Wie bitte?«, fragte Dave, stieß ein hohles Lachen aus und

drehte sich zu ihm um. »Sag bloß, du bist ein weltweit gesuchter Hacker, hast einen Militärcomputer geknackt und die Bomben auf London abgefeuert.« Er grinste, wurde aber unruhig, als Casimir ernst blieb. Sein Grinsen gefror ihm im Gesicht und verschwand gleich darauf. »Addy, was ist hier los?«

Casimir wandte sich ihr zu. Er würde ihnen nichts sagen, wenn sie es nicht wollte. Aber für ausführliche Erklärungen war es zu spät. Ihnen blieben nur noch Sekunden, bevor die Messgeräte anschlagen würden.

»Okay, okay, wir sagen es ihnen«, lenkte sie ein. »Aber nicht hier. Wir müssen weg, bevor sie dich entdecken.«

»Es verschwindet niemand, bevor ihr uns nicht erklärt habt, was hier abgeht!«, beharrte Dave.

»Raus damit«, setzte Patti nach.

Addy warf einen flüchtigen Blick zu den Soldaten. Die Männer schienen nervös geworden zu sein, nur wusste sie nicht, ob das an Casimir lag oder an der Familie im Van. Schließlich war er nicht der einzige Meliad.

»Er ist kein Mensch, okay?«, brach es aus ihr heraus. Wie sollte sie das alles bloß erklären? Wie, wenn ihr kaum Zeit blieb und die Wahrheit so abwegig war, dass sie sie selbst kaum glauben konnte?

»Wie bitte?«, hakte Dave ungläubig nach.

Patti lachte ungehalten und auch Jared schien das eher amüsant zu finden. Wie hätten sie ihr auch glauben sollen? Eric, in dessen Körper Casimir steckte, war ihr Klassenkamerad gewesen. Dass er tot und sein Körper von einem Wesen aus einer anderen Existenzebene übernommen worden war, klang noch absurder als alles andere, was sie in den letzten drei Tagen erlebt hatten.

»Hände hoch!«, schrie jemand.

Plötzlich hatten die Soldaten ihre Maschinengewehre angehoben und auf den Jeep gerichtet. Von allen Seiten näherten sie sich. Addy erstarrte, und bevor sie wirklich begriff, was geschah, hatte man sie eingekesselt.

KAPITEL 3

ADDY

TAG 4: DI, 06:45 UHR, BIRMINGHAM, ENGLAND

Sie wurden grob aus dem Wagen gezerrt und daneben in einer Reihe auf die Knie gezwungen. Patti schrie panisch, jedes Mal, wenn sie jemand berührte. Und auch Jared wurde von seiner Angst beherrscht. Er atmete schwer und starrte wie in Trance zu Boden.

Addy versuchte, ruhig zu bleiben, konnte aber nichts dagegen tun, dass ihre Hände zitterten und ihr Herz wie wild pochte. Sie musste nur etwas sagen und Casimir wäre bestimmt bereit, seine Kräfte einzusetzen. Doch auch er hätte gegen die Maschinengewehre keine Chance gehabt. Sie wusste, dass er in einem menschlichen Wirtskörper Schmerzen empfinden konnte und außerhalb davon nicht überleben würde. Wahrscheinlich würde er mit ihm sterben, käme es zum Äußersten. Sie hatten keine andere Wahl, als sich zu ergeben.

»Klappe!«, verlangte einer der Männer von Patti, woraufhin sie zusammenzuckte und verstummte.

»Was haben wir getan?«, fragte Dave.

»Klappe, habe ich gesagt!«, schrie der Soldat ihm direkt ins Ohr. Dann wandte er sich an einen der anderen Männer. »Corporal?«, sprach er ihn mit gesenkter Stimme an und deutete mit dem Kinn auf das Messgerät in dessen Hand.

»Schwer zu sagen, wer es ist, Sergeant«, meinte der Corporal.

»Sie sind zu nah beieinander, denke ich. Ich kriege keine klaren Werte.«

Der Sergeant nickte und wandte sich seinen Männern zu. »Okay, wir nehmen sie alle fest!«, rief er.

Addys Herz machte einen Satz. Hilflos sah sie dabei zu, wie Dave auf Befehl des Sergeants hin gepackt und mit dem Gesicht in den Staub gedrückt wurde. Sie drehten ihm die Arme auf den Rücken und fesselten ihn mit einem Kabelbinder.

Die anderen Soldaten schnappten sich Jared und Patti. Sie würden einen nach dem anderen gefangen nehmen und sie alle fortschaffen, sie trennen und feststellen, dass Casimir der Meliad war. Und wenn sie die Messgeräte von Elekreen hatten, dann sicher auch deren brutale Verhörmethoden und deren irregeleitete Meinung über die Meliad. So weit durfte es nicht kommen!

Auch Addy wurde am Ellbogen gepackt und von Casimir weggezerrt.

»Loslassen!«, verlangte sie und versuchte, sich zu befreien, wurde aber unsanft gegen den Jeep gedrängt, wo man ihr die Arme auf den Rücken drehte und ihren Oberkörper mit solch einer Wucht auf die Motorhaube schlug, dass ihr die Luft wegblieb.

Casimir wollte aufstehen, doch der Lauf eines Maschinengewehrs legte sich an seinen Hinterkopf. Wenn er jetzt versuchen würde zu entkommen, wäre das sein Todesurteil. Addy wehrte sich vergebens und versuchte, zu ihm zu gelangen.

»Nicht …!«, rief sie ihm noch zu, bevor sie erneut gegen das Auto gestoßen wurde und es ihr die Luft aus den Lungen trieb.

»Langsam aufstehen«, verlangte der Soldat, der Casimir in Schach hielt.

Schatten legten sich über Addy. Sie versuchte, zum Himmel zu blicken, um zu erkennen, was dort oben vor sich ging, doch es gelang ihr nicht, den Kopf zu drehen.

»Hoch mit dir!«, schrie der Sergeant, dem das alles nicht schnell genug zu gehen schien.

Er drängte den Soldaten von Casimir weg, packte ihn am Arm und Addy erstarrte in Erwartung eines Stromschlags oder Blitzes. Doch nichts geschah. Casimir wurde vom Sergeant auf die Füße gezogen und wehrte sich nicht einmal dagegen.

»Heilige Scheiße!«, stieß der junge Soldat bei Casimir plötzlich aus und sah zur Böschung. Er stolperte von Casimir und dem Sergeant weg, und als es Addy endlich gelang, den Kopf zu heben, erkannte sie, warum sich Schatten über sie gelegt hatten.

Die Hecke wuchs. Aus dem mannshohen Dickicht war binnen Sekunden eine weit in den Himmel ragende Mauer aus dichtem Gestrüpp geworden.

»Was … was soll das?«, stotterte der junge Soldat und umklammerte sein Gewehr.

Auch der Sergeant riss die Augen auf. Doch er gewann schnell die Kontrolle zurück, zog seine Waffe und richtete sie auf Casimir.

»Sofort aufhören!«, verlangte er.

Addys Puls raste. Sie wollte sich losreißen, zu Casimir gelangen, doch der blieb erschreckend ruhig.

Durch schmale Augen sah er den Mann an und etwas veränderte sich in seinem Blick. Etwas, das selbst Addy erschreckte und stocken ließ. Goldene Blitze durchzuckten seine Pupillen, während die Hecke immer weiter anwuchs.

Die anderen Soldaten entfernten sich langsam von dem wuchernden Gestrüpp, das die Leitplanke verschlang und drohte, sich auf die Straße auszuweiten.

»Aufhören!«, schrie der Sergeant noch einmal und trat Casimir so kräftig in die Kniekehle, dass er stürzte und sich mit den Händen abfangen musste.

»Lassen Sie ihn!«, verlangte Addy panisch und versuchte erneut vergebens, zu ihm zu gelangen.

Zwischen Casimirs Fingern zuckte blaue Energie und kroch über den rissigen Asphalt. In der Hecke rauschte und knackste es bedrohlich, Addy wehrte sich noch immer gegen den Mann, der sie hielt, und endlich kam sie frei.

In ihrem Rücken ächzte bedrohlich das Gestrüpp, sie warf sich instinktiv neben den Jeep und hatte gerade noch die Zeit, schützend die Hände über den Kopf zu schlagen, als schon dicke Ranken über sie hinweg auf die Soldaten zuschossen.

Die Männer richteten ihre Waffen auf alles, was sich bewegte, und schossen blind drauflos. Der Krach betäubte Addys Ohren. Sie sah sich gehetzt nach den anderen um, konnte in dem Chaos aber kaum etwas erkennen. Ihr Blick blieb an dem Sergeant hängen, der seine Waffe anhob und Casimir einen Schlag damit verpassen wollte.

»Pass auf!«, schrie Addy.

Eine der Ranken schoss direkt über Casimir hinweg und schlug dem Mann die Waffe aus der Hand.

Casimir stand auf. Wilde Entschlossenheit loderte in seinem Blick. Addy konnte es kaum fassen, aber er schien regelrecht von Wut gelenkt. Er hob die Hände, Blitze zuckten von ihm in die Umgebung, ließen die Soldaten weiter zurückweichen und seiner Bewegung folgten die Ranken, als wären sie eine Verlängerung seiner Arme. Sie prasselten auf die Soldaten herab wie Faustschläge, entwaffneten sie und drängten sie von Dave und den anderen weg.

Addy zog sich wieder auf die Füße. Ihr Herz raste und jeder Schuss, der fiel, ließ sie zusammenzucken.

»Haltet ihn auf!«, brüllte der Sergeant.

Er deutete auf Casimir, stolperte von ihm weg und suchte

nach seiner Pistole. Seine Männer waren zu sehr damit beschäftigt, sich gegen die Ranken zu wehren, als dass sie dem Befehl Folge leisten konnten.

»Weg hier!«, rief Addy.

Casimir reagierte nicht. Jeder Muskel in seinem Körper schien zum Zerreißen gespannt. Die Ranken warfen sich gen Himmel, verdunkelten die Sonne und stürzten pfeilschnell auf die Soldaten herab, deren Waffen kaum etwas ausrichten konnten.

Auch die Fahrzeuge der Zivilisten blieben nicht verschont. Sie wurden von den wild gewordenen Pflanzen durchbohrt wie von Speeren und die Menschen stürzten in Panik auf die offene Straße.

»Hör auf!«, schrie Addy. Er war wie von Sinnen und sie wusste nicht, ob ihre Stimme überhaupt zu ihm vordrang.

Doch plötzlich schien es, als fiele ein Teil der Anspannung von Casimir ab. Er richtete die Hand auf das Gestrüpp und hinter der Leitplanke öffnete sich ihnen ein Durchgang durch die Hecken – breit genug, um zu entkommen.

Addy brauchte einen Moment, um ihren Blick von Casimir zu lösen. So hatte sie ihn noch nie erlebt. So unkontrolliert und gefährlich, und sie wusste nicht, was sie davon halten oder darüber denken sollte.

Sie umrundete den Jeep und fand Patti auf der anderen Seite zusammengekauert am Boden sitzen. Sie zog sie auf die Beine und rannte mit ihr zur Hecke.

Wieder fielen Schüsse. Addy zuckte zusammen, wirbelte herum und sah gerade noch, wie Casimir eine Hand senkte und mit ihr ein Schutzschild aus Gestrüpp, das von Kugeln zerfetzt worden war. Der Soldat, der geschossen hatte, ließ seine Waffe fallen und stolperte von Casimir weg.

»Komm!«, forderte Addy Dave auf, der nicht weit von ihnen

mit gefesselten Händen an die Leitplanke gelehnt saß. Er reagierte nicht.

Jared rannte mit über dem Kopf zusammengeschlagenen Händen zu ihm und warf sich neben ihm auf den Boden. »Komm schon!«, schrie er. »Ich will hier nicht krepieren.«

Patti stieg über die Leitplanke und Addy folgte ihr.

»Beeilt euch!«, rief sie den anderen zu.

Sie sah zu Casimir. Die Soldaten hatte er weit zurückgedrängt und einige von ihnen entwaffnet. Überall um ihn herum hatten sich die Ranken in den Boden geschlagen und erneut ein dichtes Geflecht gebildet, das ihn und ihre Flucht abschirmte.

Jared zog Dave hoch und wollte ihn zu Addy drängen, doch der wehrte sich gegen ihn und stolperte von ihm weg.

»Kapiert ihr es denn nicht?«, schrie er völlig aufgelöst. »Merkt ihr denn nicht, was hier passiert?«

»Jared, komm!«, rief Addy und streckte ihm die Hand entgegen. Er zögerte, schaute zu Dave, folgte ihr aber schließlich.

»Dave?«, forderte Addy auch ihn auf.

»Ach, verdammt!«, knurrte Dave und lief zu ihnen.

Addy wollte ihm gerade über die Leitplanke helfen, als sie ein lautes Knarzen hörte, das ihr durch Mark und Bein ging.

Dave wirbelte herum.

»Mein Jeep!«, schrie er.

Wurzeln brachen aus dem Asphalt und hoben den Wagen an. Dave wollte zurück, doch Addy hielt ihn auf. Das Auto spielte doch jetzt keine Rolle! Ihr Leben war es, um das sie sich sorgen mussten. Aber Dave schien völlig von Sinnen.

»Lass mich!« Er riss sich los und stolperte auf die Straße zu, da wurde der Jeep bereits in die Höhe gerissen. Er flog über Casimirs Kopf hinweg und auf die Soldaten zu.

Die Männer sprangen zur Seite, um sich in Sicherheit zu bringen. Der Wagen knallte mit voller Wucht auf den Asphalt, schlitterte über den Boden und schlug gegen den Van, hinter dem sich ein paar Zivilisten in Sicherheit gebracht hatten.

Casimir nutzte die Gelegenheit, dass die Soldaten am Boden waren, folgte den anderen und sprang mit einem Satz über die Leitplanke.

»Fuck!«, stieß Dave fassungslos aus und starrte auf das Autowrack. Hinter dem Van kamen die Köpfe der Zivilisten zum Vorschein, die ebenso geschockt waren wie er.

»Weg hier!«, schrie Addy verzweifelt, doch Dave rührte sich nicht.

Casimir richtete seine Hand auf ihn.

»Lass ihn!«, verlangte Patti und versuchte, seinen Arm wegzuziehen. »Tu ihm nichts.«

Casimir ließ sich von ihr nicht beirren. Weiter richtete er seine Hand nach vorne und blickte konzentriert auf Dave, unter dem der Asphalt zu bröckeln begann. Was hatte er bloß vor? Addy wollte ihn aufhalten, sah dann aber, wie Dave die Füße hochzog, den Wurzeln auswich, die darunter zum Vorschein kamen, und dadurch rückwärts auf ihren Fluchtweg zustolperte.

Sobald er nahe genug war, packte Casimir ihn, zerrte ihn, trotz seiner Gegenwehr, über die Leitplanke und warf ihn grob zu Boden. In seinem Rücken schloss sich die Hecke und schirmte sie von den Soldaten ab.

Mit regloser Miene stand Casimir da und sah zu Dave herab.

In Addys Ohren rauschte es. So hätte das alles nicht ans Licht kommen dürfen. Niemand von ihnen bewegte sich oder sagte auch nur ein Wort. Sie hätte auch gar nicht gewusst, wo sie anfangen sollte.

Dave lag mit gefesselten Händen auf dem Rücken und starrte Casimir durch weit aufgerissene Augen an. Patti stand zitternd neben ihm und Jared hatte Abstand zwischen sich und die anderen gebracht.

»Dave?«, sprach Addy ihn vorsichtig an. Es war alles, was ihr in dem Moment über die Lippen kommen wollte, und erst ihre Stimme schien ihn wach zu rütteln.

»Lasst ja eure Finger von mir!«, verlangte er und robbte rückwärts von Casimir weg.

Patti folgte ihm und ging neben ihm auf die Knie.

»Ich kann alles erklären«, versprach Addy und sah flüchtig zurück. Es raschelte bereits in den Hecken. Die Soldaten versuchten, ihnen zu folgen, und sofort loderte die Panik neu in ihr auf. »Aber nicht hier.«

»Er war das, oder?«, fragte Dave und nickte in Casimirs Richtung. »Er hat Orsett dem Erdboden gleichgemacht!«

Addy schüttelte den Kopf. »Nein. Er hat nichts damit zu tun.«

So wie Casimir gekämpft und die Soldaten zurückgedrängt hatte, konnte sie verstehen, dass Dave das Schlimmste von ihm denken musste. Sie war selbst noch geschockt, doch die anderen hatten ihn nicht so kennengelernt und erlebt wie sie. Addy wusste, dass er nicht böse war. Sie kannte seine Geschichte und die wahren Hintergründe, während die anderen noch keine Ahnung von alledem hatten.

»Dann erklär es uns!«, verlangte Patti.

Das Rascheln wurde lauter und Patti und die anderen sahen sich nervös um.

Bevor Addy etwas sagen oder es verhindern konnte, steuerte Casimir auf Dave zu, packte ihn am Arm und zog ihn auf die Beine.

»Wir müssen hier weg«, sagte er in gefasstem Ton.

Er hatte ja recht, aber musste er so unbarmherzig sein? Damit machte er es ihnen nicht gerade leichter.

»Nimm deine dreckigen Finger von mir!«, schrie Dave und wehrte sich gegen seinen Griff.

Casimir ließ sich davon nicht beirren. Er zwang ihn tiefer ins Gebüsch hinein, auf Jared zu und weg von den Soldaten.

»Casimir!«, rief Addy ihm eindringlich nach.

»Du sollst ihn loslassen!«, verlangte Patti, folgte ihnen und zerrte vergebens an Casimirs Arm.

Addy wollte ihnen ebenfalls hinterher, als sie im Augenwinkel einen Schatten sah. Sofort überschlug sich ihr Pulsschlag. Sie wirbelte herum, erwartete, einem Soldaten gegenüberzustehen, doch da war nichts. Nur die Hecke, die sich hinter ihnen immer enger zusammenzog.

Sie hatte das Gefühl, langsam den Verstand zu verlieren. Unsicher, ob da nicht doch etwas in dem dichten Blattwerk lauerte, stolperte sie den anderen rückwärts nach, löste sich aber bald vom Anblick des wuchernden Gestrüpps und wandte sich wieder nach vorne.

Sie mussten sich erst einmal alle beruhigen und dann würde Addy versuchen, ihnen zu erklären, wer Casimir war.

Mit wenigen Schritten hatte sie die anderen erreicht. Casimir griff nach Daves gefesselten Händen und befreite sie mit einer Bewegung vom Kabelbinder. Der Geruch nach verschmortem Plastik stieg Addy in die Nase.

Casimir ließ von Dave ab, der auf Jared zustolperte und sich die aufgeschürften Handgelenke rieb. Hinter ihnen öffnete sich die Hecke wie ein Vorhang und die beiden Jungs sahen das als Aufforderung, diesen Weg einzuschlagen – weg von den Soldaten, aber auch von Casimir, der ihnen ganz offensichtlich nicht geheuer war.

Patti blieb stehen. Sie hob den Kabelbinder auf und betrachtete die geschmolzenen Enden. Als Addy zu ihr aufgeschlossen hatte, hielt sie ihr das Stück Plastik hin. »Du hättest es uns sagen müssen. Wir haben ein Anrecht darauf zu erfahren, was gerade mit der Welt geschieht.«

Addy wollte etwas erwidern, da sah sie eine Bewegung direkt neben Patti. Schon wieder dieser Schatten. Bevor sie erkennen konnte, was ihnen folgte, war es verschwunden. Sie drehte sich um und ließ ihren Blick über die dichte Hecke schweifen. Etwas regte sich dort, war aber nicht zu erkennen.

»Casimir!«, rief sie und starrte zu der Stelle, wo sie die letzte Bewegung ausgemacht hatte. Irgendetwas stimmte hier nicht. Was ihnen da folgte, war kein Soldat, kein Mensch.

Etwas berührte ihre Schulter. Erschrocken wirbelte sie herum, sah noch, dass es Patti war, bevor ein Nebel aus Dunkelheit über Pattis Schulter hinweg direkt auf sie zuschoss.

Addy konnte gerade noch instinktiv die Hände vors Gesicht reißen, dann wurde sie zurückgestoßen, schrie und landete auf dem Boden. Ihr Inneres verkrampfte sich und eine Welle aus Gefühlen überrollte sie, nahm ihr die Luft zum Atmen und erstickte jeden klaren Gedanken. Es waren dunkle, mächtige Gefühle, voller Hass und Wut. Ihr Körper war wie gelähmt und nur aus der Ferne drangen Geräusche und schemenhafte Bewegungen zu ihr vor.

»Addy?«, hörte sie Casimirs Stimme. Sie wollte ihm antworten, doch kein Wort kam ihr über die Lippen. Da war nur noch Dunkelheit um sie herum. Dunkelheit, die sie völlig verschlang.

KAPITEL 4

LIAM

TAG 4: DI, 07:00 UHR,
WESTLICH VON SYDNEY, AUSTRALIEN

»Du schmollst wie ein Kleinkind«, sagte Jack mit einem flüchtigen Blick zum Beifahrersitz.

Liam saß dort mit auf den Rücken gefesselten Händen und einer Platzwunde auf der Stirn, wo Jack ihn mit dem Griff seiner Schrotflinte erwischt hatte. Sein verletzter Knöchel pochte und die vergangene Nacht saß ihm tief in den Knochen. Trotzig war er sicher nicht. Er war wütend.

»Tue ich nicht«, entgegnete er, ohne seinen Blick zu heben. Die Ironie seiner Worte war ihm durchaus bewusst. »Und selbst wenn, hätte ich allen Grund dazu.«

Er wand seine Hände in den Fesseln. Es war ihm gelungen, sie in der letzten Stunde etwas zu lockern. Frei kam er dennoch nicht. Unauffällig sah er zu Jack, der sich wieder auf die Straße konzentrierte.

Bei Tageslicht wirkte der Alte gar nicht mehr so geisterhaft wie noch am Abend zuvor. Man sah ihm seine Vorfahren an. Er stammte von den Ureinwohnern Australiens ab, hatte dunkle Haut, ergrautes Haar und tief in den Höhlen sitzende Augen. Den Lendenschurz hatte er gegen Jeans und ein kariertes Hemd getauscht und sich die Bemalung vom Gesicht gewaschen.

Was er dort draußen gemacht hatte und was er vorhatte zu

tun, war Liam noch immer ein Rätsel. Er schielte zur Rückbank, wo die Schrotflinte lag, und fragte sich, warum er überhaupt noch am Leben war – warum Jack ihm seinen Namen verraten und ihn verschleppt hatte, statt seinen Worten Taten folgen zu lassen und ihn abzuknallen wie einen räudigen Köter.

»Dir geschieht schon nichts«, versicherte Jack.

Liam schnaufte verächtlich. »Ach ja? Dann ist das alles hier bloß ein dummes Missverständnis?«

Es war vielleicht nicht die beste Idee, so mit seinem Entführer zu sprechen, aber er war zu erschöpft und wütend, um diplomatisch zu sein.

Jack hob als Antwort bloß die Schultern. Er drosselte das Tempo, legte einen anderen Gang ein und bog in eine Seitenstraße ab.

Hier draußen, fernab der Zivilisation, war ihnen bisher noch kein anderes Fahrzeug begegnet und so schnell würde sich das auch nicht ändern. Bis zur Stone Creek Ranch war es allerdings nicht sehr weit. Vielleicht sollte er in der nächsten Kurve aus dem Wagen springen und versuchen, es zu Fuß bis nach Hause zu schaffen. Ob sein Bein dabei mitspielen würde, war allerdings fraglich.

»Was würdest du davon halten, wenn ich dich einfach laufen lasse?«, schlug Jack vor. »Du hast nichts gesehen und ich auch nicht.«

»Klar, halten wir die Polizei da raus«, höhnte er, verfluchte sein loses Mundwerk aber gleich darauf. Er hätte einfach zustimmen sollen, statt bescheuerte Antworten zu geben und sich damit selbst einen Strick um den Hals zu legen.

»Genau«, bestätigte Jack, als hätte er die Ironie in Liams Worten überhört. »Du vergisst, was passiert ist, und ich werde niemandem verraten, dass ich dich beim Viehdiebstahl erwischt habe.«

Liams Herz machte einen Satz. Kurz keimte die Hoffnung in

ihm auf, das alles könnte tatsächlich ein Missverständnis sein, das sich einfach aufklären ließe.

»Das waren unsere Rinder«, beteuerte er.

Jack trat so plötzlich auf die Bremse, dass Liam nach vorne geschleudert wurde. Er fing sich mit den Beinen ab und sein verletzter Knöchel meldete sich daraufhin schmerzhaft.

Als er sich Jack zuwandte, fixierte der ihn durch schmale Augen. Sofort begann Liams Puls zu rasen und sein Blick huschte abermals zur Waffe auf der Rückbank. Es gab Leute, die Viehdiebe lieber erschießen würden, als ihnen auch nur ein Rind zu überlassen. Zu welcher Art Mensch Jack gehörte, wollte Liam nicht herausfinden.

»Ich bin kein Viehdieb«, schwor er und drückte sich gegen die Tür in seinem Rücken, um möglichst weit von Jack wegzukommen. »Von mir aus können wir zum Sheriff fahren. Dort wird sich alles aufklären.«

»Ich habe meiner Tochter versprochen, auf die alten Rituale zu verzichten«, sagte Jack eindringlich.

Liam kapierte kein Wort. Er versuchte, ruhig zu atmen und sich nichts anmerken zu lassen, konnte aber nicht aufhören, immer wieder zur Schrotflinte zu schielen.

»Sie muss nichts von dem, was ich da draußen getrieben habe, erfahren. Verstanden?« Jack folgte Liams Blick. »Was ist?«, fragte er und nickte ihm herausfordernd zu. »Angst, dass ich dich abknalle und hier irgendwo verscharre?«

Liam schluckte schwer. So etwas in der Art hatte er sich ausgemalt. Niemand würde ihn in der Wildnis finden. Höchstens die Wildschweine oder Dingos.

»Was sind das für Rituale?«, hakte er nach, um vom Thema abzulenken. Er sah sich schon als Opfergabe für irgendwelche heidnischen Götter an einen Pfahl gefesselt.

Jack lehnte sich im Sitz zurück. Er schien nicht vorzuhaben, bald weiterzufahren, also nutzte Liam seine Chance und versuchte, möglichst unauffällig nach dem Türgriff in seinem Rücken zu suchen.

»Meine Vorfahren waren viel enger mit der Natur verwurzelt, als wir es heute sind«, begann Jack zu erzählen. »Sie nahmen Kontakt zu den Geistern auf, um deren Rat einzuholen. Genau das habe ich getan. Und dann bist du wie aus dem Nichts aufgetaucht.«

Sein Blick durchforstete Liam, als wäre er für ihn ein Buch mit sieben Siegeln. Glaubte er wirklich, seine Geister hätten ihn geschickt?

Liam hatte eine ungefähre Vorstellung davon, wie man es anstellte, Visionen von Geisterwesen zu erhalten. Schließlich wussten schon die alten Schamanen, welche Kräuter man rauchen musste, um sich die Birne wegzuschießen. Kein Wunder, dass Jacks Tochter nichts von diesem Kram hielt.

Endlich hatte er den Griff gefunden, wagte es aber noch nicht, die Tür zu öffnen. Der Alte hätte sich die Flinte schneller geschnappt, als er den Straßengraben erreichen konnte. Und wenn Jack noch nicht ganz von seinem Trip runter war, würde er vielleicht wieder schießen.

»Aber jetzt, wo du nicht mehr auf Droge bist, ist dir schon klar, dass ich weder ein Viehdieb noch einer deiner Urahnen bin, oder?«, fragte er unsicher.

Jack lachte. »Es ist schon etwas komplexer als das Einnehmen irgendwelcher bewusstseinserweiternder Substanzen. Und es sind auch nicht meine Urahnen, mit denen ich versuche, in Kontakt zu treten. Es sind Naturgeister. Sie existieren und sie sind wütend. Wütend über das, was wir der Welt antun und worauf wir hinsteuern. Und du, mein Junge, du hast die Aura eines Naturgeistes. Ich werde dich gehen lassen, wenn du mir versprichst, die Klappe zu halten. Aber erst, wenn ich mir sicher sein kann, dass du wirklich ein Mensch bist.«

Das reichte Liam. Er musste, so schnell es ging, von diesem Irren weg! Der Alte hatte doch völlig den Verstand verloren.

Er zog am Griff, wollte die Tür aufstoßen und nach draußen stürzen, doch kaum, dass er sie einen Spalt geöffnet hatte, packte Jack ihn am Kragen und zerrte ihn zurück.

Panik stieg in ihm auf. Er war zu geschwächt, um sich gegen diesen Verrückten zu wehren. Jack beugte sich über ihn, drückte Liam seinen Arm gegen die Kehle und ihn dadurch fest in das Sitzpolster.

»Das hier muss nicht so hässlich enden, wie du dir das ausmalst«, zischte Jack.

Sein Atem legte sich dabei auf Liams Haut. Angeekelt von der erzwungenen Nähe, drehte er den Kopf zur Seite, während sich Jacks Hand zwischen ihn und die Rückenlehne schob. Er zog die Fesseln, die Liam in der letzten Stunde mühsam gelockert hatte, mit einem Ruck wieder fester. Dann lehnte er sich zurück auf den Fahrersitz.

»Du musst keine Angst vor mir haben«, meinte Jack wenig Vertrauen einflößend.

Liam schluckte schwer. So etwas in der Art sagten sicher alle Serienmörder, bevor sie ihre Opfer zu Tode folterten und häppchenweise an die Hunde verfütterten.

Er konnte nicht glauben, dass ihm das passierte. Er war die Geisel eines drogensüchtigen Schamanen, der mitten im Outback auf Geisterjagd ging und ihn für ein übernatürliches Wesen hielt. Da wäre es ihm lieber gewesen, mit einem Viehdieb verwechselt zu werden.

Jack wandte sich wieder der Straße zu und fuhr weiter.

»Okay«, sagte Liam nach einer Weile einsichtig. »Ich verrate es niemandem. Sag mir nur, was ich tun muss, um dir zu beweisen, dass ich ein Mensch bin.«

Er starrte Jack erwartungsvoll an, doch der ignorierte ihn. Der Mann war wirklich verrückt, und wer wusste schon, wie viele andere Unschuldige er bereits aufgegriffen und im Glauben, es mit Geistern zu tun zu haben, getötet hatte?

»Ich habe Familie«, beteuerte Liam. »Ich heiße Liam Hyland. Meine Eltern sind Harry und Ruby Hyland. Unsere Farm …«

»Es interessiert mich nicht, wer du vorher warst«, unterbrach Jack ihn.

»Vorher?«, fragte er mit sich überschlagender Stimme.

Jack reagierte nicht.

Liams Atemzüge gingen wieder schneller. Sein Herz pochte wild und wollte sich einfach nicht beruhigen und dazu kam das Dröhnen in seinem Schädel, was er der Platzwunde verdankte, die Jack ihm zugefügt hatte. Das alles zusammen verhinderte, dass er auch nur einen klaren Gedanken fasste.

Er versuchte, nicht in Panik zu geraten, doch das gelang ihm einfach nicht. Er hatte das Gefühl, nichts von dem, was er sagen könnte, würde Jack von dem Glauben abbringen, er hätte es mit einem Geist zu tun.

Mit bloßen Fäusten, ohne verletzt und gefesselt zu sein und mit einer Waffe bedroht zu werden, hätte er Jack überwältigen können. Aber so? Er starrte zu Boden. Das Seil um seine Handgelenke schnitt ihm die Blutzufuhr ab und so langsam wurden seine Finger taub.

»Wenn ich wirklich die Aura eines deiner Naturgeister hätte, warum wolltest du mich dann erschießen?«, fragte er nach einer Weile. »Ich dachte, diese Geister wären so etwas wie die Götter der Aborigines.«

»Götter?«, lachte Jack. »Nein, das sind sie nicht. Sie sind weder gut noch böse. Es sind körperlose Wesen, deren Energie durch unsere Welt fließt, durch Flüsse, Steine, Bäume. Hast du dich denn nie mit der Kultur dieses Landes auseinandergesetzt? Die Weisheit der Naturgeister hat meinen Ahnen immer gute Dienste geleistet, aber nie hat ein Naturgeist unsere Welt betreten. Das scheint sich jetzt zu ändern. Etwas geschieht. Etwas Schreckliches. Und die Vorzeichen zeigen sich uns schon seit Monaten. Überflutungen, Erdbeben, Tornados. Ich weiß nicht, was mit dir nicht stimmt, aber du bist tiefer in diese Sache verstrickt, als du ahnst.«

Liam fixierte weiter den Boden zwischen seinen Stiefeln. Hatte der Kerl nie etwas vom Klimawandel gehört? Liam war doch nicht schuld an der globalen Erwärmung! Das war das Werk skrupelloser Großkonzerne und nicht das irgendwelcher Geister.

Noch einmal versuchte er, sich vergebens von den Fesseln zu befreien. Wut mischte sich in seine Verzweiflung. Er war kein verdammter Naturgeist und er wollte nicht sterben, nur weil ein alter Sack an die Ammenmärchen seiner Vorfahren glaubte.

»Steig aus«, forderte Jack ihn auf.

Liam bemerkte erst jetzt, dass sie angehalten hatten. Er hob den Blick und sah sich um. Da war nichts außer wildes Land. Vielleicht war das hier in Jacks Augen und in denen seiner Vorfahren ja heiliger Boden. Oder er hatte hier irgendwo bereits ein Grab ausgehoben, in das er Liams Leichnam befördern wollte.

Jack streckte sich nach der Schrotflinte, aber sie rutschte ihm aus den Fingern und landete im Fußraum.

Jetzt oder nie! Liam stieß die Tür auf, sprang aus dem Wagen und fiel auf ein Knie, weil ihm der verletzte Knöchel wegbrach.

Er biss die Zähne zusammen und war sofort wieder auf den Beinen. Der Schmerz kroch ihm bis hinauf zum Knie, doch das ignorierte er.

»Warte!«, rief Jack ihm nach.

Liam dachte nicht daran anzuhalten. Er rannte blindlings drauf los. Weg von der Straße, dem Auto und dem Mann mit der Schrotflinte. Wenn Jack ihm jetzt in den Rücken schießen würde, wäre er wenigstens beim Versuch zu fliehen gestorben und nicht auf den Knien um sein Leben winselnd.

Er brach durch dichtes Gestrüpp, schlug dahinter einen Haken, in der Hoffnung, Jack dadurch abschütteln zu können, und rutschte unverhofft eine steile Böschung hinab.

Gerade als er sich wieder auf die Beine kämpfen wollte, hallte ein Schuss durch die Luft. Er zuckte zusammen, hielt für einen Moment die Luft an, begriff dann aber, dass der Schuss in einiger Entfernung gefallen war.

Mühsam zog er sich wieder auf die Beine und schleppte sich hinter die nächste Anhöhe. Die ganze Nacht hatte er bereits so verbracht, nachdem es ihm in letzter Sekunde gelungen war, Jacks Flinte beiseitezustoßen und dadurch einem Kopfschuss zu entgehen. Er war geflohen, hatte sich versteckt und gehofft, seinen Verfolger abhängen zu können. Und am Ende war er ihm doch geradewegs in die Arme gelaufen.

Diesmal bot ihm die Dunkelheit keinen Schutz und zudem erschwerten ihm seine gefesselten Hände das Vorankommen auf dem unebenen Boden. Doch einen Vorteil hatte er: Von hier aus konnte er es zu Fuß nach Hause schaffen.

Liam konnte sich kaum noch auf den Beinen halten. Dem Schuss, der schon vor einer ganzen Weile gefallen war, war kein weiterer gefolgt. Ob Jack aufgegeben hatte?

Es war nicht mehr weit bis zur Stone Creek Ranch, doch wie er die letzte halbe Meile schaffen sollte, ohne zusammenzuklappen, wusste er nicht. Mühsam zog er einen Fuß vor den anderen. Den Schmerz in seinem Knöchel merkte er schon gar nicht mehr.

Die Sonne brannte bereits so früh am Morgen unerträglich heiß. Seine Lippen waren spröde und aufgeplatzt, seine Kehle trocken und die Glieder schwer. Wie in Trance lief er weiter.

Eigentlich hätte er froh sein müssen, entkommen zu sein, aber die Angst, die sich in ihm festgesetzt hatte, verschwand einfach nicht. Es stellte sich keine Erleichterung ein. Er fühlte sich weiterhin verfolgt und beobachtet.

Eine Bewegung in seinem Augenwinkel ließ ihn aufschrecken. Er wirbelte herum, strauchelte bedrohlich und fing sich gerade noch mit einem Ausfallschritt. Wenn er in seinem Zustand fallen sollte, wüsste er nicht, ob er es schaffen würde, wieder aufzustehen.

Liam ließ seinen Blick über das Land und die staubige Straße wandern. Doch da war nichts, also wandte er sich wieder nach vorne. Trotzdem blieb das Gefühl, beobachtet zu werden.

Er war kaum zwei Schritt weit gekommen, als er wieder etwas am Rande seines Sichtfeldes sah. Er schrak davor zurück, stolperte auf die Straße und ein lautes Quietschen ließ ihn erstarren. Vor ihm kam ein Auto zum Stehen.

Die Fahrertür flog auf und Liam taumelte einen Schritt zurück. Er sah zur Böschung, aber der seltsame schwarze Schatten, den er gesehen hatte, war verschwunden.

Jemand packte seine Schultern und schüttelte ihn.

»Scheiße, Liam!«, schrie Jones ihn an. »Du bist mir direkt vors Auto gesprungen!«

Liam fiel es schwer, seine Gedanken zu ordnen. Er sah zu

Jones auf, dessen Stimme dumpf und fern klang, und versuchte, sich klarzumachen, dass er wirklich entkommen war. Alles war wie im Nebel. War es die Hitze, die Erschöpfung oder hatte er eine Gehirnerschütterung, die sich erst, nachdem das Adrenalin langsam nachließ, zeigte? Er wusste es nicht. Nur dass er stumpfsinnig zu seinem Freund aufsah und nichts sagen konnte.

»Was ist mit deinen Händen?«, fragte Jones.

Liam öffnete den Mund, brachte aber kein Wort über die Lippen. Seine Kehle war zu trocken.

»Komm mit«, forderte Jones ihn auf und führte ihn zur Beifahrertür. »Als dein Pferd plötzlich mitten in der Nacht gesattelt auf dem Hof stand, sind sofort alle los, um nach dir zu suchen, Mann.«

Liam sank auf den Sitz, nachdem Jones ihn von den Fesseln befreit hatte. Sofort drohte die Müdigkeit, ihn zu übermannen. Seine Lider flatterten und es fiel ihm schwer, die Augen offen zu halten.

Jones legte ihm die Hand auf die Stirn. »Du fühlst dich heiß an. Trink erst mal was.«

Er reichte ihm eine Thermoskanne. Mit zittrigen Händen nahm Liam sie an, trank einen Schluck und spuckte das Zeug gleich wieder aus.

Hustend sah er zu Jones auf. »Was ist das?«, krächzte er.

»Kalter Kaffee von gestern«, meinte Jones schulterzuckend. »Sorry, sonst hab ich halt nichts hier.«

»Kalter Kaffee mit Benzin?«, fragte Liam und wischte sich über den Mund. Der Alkohol brannte ihm in der ausgetrockneten Kehle.

»Mit Selbstgebranntem«, antwortete Jones und grinste schief. Er nahm Liam die Thermoskanne aus der Hand und umrundete das Auto.

Liam zog seine Beine in den Fußraum und lehnte sich zurück. Er hätte auf der Stelle einschlafen können. Doch er wurde das Gefühl nicht los, jemand säße auf der Rückbank und beobachtete ihn. Vorsichtig drehte er den Kopf, woraufhin eine undefinierbare schwarze Masse davonhuschte.

»Was …?!«, stieß er noch aus, doch das fremdartige Etwas war bereits wie Nebel durch die Fensterritzen verschwunden. Hatte er sich das nur eingebildet?

»Wirklich alles okay bei dir?«, fragte Jones besorgt.

Liams Atem hetzte. Er hatte keine Ahnung, was da vor sich ging. Was, wenn wirklich etwas Wahres an dem war, was Jack gesagt hatte? Wenn es diese Naturwesen gab und sie es auf ihn abgesehen hatten?

»Alles gut …«, behauptete er und lehnte sich wieder zurück. Er schloss die Augen und versuchte, diese Gedanken aus seinem Kopf zu verbannen. Es mussten Hitze und Alkohol sein, die seinen Sinnen einen Streich spielten. Anders konnte er es sich nicht erklären.

KAPITEL 5

LIAM

TAG 4: DI, 10:00 UHR,
WESTLICH VON SYDNEY, AUSTRALIEN

Gierig stopfte Liam das belegte Brot in sich hinein und spülte es mit reichlich Wasser runter. Er war so ausgehungert, er hätte ein halbes Rindvieh verschlingen können.

»Ich kann dir auch etwas Warmes kochen«, schlug seine Mum vor.

Liam schüttelte den Kopf. Mit vollem Mund konnte er nicht sprechen und das kam ihm auch gelegen, denn noch wusste er nicht, wie er sein Verschwinden hätte erklären können. Er wünschte sich, es wäre ganz einfach gewesen, ihr von dem Verrückten zu erzählen, der auf ihn geschossen hatte. Aber dann hatte er diese Schatten gesehen und war sich nicht mehr sicher, wer nun wirklich der Verrückte war. Vielleicht war er es ja selbst.

»Bist du dir sicher, dass es dir gut geht?«, fragte seine Mum zum wiederholten Male. Sie setzte sich ihm gegenüber an den Küchentisch und legte ihm die Hand auf den Arm. Eindringlich sah sie ihn an, bis er sich gezwungen fühlte, zu ihr aufzublicken.

Ob es ihm gut ging? Er wusste es nicht. Alles, was er wusste, war, dass sich etwas verändert hatte. Etwas, das er nicht greifen und sich nicht erklären konnte. Er versuchte, dieses seltsame Gefühl abzuschütteln, sich einzureden, dass es die Schatten, die er gesehen hatte, nicht gab und Jacks Behauptungen die eines Irren waren. Aber sosehr er das auch versuchte, so wenig konnte er sich davon überzeugen.

Die Hintertür sprang auf und sein Vater stürzte in die Küche. Er wirkte aufgebracht, entspannte sich aber sichtlich, als er seinen Sohn sah.

»Du bist also wieder zurück«, stellte er mit einem Nicken in Liams Richtung fest. Ganz offensichtlich hatte er sich Sorgen gemacht, tat jedoch sein Bestes, das zu verbergen. Er sah zu seiner Frau, die ihn wissend anlächelte.

»Kaffee?«, fragte sie.

Harry nickte knapp, räusperte sich und sah sich in der Küche um, als wüsste er nichts mit sich anzufangen.

Während seine Frau ihm eine Tasse aus dem Schrank holte und Kaffee einschenkte, fiel sein Blick auf Liams aufgeschürfte Handgelenke. »Müssen wir den Sheriff rufen? Hast du Ärger mit den Walker-Jungs gehabt? Wenn die glauben, sie könnten sich alles erlauben ...«

In seinen letzten Worten schwang Wut mit und Liam riss vor Schreck die Augen auf, als sich schwarze Linien auf der Haut seines Vaters abzeichneten. Ebenso schwarz wie die Schatten, die er gesehen hatte. Das Brot fiel ihm aus der Hand und beinahe wäre er aufgesprungen und rücklings weggestolpert.

»Dein Kaffee«, sagte seine Mutter.

Sah sie denn diese Schatten nicht? Sie blieb davon völlig ungerührt, und als sie ihm die Tasse reichte, verschwanden die Linien auch schon wieder von der Haut seines Vaters.

Sie sah zu Liam, dessen Atem schneller ging. Der Schock saß tief und seine Gedanken rasten. Sicher stand er unter Drogen oder die Sonne hatte ihm zu sehr zugesetzt. Irgendeine plausible Erklärung musste es geben! Denn andernfalls musste er alles infrage stellen, was er bisher geglaubt hatte zu wissen.

»Liam?«, fragte sie vorsichtig. Sie wollte nach seiner Hand greifen, doch Liam entzog sie ihr.

»Ich ... ich bin müde«, sagte er, sprang auf und verließ Küche, ohne seine Eltern aus den Augen zu lassen.

Er wollte weg von alledem. Weg von diesen Schatten und dem immer lauter werdenden Gedanken, dass Jack die Wahrheit gesagt haben könnte.

Im Gang angekommen, wandte er sich der Treppe zu, doch sein Blick blieb am Fernseher hängen, der im Nebenraum flimmerte. Das Bild war verzerrt und der Ton so leise gestellt, dass Liam kaum etwas verstehen konnte. Was er aber sah, reichte aus, um ihn erstarren zu lassen.

Die Übertragung zeigte Bilder aus aller Welt. Soldaten, die gegen Aufständische vorrückten, Städte, die von Überflutung, Erdbeben und Tornados zerstört worden waren, und verwackelte Handyaufnahmen der Abstürze, die er am Abend gesehen hatte. Im unteren Bildschirmrand lief ein Fließtext. Bei dem schlechten Empfang konnte er nur Fetzen davon lesen. Worte wie Spionagesatellit, Bombenangriffe, biologische Waffen und Flugzeugabstürze ließen ihm das Blut in den Adern gefrieren.

»Es hat sich herausgestellt, dass Nordkorea England bombardiert hat«, erklärte seine Mutter mit brüchiger Stimme. »Angeblich, weil die Biowaffen gegen sie eingesetzt hätten. Aber daran glaubt niemand. Was mit der Natur geschieht, hat nichts mit biologischen Waffen zu tun. Es geschieht überall zeitgleich und jeder gibt jedem die Schuld daran.«

Liam starrte weiter zum Fernseher. Es fühlte sich an, als würde er neben sich stehen. Das alles wirkte falsch und fremd auf ihn. Als wäre er in einem Albtraum gefangen, der nicht enden wollte. Jacks Worte über die Vorzeichen der nahenden Katastrophe hallten in ihm wider.

»Die USA werden von Tornados heimgesucht«, fuhr sie fort. »In vielen Ländern gehen die Menschen auf die Straßen, um gegen irgendetwas zu demonstrieren, ohne zu wissen, was eigentlich passiert. Die Niederlande sollen komplett überflutet worden sein und es heißt, das Atomkraftwerk in Fukushima sei explodiert. Ich weiß nicht, was gerade mit der Welt passiert, aber ich bin froh, dass wir hier in Sicherheit sind.«

Sie legte ihre Hand auf Liams Schulter, nicht ahnend, dass er sich alles andere als sicher fühlte. Jack hatte ihn vor den Konsequenzen des menschlichen Handelns gewarnt und alles deutete darauf hin, dass er am Ende recht behielt.

»Geht es dir wirklich gut?«, fragte sie.

Liam antwortete nicht sofort. In Anbetracht dessen, was gerade auf der Welt geschah, war sein verstauchter Knöchel noch das Geringste. Er musste sich erst einmal sammeln und seine Gedanken ordnen. Und vielleicht, mit etwas Glück, würde er einfach aufwachen und feststellen, dass nichts von alledem Wirklichkeit war.

»Ja, alles okay«, murmelte er und löste sich vom Fernseher.

»Er muss sich nur ausruhen, Ruby«, meinte Harry, der in den Türrahmen der Küche getreten war.

Seine Mutter sah von ihrem Mann zu Liam und der nickte zustimmend.

»Wie du meinst«, sagte sie. »Nimm dir so viel Zeit, wie du brauchst.«

Liam humpelte zur Treppe und hinauf in sein Zimmer. Er war noch nicht oben angekommen, da hörte er, wie seine Eltern flüsterten.

»Es fehlen Rinder«, sagte Harry.

»Denkst du, er hat Viehdiebe erwischt?«

»Gut möglich. Er wird es uns noch früh genug sagen.«

Lange hatte Liam nicht schlafen können. Er war unter die Dusche gesprungen, hatte ein paar Aspirin eingeschmissen und gehofft, bis zum nächsten Tag durchzuschlafen. Aber seine Gedanken gaben einfach keine Ruhe.

Das alles konnte kein Zufall sein. Diese Schatten, die Naturgeister, von denen Jack gesprochen hatte, und dann die Katastrophen. Irgendwie hing das alles zusammen, nur wusste er nicht, wie.

In seinem Zimmer würde er sicher keine Antworten finden. Auch wenn es verlockend war, sich dort zu verkriechen.

Er setzte sich auf und massierte sich mit Daumen und Zeigefinger den Nasenrücken. So müde er auch war, sein Kopf ließ nicht zu, dass er zur Ruhe kam.

Vorsichtig schob er seinen verletzten Fuß vom Bett. Es war bloß eine Verstauchung, auch wenn es höllisch wehgetan hatte. Der Stützverband half jedoch und die Schmerztabletten taten ihr Übriges.

Er zog sich an, schnappte sich seine Jacke und ging nach unten, wo noch immer der Fernseher lief und in verzerrten Bildern von Dutzenden Katastrophen berichtete.

Von seinen Eltern war nichts zu sehen und so musste er auch niemandem Rechenschaft ablegen, als er das Haus verließ und über den Hof zum Schuppen humpelte.

»Hey!«, rief er Rob zu, der gerade dabei war, Heuballen ins Trockene zu schaffen.

»Ah, hat der Herr endlich ausgeschlafen«, höhnte Rob. »Und? Wo hast du dich die Nacht rumgetrieben?«

»Hast du Jones gesehen?«, fragte Liam ohne Umschweife.

»Der sucht nach den verschwundenen Rindern«, erklärte Rob.

»Mit dem Truck?«

»Klar.«

»Shit.« Den hätte er jetzt gebraucht.

»Wieso? Willst du in die Stadt?«, fragte Rob. »Du willst das doch nicht auf eigene Faust regeln, oder? Wenn wir jemandem eine Lektion erteilen sollen, sag Bescheid. Wir stehen hinter dir.«

»Ich muss nur etwas besorgen«, wehrte Liam ab und nickte zu Robs Auto neben dem Schuppen. »Kann ich …?«

»Mein Auto haben? Vergiss es! Nimm dein Pferd.«

»Komm schon, Rob. Whiskey braucht 'ne Pause.«

Widerwillig seufzte Rob. »Also gut, aber nur, wenn du keine Scheiße baust.«

»Sicher nicht«, versprach er, wusste aber nicht, ob er sich daran halten konnte. Was er vorhatte, war schon ziemlich nah dran an einem Riesenhaufen Scheiße.

»Der Schlüssel steckt«, sagte Rob und widmete sich wieder den Heuballen.

Liam warf einen letzten Blick zum Haus. Er war sich ziemlich sicher, einen Fehler zu begehen. So wie er sich auch sicher gewesen war, dass es keine gute Idee sein konnte, nach der Zeit in Sydney wieder zur Stone Creek Ranch zurückzukehren und so zu tun, als wäre er nie weg gewesen. Und doch hatte er es getan.

»Wenn jemand nach mir fragt …«, begann er nachdenklich.

»Ich weiß von nichts«, fiel ihm Rob ins Wort.

Liam nickte, ohne sich vom Anblick seines Elternhauses lösen zu können. Einen Moment stand er noch so da, zweifelte an seinem Vorhaben, sah aber schließlich ein, dass er im Grunde keine andere Wahl hatte.

Er lief zum Wagen, stieg ein und fuhr vom Hof. Es konnte nicht so schwer sein, einen Aborigine namens Jack zu finden. Viele Ureinwohner Australiens gab es in der Gegend nicht und so schlug er den Weg in die nächstgelegene Stadt ein.

In Winter Falls angekommen, zeigte sich, dass die Geschehnisse der letzten Tage auch dort ihre Spuren hinterlassen hatten. Offenbar sahen viele der Anwohner die Katastrophenberichte aus aller Welt nicht so gelassen, wie es seine Eltern taten. Der Satellitenabsturz tat sicher sein Übriges, um die Angst der Menschen zu schüren.

Im Schritttempo fuhr Liam über die staubige Hauptstraße und sah zu den Wohnhäusern, deren Fenster verrammelt worden waren. Mit vollgepackten Autos fuhren die Anwohner aus der Stadt. Vor den meisten Geschäften hingen Geschlossen-Schilder und alles wirkte wie ausgestorben auf Liam.

Die einzige Bar der Stadt hatte aber noch geöffnet und so parkte er auf dem Platz davor. Kaum dass er ausgestiegen war, flog die Tür auf und ein Besoffener torkelte nach draußen.

»Komm wieder, wenn du zahlen kannst!«, schrie der Wirt ihm nach. Aus dem Inneren der Bar krochen schwarze Schatten wie Zigarettenqualm über die Türschwelle.

Liam zögerte. Vielleicht war es doch keine so gute Idee, ausgerechnet hier mit seiner Suche anzufangen. Er wusste nicht, was es mit diesen Schatten auf sich hatte, aber sicher war es nicht gesund, direkt in sie hineinzulaufen. Er wich einen Schritt zurück und versuchte, nicht wie ein Verrückter zu wirken, der etwas anstarrte, was es nicht gab.

»Was ist?«, brüllte der Wirt.

»Nichts«, sagte Liam und hob abwehrend die Hände.

»Hast du ’n Problem?«, pöbelte der Besoffene ihn an.

»Mit dir sicher nicht.«

Über die Haut des Mannes begannen sich dunkle Linien zu ziehen. Es kam Liam beinahe so vor, als würden diese Schatten von der Wut des Mannes geschürt werden. Konnte das sein?

»Ich zeig dir gleich, wer hier Probleme hat!«, raunzte er und stapfte auf Liam zu. Er war viel zu betrunken, um geradeaus laufen zu können, fing sich an einem Auto ab, ehe er Liam erreicht hatte, und kotzte sich dort die Seele aus dem Leib.

Liam suchte das Weite, noch bevor sich der Kerl wieder aufgerichtet hatte. Ungläubig über das, was gerade geschah, rieb er sich die Schläfen. Schatten, Naturgeister, Weltuntergangsszenarien. Er sehnte sich zu dem Abend zurück, an dem sein größtes Problem drei ausgebüxte Rinder gewesen waren.

Im Supermarkt und auch an der Tankstelle hatte er kein Glück bei seiner Suche. Schließlich landete er im Blumenladen. Eines der wenigen Geschäfte, die überhaupt noch geöffnet hatten. Wozu man während eines drohenden Weltkrieges unbedingt ein paar hübsche Schnittblumen brauchte, war Liam ein Rätsel.

Eine Glocke ertönte, als er die Tür aufschob, und der penetrante Geruch nach Blüten und Schnittpflanzen kroch ihm in die Nase. Er lief durch die engen Gänge, schob sich durch all das Grünzeug und fühlte sich wie im Urwald. Das war wirklich nicht seine Welt. Er war kein Freund von Zimmerpflanzen und Blumenduft und erst recht nicht von Gängen, die zu schmal waren, um bequem hindurchzukommen.

»Kann ich helfen?«, fragte jemand.

Liam wirbelte herum, riss dabei einen Pflanzenkübel um und fing ihn gerade noch auf, bevor er zu Boden fallen konnte. Doch statt des Blumentopfs fühlte er die zierlichen Finger eines Mädchens, auf denen seine Hand lag. Zeitgleich hatten sie nach dem Kübel gegriffen.

Er sah zu ihr auf und seine Augen blieben an ihrem Dekolleté hängen. So gebückt, wie sie vor ihm stand, ließ ihr lockeres Top tief blicken.

»Was ist?«, fragte sie, entriss ihm den Blumentopf und richtete sich auf.

»Ähm …«, stotterte er verlegen. Er spürte, wie ihm die Hitze ins Gesicht stieg, und das nicht nur, weil er einen Blick auf ihre Oberweite gewagt hatte. Dieses Mädchen war verdammt hübsch, mit großen leuchtenden Augen, karamellfarbener Haut, langen Flechtzöpfen und einem Körper zum Dahinschmelzen.

»Wenn du Hilfe brauchst, ich bin dahinten«, sagte sie gereizt und wandte sich zum Gehen.

Liam befreite sich aus seiner Starre, griff, ohne nachzudenken, nach ihrer Hand und hielt sie auf.

»Was fällt dir ein?«, beschwerte sie sich und riss sich los.

»Sorry, ich wollte nicht …« Irgendwie bekam er keinen geraden Satz zustande. Dieses Mädchen hatte ihm glatt die Sprache verschlagen. »Ich suche einen Jack.«

»Jack und weiter?«, fragte sie und stemmte die Hände in die Hüften.

»Weiter weiß ich nicht. Er hat …« Liam deutete auf sein Gesicht.

»Eine Nase?« Sie runzelte die Stirn.

»Nein, ich meine …«

»Keine Nase?«

»Dunkle Haut«, seufzte er.

»Ah!«, rief das Mädchen und zog dabei die Brauen hoch. »Du suchst einen Dunkelhäutigen und da schickt man dich natürlich sofort zu mir. Weil sich ja alle Menschen mit etwas dunklerer Hautfarbe untereinander kennen. Schon verstanden. Natürlich muss ich sofort wissen, wen du suchst, wenn du mir einen weit verbreiteten Vornamen nennst.«

»Gott!«, stieß Liam aus und raufte sich das Haar. Das Ganze entwickelte sich gerade zu einem Fiasko. »Ich habe nur gefragt.«

»M-hm«, meinte sie knapp und schürzte dabei die Lippen. Sie mochte hübsch sein, war aber ebenso zickig. Er hatte ihr doch gar nichts getan. Außer, etwas mehr von ihr zu sehen, als es seine Absicht gewesen war. Dafür konnte er nun wirklich nichts.

»Kennst du ihn nun oder nicht?«, hakte er nach.

»Er ist mein Vater«, sagte sie und wandte sich wieder zum Gehen.

Liam traute seinen Ohren kaum. Das war Jacks Tochter? Andererseits passte das ganz gut. Sie schien mindestens genauso verrückt zu sein wie er. Mit einer Schrotflinte in der Hand wäre die Familienähnlichkeit nicht zu übersehen gewesen.

»Warum hast du das nicht gleich gesagt?«, fragte er und lief ihr nach.

Sie verschwand hinter der Verkaufstheke und tat geschäftig, sortierte Auslegeware und suchte die Regale ab, ohne Liam auch nur eines Blickes zu würdigen.

»Er ist nicht hier«, verkündete sie schließlich.

»Und wo ist er?«, fragte er genervt. Er las das Namensschild auf ihrer Brust. »Grace?«

Grace sah auf, betrachtete Liam noch einmal ausgiebig und ihr bisher unterkühlter Blick wurde etwas weicher, als sie die Platzwunde an seiner Stirn sah.

»Hör zu, wenn er Probleme gemacht hat …«

»Nein, darum geht's nicht«, wehrte Liam ab und glaubte selbst nicht, was er da sagte. Dieser Kerl hatte versucht, ihn abzuknallen, und er tat Grace gegenüber so, als wäre nichts gewesen. Aber wahrscheinlich war das auch besser so. Sie würde ihm sicher nicht verraten, wo ihr Vater war, wenn sie um die Umstände ihres Kennenlernens wüsste.

Zweifelnd sah Grace ihn durch schmale Augen an und nahm ihren Blick auch dann nicht von ihm, als sie sich zur Tür in ihrem Rücken lehnte.

»Dad?«, rief sie.

Es dauerte nicht lange, da trat Jack in den Türrahmen. »Was ist?«

Liam musste sich zwingen, nicht zurückzuweichen. Sein Herz schlug schneller und sein Verstand versuchte, ihm einzureden, dass es eine ziemlich bescheuerte Idee gewesen war, diesen Mann aufzusuchen.

Jack sah an Grace vorbei und erkannte Liam sofort. Sein Blick verengte sich, während Liam versuchte, cool zu bleiben.

»Bist du alleine?«, wollte Jack wissen.

»Offensichtlich.«

»Keine Polizei vor der Ladentür?«

»Polizei?«, fragte Grace ungläubig.

»Kannst du das Gesteck für die Williams' fertig machen?«, forderte Jack seine Tochter auf.

»Nein«, wehrte sie entschieden ab. »Was geht hier vor?«

»Bitte«, sagte er mit Nachdruck. »Geh jetzt.«

Grace öffnete noch einmal den Mund, entschied dann aber wohl, dass es nichts brachte, ihrem Vater zu widersprechen, und verschwand im Hinterzimmer.

Liam sah ihr nach. Auf der einen Seite war es sicher eine gute Sache, sie da nicht mit hineinzuziehen. Auf der anderen Seite war er jetzt wieder allein mit seinem Entführer und wünschte sich plötzlich, dass er gelogen hätte, als er sagte, es stünde keine Polizei vor der Tür.

»Der Sheriff ist ein guter Freund von mir«, erklärte Jack. »Wenn ich ihm sage, dass ich dich beim Viehdiebstahl erwischt habe, wird er mir glauben.«

»Und wenn ich deiner Tochter erzähle, was du da draußen in der Wildnis getrieben hast, wem wird *sie* glauben?«

»Du wirst ihr gegenüber kein Wort darüber verlieren«, warnte Jack ihn mit erhobenem Zeigefinger.

Liam war froh, dass zwischen ihnen beiden die Theke stand. Er tat gelassen, war sich aber nicht sicher, ob Jack nicht versuchen würde, ihm einen Dämon auszutreiben, wenn sich die Gelegenheit dazu bot.

»Wenn du mir alles sagst, was du weißt«, erwiderte Liam. »Alles über diese Naturgeister, was sie vorhaben und was es mit diesen Schatten auf sich hat.«

»Schatten?«, fragte Jack.

»Ich bin doch wohl nicht der Einzige, der diese Dinger sehen kann«, meinte er zweifelnd.

»Ich weiß es nicht, Junge. Ich kann nur wiederholen, was ich dir schon einmal gesagt habe. Du hast nicht die Aura eines normalen Menschen. Irgendetwas an dir ist anders. Aber wenn du wissen willst, was es ist, dann solltest du mit ihnen sprechen. Nicht mit mir.«

»Mit deinen Geistern?«

Jack nickte.

»Das ist doch verrückt«, wehrte er ab. Das war es wirklich. Dieses ganze Unterfangen. Wieso war er überhaupt gekommen? Er hätte die Polizei einschalten sollen und sich nicht auf diese Geschichten einlassen. Aber er konnte die Fakten nun mal nicht leugnen. Er sah diese Schatten, und was in der Welt geschah, war alles andere als normal.

»Du bist zu mir gekommen, nicht umgekehrt«, erinnerte Jack ihn.

»Also gut. Und wie stelle ich das an?«

Jack sah ihn eine Weile schweigend an, dann warf er einen Blick zum Hinterzimmer, wohl um sicherzugehen, dass Grace sie nicht belauschte.

»Komm morgen wieder, dann zeige ich dir, wie«, sagte er schließlich. »Und jetzt verschwinde von hier.«

KAPITEL 6

ADDY

TAG 4: DI, 10:00 UHR,
SÜDÖSTLICH VON BIRMINGHAM, ENGLAND

Addy schlug die Augen auf. Über ihr war alles grün, Sonnenstrahlen blendeten sie und Vogelgezwitscher war zu hören. Sie schützte ihre Augen mit der Hand, blinzelte und erkannte Kletterpflanzen mit Blättern wie wirres Haar und goldgelben Blütendolden, die das Gebälk eines hohen Gebäudes eingenommen hatten. Ein ganzer Schwarm Vögel schien darin heimisch zu sein, Bienen summten und Schmetterlinge flogen von Blüte zu Blüte. Das zu sehen, kam ihr unwirklich vor. Die Pflanzen waren ihr fremd und die Farben ungewöhnlich kräftig. Es war, als wäre sie in einer fremden Welt aufgewacht, in der alles vertraut und doch ganz anders war.

Ihr Körper fühlte sich schwer an und ihr Schädel brummte. Mühsam richtete sie sich auf, stöhnte und fasste sich an die Schläfen.

Was waren das bloß für Schatten gewesen? Ihr schauderte bei dem Gedanken an die düsteren Gefühle, die sie im Angesicht dieses fremden Wesens übermannt hatten. Sie hatten sich ihr tief in die Seele gefressen und ein Gefühl der Leere hinterlassen.

Addy schaute sich um. Sie saß auf dem kahlen Boden einer stillgelegten Fabrik. Der Beton war rissig und von Moos überwuchert, die hohen Fenster gesprungen und andere exotische

Pflanzen hatten die Wände und das Dach eingenommen. So unwirklich das alles im ersten Moment auch auf sie gewirkt hatte, so wahrscheinlich war es doch, dass diese Fabrik noch vor wenigen Tagen in Betrieb und frei von Pflanzen gewesen war. Bevor Terra Mater ihr Werk begonnen hatte.

Nicht weit von Addy saßen Dave, Patti und Jared an einem Lagerfeuer. Sie bemerkten, dass Addy zu sich gekommen war, und beäugten sie argwöhnisch. Von Casimir war weit und breit nichts zu sehen.

Hastig sah Addy sich um und spürte, wie ihr Herz schneller schlug. Was war geschehen, während sie ohnmächtig gewesen war? Hatten sie ihn zurückgelassen? Oder Schlimmeres?

Die anderen flüsterten sich etwas zu und schließlich war es Patti, die aufstand und vorsichtig näher kam. In gebührendem Abstand blieb sie stehen, als wäre Addy eine Gefahr, die sie nicht einschätzen konnte.

»Geht es dir gut?«, fragte sie unterkühlt. »Du bist einfach umgekippt.«

Addy nickte. »Wo …?«

»Draußen«, würgte Patti sie ab. »Er hat uns alles erklärt. Aber glaubhaft klingt das nicht wirklich. Andererseits …« Sie sah sich in der verwahrlosten Halle um.

»Wie lange war ich weg?«, fragte Addy und stand auf. Ihre Knie fühlten sich an wie aus Pudding und noch immer dröhnte ihr der Schädel.

»Zwei Stunden vielleicht?« Patti wirkte noch immer sehr zurückhaltend. Skeptisch sah sie Addy an und deutete dann schließlich mit dem Kinn auf das Lagerfeuer. »Wir haben Fragen.«

Addy nickte und folgte ihr mit einem flauen Gefühl im Magen. Dave war wirklich sauer gewesen, und so wie er nun dasaß, im

Lagerfeuer herumstocherte und nicht einmal aufsah, als sie näher kam, glaubte sie nicht, dass sich das geändert hatte.

»Die Soldaten haben wir abgehängt?«, fragte Addy, als sie saß.

Patti nickte, während die anderen schweigend ins Feuer starrten und es mieden, Addy anzusehen.

Auch ihr Blick verlor sich in den Flammen. Sie suchte nach den richtigen Worten, wollte sich entschuldigen und erklären, was sie erlebt hatte. Aber jeder Satz, der ihr in den Sinn kam, schien der falsche Anfang zu sein. Mehrmals öffnete sie den Mund, schloss ihn aber wieder, noch bevor ihr ein Ton über die Lippen kam.

»Du hättest was sagen müssen!«, zischte Dave schließlich. »Fuck, ich bin so pissig wegen dir und dieser ganzen Scheiße hier!« Er warf den Stock, mit dem er in der Asche gestochert hatte, ins Feuer. Wut funkelte in seinen Augen und es kam ihr so vor, als würden die Schatten, die sich auf seinem Gesicht abzeichneten, nicht nur von den Flammen herrühren, sondern ein Eigenleben entwickeln, mit seinen aufbrausenden Gefühlen wachsen und ihn in Dunkelheit hüllen. Sie war überzeugt, sich das einzubilden, und doch machte es ihr Angst.

»Was hätte ich denn sagen sollen?«, verteidigte Addy sich. Sie sah zu Jared, der ihren Blick mied.

Dave sprang auf und raufte sich das Haar. »Irgendwas!«, spuckte er ihr entgegen. »Und vor allem, bevor wir von Soldaten mit Maschinengewehren bedroht werden.« Er wedelte unwirsch mit der Hand.

»Eric hat sich verändert«, warf Patti ein. »Das ist uns allen aufgefallen. Aber wer rechnet schon mit einer dämonischen Besessenheit?«

»Casimir ist kein Dämon. Er ist ein Naturgeist.«

»Wie auch immer«, brummte Dave und begann, auf und ab zu laufen. »Hat er Eric getötet? Wenigstens das könntest du uns sagen. Er war immerhin in unserer Klasse. Er hat mir oft bei den Hausaufgaben geholfen.«

»Eric war bereits tot«, beteuerte sie.

Jared sah sie vorwurfsvoll an. »Wieso sollten wir dir oder ihm trauen? Wieso, nachdem ihr uns belogen habt? Und warum euch und nicht dem Militär? Die suchen doch nicht grundlos nach solchen wie ihm.«

»Weil die Meliad nicht böse sind«, erklärte Addy. »Wir Menschen sind in dieser Sache die, die auf der falschen Seite stehen. Wir sind schuld an dem, was gerade passiert.«

»Dann sollten wir vielleicht einfach zurücklaufen und uns erschießen lassen«, höhnte Dave. »Schließlich sind wir ja hier die Bösen.«

Es war genau so, wie Addy es befürchtet hatte. Niemand wollte hören, dass er Schuld an etwas trug. Deswegen hatte sie aufgegeben zu versuchen, den Menschen in Orsett zu erklären, was mit ihrer Stadt geschah. Und deswegen hatte sie sich nicht getraut, es Dave und den anderen zu sagen.

»Dave, setz dich«, forderte Patti ihn auf.

Wiederwillig folgte er ihrer Anweisung, fixierte Addy durch schmale Augen und seufzte schließlich. »Vielleicht fängst du einfach ganz von vorne an.«

Addy senkte den Blick. Sie sah zu ihren Händen, die sich langsam zu Fäusten schlossen. Allein der Gedanke an Elekreen ließ Wut in ihr auflodern.

»Wir töten sie …« Sie schüttelte den Kopf, weil sie selbst nicht fassen konnte, was sie so lange nicht gewusst hatte. Wie lange ging das schon so? Elekreen hatte Kraftwerke auf der ganzen Welt errichtet, und wenn jedes davon ein Loch in die Sphäre der Meliad schlug, musste deren Welt einem Sieb gleichen – einem Sieb, aus dem unaufhaltsam das Leben strömte.

Wie viele Male hatte Addy unbedarft ihr Handy aufgeladen und damit das Leben eines Meliad aus seiner Welt gerissen? Wie viele Leben kostete es, einen Akku zu laden, einen Film zu sehen oder die Waschmaschine laufen zu lassen? Eines oder sogar Hunderte? Sie wusste nicht, wie viele von ihnen schon sterben mussten, um den Menschen ihr Leben ein klein wenig leichter zu machen.

»Ist das so?«, warf Dave ein. Addy sah zu ihm auf. »Leben diese Dinger wirklich?«

»Lass sie ausreden«, verlangte Patti.

»Nicht so wie wir, aber ja, sie leben. Unsere Welt besteht aus mehreren Sphären. Unsere ist die der Materie. Feste Dinge, die wir anfassen und sehen können. Die Meliad sind so etwas wie Naturgeister. Sie leben parallel zu uns. Auf der Ebene der Energie. Wir können sie nicht sehen, aber sie sind da. Elekreen hat einen Weg gefunden, sie aus ihrer Existenzebene zu ziehen und in das Stromnetz einzuspeisen. Kostenlose Energie, die sie billig an uns verkaufen konnten.«

»Also besteht Strom in Wirklichkeit aus diesen Meliad?«, schlussfolgerte Jared.

»Energie, ja.«

»Super«, murrte Dave. »Dann sind sie also quasi überall, denn Energie strömt ja durch alles.«

»Und Blitze sind dann auch in Wirklichkeit Naturgeister?«, hakte Patti nach.

Addy fühlte sich überfordert. So genau wusste sie das auch nicht. Sie wusste nur, dass Dave recht hatte. Energie floss durch alles und die Meliad waren ein Teil davon.

»Nein«, sprach Casimir in ihrem Rücken.

Die anderen sahen zu ihm auf und Addy drehte sich um. Ihre Blicke trafen sich und ein sanftes Lächeln zeichnete sich flüchtig auf seinen Lippen ab, bevor er wieder ernst wurde und die Fragen der anderen beantwortete. »Die Energie, die ihr messen und sehen könnt, wenn sie sich in Blitzen oder Funken entlädt, ist die Membran, die unsere Existenzebene umgibt. Ähnlich eurem Sauerstoff. Wir bewegen uns durch sie hindurch, können sie auch lenken, sind für euch aber unsichtbar. Zumindest waren wir das, bis ihr einen Weg gefunden habt, unser Leben in Strom umzuwandeln.«

»Und ihr Meliad rächt euch jetzt dafür?«, fragte Patti.

»Nein. Was mit der Natur geschieht, ist nicht unser Werk. Wie gesagt, gibt es fünf Ebenen. Eure ist die der Materie, unsere ist die Energie. Die dritte Ebene ist die des Lichts, aber verbunden wird alles durch die Mutter allen Lebens …«

»Terra Mater«, fügte Addy hinzu.

Casimir lächelte wieder und nickte, wurde aber gleich darauf ernst. »Durch das, was ihr uns antut, dadurch dass alle fünf Sphären durch euer Handeln gefährdet sind, habt ihr sie geweckt. Und sie ist bereit, dem ein Ende zu setzen und die Menschheit zu vernichten, wenn es nicht anders geht. Sie wird eine neue Welt erschaffen. Eine, die keine Bedrohung für andere darstellt.«

Schweigen legte sich über alle. Es war eine Sache zu denken, dass die Meliad der Feind waren oder Elekreen die Bösen. Aber zu wissen, dass sich die Natur selbst gegen die Menschheit auflehnte, war erdrückend. Wie sollte einer von ihnen fähig sein, das aufzuhalten?

»Und ich dachte immer, wenn uns mal jemand plattmacht, dann sind es Aliens. Unglaublich, dass sich unsere Welt in Wirklichkeit so zusammensetzt«, murmelte Jared gedankenversunken.

»Halt mal!«, warf Dave ein. »Du hast von fünf Sphären gesprochen. Die von Terra Mater, dann Materie, Energie, Licht und …«

»Schatten!«, warf Addy ein.

Mit weit aufgerissenen Augen sah sie zu Casimir auf, der abermals nickte. Das war es also, was sie gesehen hatte. Die Wesen einer weiteren Ebene. Die der Dunkelheit und allem, was damit einherging. Sie hatte es gefühlt. Es war, als wäre alles, was normalerweise im Verborgenen lag – von düsteren Gefühlen bis hin zu unterdrückten Erinnerungen –, in einer körperlosen Kreatur gebündelt gewesen. Aber warum war dieses Wesen in ihre Welt gelangt? Elekreen hatte es doch nur auf die Meliad und deren Sphäre abgesehen.

»Das ist doch Irrsinn!«, stieß Dave aus und sprang wieder auf.

»Ich find's ziemlich cool, ehrlich gesagt«, meinte Patti.

»Cool?«, fragte Dave ungläubig. »Der Kerl hat mein Auto geschrottet! Das Militär ist uns auf den Fersen, und so wie es aussieht, verwandelt sich die ganze Welt gerade in einen Urwald, in dem wir nicht mehr willkommen sind. Danke schön, Menschheit, war ein netter Versuch von euch. Und tschüss.«

»Aber er kann Blitze schießen«, brachte Patti als Gegenargument und deutete auf Casimir.

»Hast du es nicht verstanden?«, fragte Jared. »Wenn das mit der Natur so weitergeht, gibt es bald keine Menschen mehr.«

»Deswegen muss Elekreen aufgehalten werden«, sagte Addy. »Sie müssen aufhören, die Meliad zu vernichten. Sonst wird Terra Mater *uns* vernichten.«

»Deswegen wolltest du nach Birmingham, oder?«, fragte Dave. »Weil hier noch ein Kraftwerk steht.«

»Ja. Soviel ich weiß, gibt es nur diese zwei in England. Und Terra Mater wird hier dasselbe tun wie in Orsett, wenn wir nicht vor ihr dafür sorgen, dass das Kraftwerk abgeschaltet wird. Alles würde dem Erdboden gleichgemacht werden, inklusive der Menschen.«

»Wir?«, fragte Jared.

»Wer sonst?« Addy sah von einem zum anderen. Keiner von ihnen wirkte motiviert, einen Kampf aufzunehmen, von dem sie nicht wussten, ob sie ihn gewinnen konnten. Sie waren genauso plötzlich und unerwartet in diese Sache hineingezogen worden wie Addy. Aber irgendjemand musste etwas tun und außer ihnen gab es niemanden, der über das, was geschah, Bescheid wusste. Es gab niemanden, der ihnen glauben oder ihnen helfen würde. Sie waren auf sich allein gestellt.

»Also, ich bin dabei«, meinte Patti schließlich.

»Bevor hier auch alle sterben …«, murmelte Jared. »Aber es wird nicht reichen, das Kraftwerk abzuschalten. Die stehen überall auf der Welt. Wir müssen versuchen, dem Konzern klarzumachen, dass *alle* abgeschaltet werden müssen.«

»Und offensichtlich auch dem Militär und damit auch der Regierung«, fügte Patti hinzu.

Addy nickte, auch wenn sie nicht wusste, wie sie das anstellen sollten. Sicher war Bennet längst schon in Birmingham und hatte über Orsett Bericht erstattet.

»Klingt ja nach einem Kinderspiel«, brummte Dave, schnaubte dann aber einsichtig. »Lass uns erst einmal versuchen, in die Stadt zu kommen, und dann sehen wir weiter.«

Die anderen stimmten zu und Addy war erleichtert, dass sie ihr glaubten, auch wenn sie nicht wusste, wie sie aufhalten konnte, was unaufhaltsam voranschritt.

Sie beschlossen, nicht sofort aufzubrechen. Alles, was sie aus Orsett mitgebracht hatten, war noch im Jeep gewesen. Sie besaßen nur die Kleider, die sie am Leib trugen, weder Ausweise noch Geld noch einen Happen zu essen. Ihnen allen knurrten die Mägen und die Flucht vor dem Militär, die schlaflose Nacht und die Geschehnisse in Orsett hatten ihre Spuren hinterlassen.

Es wäre das Beste gewesen zu versuchen, ein paar Stunden zu schlafen. Aber die Müdigkeit siegte bei Addy nicht über die vielen Fragen, die ihr im Kopf herumschwirrten.

Während die anderen sich aufgemacht hatten, nach etwas Essbarem und Wasser zu suchen, streifte sie durch die Natur rund um die heruntergekommene Fabrikhalle. Von Pflanzen umgeben zu sein, hatte schon immer eine beruhigende Wirkung auf sie gehabt. Und das war auch noch so, nachdem sie nun wusste, dass sich die Natur gegen die Menschen wendete.

Es war nicht zu leugnen, dass etwas Wunderbares mit der Welt geschah. Die Schönheit, die sie umgab, war unbeschreiblich. So viele Farben, prachtvolle Blumen und überall wimmelte es vor Leben. Das alles löste in Addy ein ähnliches Gefühl aus, wie man es hatte, wenn man nach langer Reise nach Hause kam. Aber die Art, wie das geschah, war auf Leichen aufgebaut, und das konnte sie nicht ausblenden. Hatte es die Menschheit denn wirklich verdient, so unterzugehen? Mussten sie alle sterben, um Platz zu schaffen für etwas Neues?

Addy trat durch einen Vorhang aus Ästen und strich mit den Fingern über eine Reihe zarter Blumen, die daran hingen wie Lampen an einer Lichterkette. Zu ihrem Erstaunen öffneten sich die Blüten unter ihrer Berührung, so wie in Orsett der Efeu vor ihr zurückgewichen war. Casimir hatte gesagt, dass etwas an ihr anders war als an anderen Menschen. Nur woher kam das und wer hätte ihr erklären können, was es war, wenn selbst er es nicht wusste?

Der süßliche Duft der Blütenpollen stieg Addy in die Nase und vermischte sich mit dem nach reiner Energie.

Ein Lächeln stahl sich auf ihre Lippen und sie drehte sich um.

»Du solltest schlafen«, sagte Casimir und durchforstete sie mit seinem Blick.

Das Leuchten in seinen Augen war hypnotisierend und so unergründlich, dass sie ihn ewig hätte anschauen und seinen Duft tief in sich aufnehmen können.

Als er die Hand hob, wuchs ihre Sehnsucht nach seiner Nähe. Sie wollte seine Berührung auf ihrer Haut spüren, doch stattdessen strich er über die Blüte, die sie noch zwischen ihren Fingern hielt.

Sofort durchströmte Addy ein warmes Gefühl. Sie spürte, wie die Energie, aus der sein wahres Wesen bestand, durch die Blüte floss und sich bis in Addys Fingerspitzen ausbreitete.

Es war mehr als nur Wärme, die auf sie überging. Darin eingebettet, lagen seine Gefühle und Gedanken und sie wusste mit einem Mal, dass er ihr alles sagen würde, wenn sie nur danach fragte, dass er keine Geheimnisse vor ihr hatte und ihr vertraute wie noch nie jemandem zuvor.

Instinktiv wollte sie ihre Hand zurückziehen. Wenn sie ihn derart spüren konnte, dann er sie sicher ebenso. Es gab Dinge von ihr, die sie so lange tief in sich begraben und vor aller Welt versteckt hatte, dass es für Addy zur Gewohnheit geworden war, sich zu verschließen. Dinge, die sie schwach und angreifbar wirken ließen. Wie ihre Angst vor Großstädten und Menschenmengen. Und schwach wollte sie nicht sein. Nicht vor ihm. Dabei spürte sie, dass er der Letzte war, der sie verurteilen würde. Er vertraute ihr auf einer Weise, die ihr bisher völlig fremd gewesen war, und sie wusste in ihrem tiefsten Innersten, dass sie ihm ebenso vertrauen konnte. Sie musste sich nicht verstecken. Nicht vor ihm.

Addy schloss die Augen, ließ sich von seiner Energie, die sie durchströmte, tragen und wurde eins mit dem Fluss des Lebens, der alles um sie herum erfüllte. Jede Pflanze und jeder Stein – alles leuchtete von purer Energie.

Diese Art, von Casimir berührt zu werden, ging viel tiefer als die von Haut an Haut. Sie machte Worte überflüssig und ließ Fragen verblassen. Er urteilte nicht über das, was sie war oder fühlte. Es gab keinen Grund, sich zu verstecken, zu verstellen oder zu schämen. Da waren nur er und sie und das, was sie ausmachte. Nicht das, was andere in Addy sahen.

Als er seine Hand wieder zurückzog und seine Energie abebbte, stürzte die raue Wirklichkeit so plötzlich auf Addy ein, dass sie schwankte.

»Du musst etwas wissen«, sagte er. »Über mich.«

Addy sah ihn fragend an. Nachdem sie gerade sein wahres Wesen gespürt hatte, hatte sie nicht das Gefühl, dass es etwas gab, was sie nicht von ihm wusste.

»Das, was ich jetzt bin oder beginne zu werden, war ich nicht, bevor ich dich kennenlernte«, erklärte er.

»Wie meinst du das?«

»Ich habe gehört, was Dave gesagt hat. Er hat infrage gestellt, ob wir Meliad wirklich lebende Wesen sind.«

»Aber du lebst.« Sie stieß ein leises Lachen aus, merkte jedoch gleich, dass Casimir es ernst meinte. Wie konnte er anzweifeln, was so offensichtlich war?

»Die Art, wie ihr denkt und fühlt, eure Einzigartigkeit, das sind alles Dinge, die in eure Welt gehören. Nicht in meine. Erst mit diesem Körper beginne ich, sie zu verstehen. Davor war ich nur ein Teil von etwas Großem.«

»Das sind wir doch alle«, erwiderte sie. »Nur haben wir Menschen das vergessen. Wir haben Angst davor, und je mehr wir begreifen, dass wir nur ein Teil von etwas sind, das wir nicht kontrollieren können, desto mehr wünschen wir uns, einzigartig zu sein.«

»Ich will nur, dass du verstehst, warum ich euch nicht verstehe. Und auch nicht das, was in mir vorgeht. Die Gefühle, die ich durch diesen Körper erlebe, sind mir bisher fremd gewesen – die Endorphine, die mich überschwemmen, wenn ich dir nahe bin, das Adrenalin, das ausgeschüttet wird, wenn wir in Gefahr geraten. All das.« Er legte seine Hand an ihre Wange und tauchte tief in ihre Augen ein. »Ich verstehe nicht, was das für ein Gefühl war, das mich überkam, als diese Männer dir wehgetan haben. Ich habe die Kontrolle verloren. Kurz dachte ich, Eric wäre doch noch am Leben und hätte seinen Körper wieder übernommen. In dem Moment konnte ich nicht klar denken, nur handeln. Ich habe diesen Männern ebenso wehtun wollen wie sie dir. Ich wollte niemanden verletzen, aber ich habe es getan. Und ich empfinde keine Reue. Aber das sollte ich, oder?«

»Du hast mich nur verteidigt«, erklärte sie mit schwacher Stimme. Ihr Herz schlug schneller. Sie hatte sich gefragt, warum er so wütend geworden war, und nun ergab es einen Sinn. »Du wolltest mich beschützen.«

Sie tat einen Schritt auf ihn zu, legte ihre Hand auf seine Brust und spürte, dass auch sein Herz schneller schlug, wenn sie sich so nahe waren.

Was da zwischen ihnen entstand, konnte sie ebenso wenig verstehen wie er. Es spielte keine Rolle, dass sie schon siebzehn Jahre lang ein Mensch war, während er erst lernte, einer zu sein. Alles, was sie wusste, war, dass sie sich bei ihm sicher fühlte und dass ihr ein Teil von ihr selbst verloren ging, wenn er nicht in ihrer Nähe war.

Sie legte ihre Stirn an seine Brust und er zog sie fester an sich heran.

»Werden diese Schatten jetzt auch ein Teil unserer Welt?«, fragte sie. Die Angst davor ließ ihre Knie weich werden und sie war froh, dass er sie hielt.

»Ich weiß es nicht«, gab er zu. »Ich weiß nur, dass du sie erkennen kannst, genauso wie du mich erkannt hast, und dass da etwas vor sich geht, was wir beide noch nicht verstehen.«

Addy dachte an die drei Fremden, die sie an der Lichtsäule der Meliad gesehen hatte. Das asiatische Mädchen und die beiden Jungs. Was sie wohl durchmachten, während die Welt um sie herum zusammenbrach? Und ob sie wussten, was mit der Welt um sie herum geschah, und ob sie ebenfalls anders waren als andere Menschen? Sie hätte alles dafür gegeben, mit ihnen reden zu können.

KAPITEL 7

ADDY

TAG 4: DI, 15:00 UHR, BIRMINGHAM, ENGLAND

Schweigend liefen sie durch die Straßen. Die Stimmung war erdrückend und keiner von ihnen wagte es, die Stille zu durchbrechen, die sich über ganz Birmingham gelegt hatte.

Das war es, was nach vier Tagen von der Menschheit blieb, nachdem die Erde beschlossen hatte, sie auszumerzen wie Parasiten? Die Gebäude waren von Grün übersät, die Fassaden rissig. Riesige Bäume waren überall aus dem Asphalt gebrochen, hatten Autos und ganze Häuser einfach zur Seite geschoben oder Teile davon in ihre Kronen gehoben.

Hier und dort stieg Rauch auf, wo Mülltonnen brannten oder Autos angezündet worden waren, übermäßig viel Graffiti zierte die Wände, Fensterläden waren eingeschlagen und die Geschäfte ausgeraubt. Vor manchen Hauseingängen und Zufahrten sah man Barrikaden, und als Addy ihren Blick über die Fensterreihen schweifen ließ, bemerkte sie Gestalten, die sich hinter den Vorhängen versteckt hielten. Kaum einer der Bewohner schien sich auf die offene Straße zu trauen. Sicher aus Angst davor, überfallen zu werden oder den Randalierern in die Hände zu fallen, die in den letzten Tagen ihre Wut über die Geschehnisse an der Stadt ausgelassen hatten.

Ein lautes Krachen sorgte dafür, dass Addy zusammenzuckte und herumwirbelte. Ein Mann stolperte aus dem zerschlagenen

Schaufenster eines Gebrauchtwarenladens und winkte seinen Begleitern zu, ihm zu folgen. »Beeilung!«

Nervös sah er sich um, entdeckte Addy und die anderen und richtete eine Pistole auf sie. Addys Herz machte einen Satz und sie wich einen Schritt zurück.

»Bleibt ja weg!«, rief er. »Oder ich knall euch alle ab.«

»Soll ich …?«, fragte Casimir.

»Hey!«, schrie jemand, bevor Addy ihm antworten konnte. Zwei Polizisten mit Helmen, Schlagstöcken und schusssicheren Westen tauchten nicht weit von ihnen auf.

»Waffe fallen lassen!«, verlangte einer der beiden und zog seine Pistole.

Der Mann hob die Hände, wirbelte dann aber herum und rannte davon. Seine Begleiter eilten ihm nach, beladen mit allerlei wertlosem Plunder. Die Polizisten machten sich nicht einmal die Mühe, ihnen zu folgen.

»Wir haben hier schon wieder Plünderer auf der Coventry Road«, sprach einer der Polizisten in sein Funkgerät. Es knackste und eine undeutliche Antwort ertönte. Dann wandte er sich an Addy und die anderen. »Die Ausgangssperre gilt für alle. Zeigt mir eure Ausweise.«

Dave und Addy wechselten kurze Blicke.

»Weg hier!«, rief er und rannte los, dicht gefolgt von den anderen.

»Stehen bleiben!«, rief der Polizist.

Dave schlitterte um eine Ecke. Casimir wirbelte herum, hob die Hände und zwischen ihnen und ihren Verfolgern brach in lautem Getöse die Straße auf. Baumwurzeln peitschten in die Höhe und versperrten den Männern den Weg.

Addy griff nach Casimirs Arm und zog ihn runter. »Lass das besser. Wir dürfen nicht noch mehr auffallen.«

Casimir ließ von den Pflanzen ab und folgte ihr und den anderen in die Seitenstraße.

»Scheiße, verdammt!«, fluchte Dave und ging nervös auf und ab. Er warf einen Blick zurück zur Hauptstraße. »Folgen sie uns?«

»Mit Sicherheit«, meinte Patti. »Der Meliad musste ja unbedingt beweisen, was er kann.« Sie schielte missmutig in Casimirs Richtung.

»Du reitest uns nur noch tiefer in die Scheiße rein mit deinen bescheuerten Zaubertricks!«, fuhr Dave ihn an und machte dabei einen Schritt auf ihn zu. Seine Hände ballten sich zu Fäusten und wieder hatte Addy dieses nicht greifbare Gefühl, die Schatten, die sein Gesicht verdunkelten, wären unnatürlich düster. Bildete sie sich das nur ein oder geschah etwas mit Dave? Etwas, das mit der Dunkelheit in Zusammenhang stand, der sie schon einmal ausgesetzt gewesen war.

Sie wollte etwas sagen, doch Jared lenkte sie ab. Er lehnte an einer Hauswand, schnappte nach Luft und war kreidebleich.

Ihr war sofort klar, was gerade in ihm vorging. Wenn sie ihn so sah, fühlte sie sich an jenen Tag zurückversetzt, an dem sie ihre erste Panikattacke erlitten hatte. Sie konnte nicht verhindern, dass allein der Gedanke daran alles noch einmal in ihr hochkommen ließ. Für einen kurzen Moment war sie wie erstarrt und es kam ihr vor, als würde sie das Gewicht des Betons spüren, der sich in unüberwindbaren Steilwänden, überall um sie herum erhob. Die Häuser schienen sich ihr zu nähern, der Himmel in die Ferne zu rücken und der Boden, auf dem sie stand, war ein tiefes Loch, in das sie zu stürzen drohte.

Eine Berührung vertrieb die erdrückenden Erinnerungen so plötzlich, wie sie gekommen waren. Sie blickte zur Seite und erkannte Casimir, dessen Hand auf ihrer Schulter lag.

Ob ihm klar war, dass er Addy dadurch vor einem Absturz bewahrt hatte, wusste sie nicht. Er sagte kein Wort, sah sie nur an und das goldene Glimmen seiner Augen war wie ein warmer Schleier, der sie vor der Kälte abschirmte, die versucht hatte, sie zu verschlingen. Erst als er seine Hand zurückzog, strömten die Geräusche der Umgebung wieder auf Addy ein. Sie hörte Jareds gehetzten Atem und lief zu ihm.

»Alles gut?«, fragte sie und legte ihm die Hand in den Rücken. Er schien wirklich kurz vor einer Panikattacke zu stehen, schloss für einen Moment die Augen und atmete tief durch, ehe er antwortete. »Ich bin für so etwas nicht geschaffen«, meinte er und grinste wenig überzeugend.

»Es wird laut«, sagte Casimir in gefasstem Ton, mit Blick zur Hauptstraße.

Addy und die anderen starrten ihn verwundert an, dann fielen auf einmal Salven von Maschinenpistolen. Instinktiv duckten sie sich, Addys Herz begann zu rasen und Dave wich zurück.

Offenbar hatte die Polizei Verstärkung bekommen und die versuchte, sich durch das Wurzelwerk zu schießen.

»Sie kommen, nicht wahr?«, fragte Jared.

Casimir bestätigte das mit einem Nicken.

»Wir müssen weg hier«, stieß Dave aus.

Er lief weiter, eilte in einen Hauseingang und rüttelte vergebens an der Tür. »Verdammte Scheiße!«, fluchte er und lief zum nächsten Gebäude.

Wenn sie Pech hatten, waren sie in einer Sackgasse gelandet. Wohin die verwinkelte Straße führte, konnte man nicht erkennen.

»Hier entlang!«, rief Patti und verschwand zwischen zwei Gebäuden.

Dave folgte ihr, ohne zu zögern, und auch Casimir hatte schnell zu ihnen aufgeschlossen.

»Komm«, forderte Addy Jared auf und eilte zu den anderen.

Sie warf einen Blick zurück und musste feststellen, dass er sich zwar von der Wand abgestoßen hatte, aber keine Anstalten machte zu fliehen. Er stand mittig auf der Straße und starrte zu Boden.

»Beeil dich!«, drängte sie.

»Ich bleibe«, sagte er und sah zu ihr auf.

Addy blieb wie angewurzelt stehen, starrte ihn fassungslos an und wusste nicht, was sie darauf erwidern sollte. Wie kam er auf diesen Gedanken?

»Red keinen Unsinn!«

Sie hatten keine Zeit für Diskussionen. Ein flüchtiger Blick zurück zeigte ihr, dass Patti und Dave ungeduldig am Eingang der kleinen Seitenstraße warteten, während jeden Moment die Polizei um die Ecke biegen konnte.

»Ich kann das nicht«, erklärte Jared. »Vor der Polizei weglaufen, beschossen werden. Das halte ich nicht durch.«

»Aber …«

»Ich kann ganz überzeugend sein«, fuhr er fort. »Jemand muss der Regierung erklären, was hier passiert. Du hast doch gesagt, dass man das alles nur stoppen kann, wenn Elekreen die Kraftwerke abstellt. Die Regierung kann sie dazu zwingen, wenn sie die Wahrheit kennt. Wir können nichts ausrichten. Nicht ohne Hilfe.«

Addy schüttelte den Kopf. Sie konnte nicht glauben, was er da sagte. Wie wollte er jemanden von der Wahrheit überzeugen, wenn er keine Beweise hatte? Wie konnte er sichergehen, dass die Polizei ihm zuhören würde?

»Bitte, Jared, du weißt nicht, was du da redest.«

Sie hob die Hand, um sie ihm zu reichen, doch ehe er reagieren konnte, stürmten mehrere bewaffnete Soldaten und die zwei Polizisten die Gasse.

»Keine Bewegung!«, forderte einer von ihnen.

»Ich weiß, was ich tue«, behauptete Jared mit tonloser Stimme.

Es war nicht zu übersehen, dass er große Angst hatte. Doch offensichtlich fürchtete er sich mehr vor der Flucht als davor, sich den Behörden zu stellen. Noch einmal atmete er tief durch, dann drehte er sich um.

»Jared!«, rief Addy und wollte zu ihm stürzen, doch jemand griff nach ihr und zog sie um die Ecke, noch bevor sie ihn erreichen konnte.

Sie wehrte sich, riss sich los und sah sich Casimir gegenüber. Ungerührt von dem, was gerade geschah, sah er sie an, während in ihr die Panik pochte und sich ihre Gedanken überschlugen. Sie wirbelte wieder herum, wollte zurück zu Jared, wurde aber von Casimir am Arm festgehalten.

»Ich ergebe mich«, hörte sie Jared sagen.

»Lass mich los!«, verlangte Addy. »Wir dürfen ihn das nicht tun lassen!«

»Er hat es bereits getan«, erwiderte Casimir.

»Beeilt euch«, drängte Dave und suchte nach einem Fluchtweg. Er versuchte es an einer Tür, entschied sich dann aber für eine Unterführung.

»Wir müssen zurück«, sagte Addy. »Du musst ihn befreien. Du kannst deine Kräfte einsetzen.«

»Er hat sich freiwillig gestellt«, beharrte Casimir.

»Ja und? Er weiß nicht, was er da tut.«

»Ich denke schon. Er wirkte gefasst.«

»Woher willst *du* das wissen?«, schrie sie ungehalten. Panik und Verzweiflung sprachen aus ihr. »Du hast doch keine Ahnung von menschlichen Gefühlen!«

Sie bereute die Worte, kaum dass sie ihr über die Lippen gekommen waren. Casimir lockerte den Griff um ihren Arm und sah sie an, als wäre sie eine Fremde – als hätte er ihr nicht zugetraut, ihn mit wenigen Worten so zu verletzen. Doch bevor sie etwas hinzufügen konnte, fielen Schüsse.

Patti schrie und Dave duckte sich. Addys Herz machte einen Satz, ihr Inneres verkrampfte sich. Tausend Dinge jagten ihr zeitgleich durch den Kopf und das Dringlichste davon war, dass sie umkehren mussten. Was, wenn sie Jared einfach niedergeschossen hatten? Wenn er verletzt war und Hilfe brauchte? Sie wollte blindlings drauflosiaufen, doch Casimir ließ das nicht zu.

»Verdammt!«, schrie Dave. »Bewegt euch!«

Patti warf einen unsicheren Blick zurück zur Abzweigung, woher die Schüsse zu hören gewesen waren. Vielleicht hoffte sie darauf, Jared würde jeden Moment auftauchen, doch das tat er nicht. Schließlich entschied sie sich für die Flucht. Sie rannte zu Dave, der nervös an der Unterführung kauerte und ihr folgte, als sie an ihm vorbeilief.

Addy wehrte sich vergebens gegen Casimir, dessen Hand sich wieder fester um ihren Arm geschraubt hatte. Mühelos zog er sie an sich heran, umklammerte sie mit beiden Armen und zwang sie zur Unterführung.

Erst ein paar Straßen weiter, als ihre Verfolger nicht mehr zu hören waren, ließ er sie wieder los. Sie stolperte von ihm weg, hin zu Patti, in deren geröteten Augen sie dieselbe Verzweiflung sehen konnte, die auch sie fühlte.

»Fuck, fuck, fuck!«, knurrte Dave und raufte sich die Haare. »Haben sie ihn …? Ist Jared …? Sind sie noch hinter uns?«

Sie waren in einer Sackgasse gelandet und er warf einen nervösen Blick zur offenen Straße.

»Nein«, sagte Casimir schlicht.

»Dieser Vollidiot!«, schrie Dave und trat mit voller Wucht gegen die Wand. Sein Atem ging stoßartig und seine Muskeln waren zum Zerreißen gespannt. So wütend hatte Addy ihn noch nie erlebt. Er verlor immer mehr die Kontrolle und hatte kaum mehr Ähnlichkeit mit dem Dave, den sie aus der Schule kannte.

»Sie haben ihn nicht erschossen«, sagte Patti mit zittriger Stimme. »Das hätten sie nicht getan. Er hat sich doch freiwillig gestellt und das waren Polizisten. Die erschießen niemanden, nur weil er sich nicht an irgendeine Ausgangssperre hält.«

Addy war sich nicht sicher. Natürlich wollte sie nicht daran glauben, dass die Polizei, die zum Schutz der Bürger da war, auf unschuldige Schüler schießen würde. Aber sie befanden sich in einem Ausnahmezustand. Die Männer waren sicher übermüdet, entkräftet und handelten unüberlegt. Es hätte alles passieren können. Eine falsche Bewegung und Jared wäre tot. Der Gedanke daran schraubte ihr die Kehle zu.

»Wir müssen von der Straße runter«, sagte Casimir. »Hier sind wir nicht sicher.«

Dave atmete tief durch. »Also gut.«

Er stieß Casimir grob beiseite. Dass er ihm die Schuld daran gab, dass sie sich vor Militär und Polizei verstecken mussten, war nicht zu übersehen. Auch Patti schien nicht gut auf Casimir zu sprechen, sie warf ihm einen abfälligen Blick zu und folgte dann Dave.

»Sie meinen es nicht so«, sagte Addy versöhnlich und dachte dabei auch an den Vorwurf, den sie ihm gemacht hatte.

»Ich verstehe«, antwortete er, ohne sich ihr zuzuwenden, und schloss zu den anderen auf.

Ob er es wirklich verstand, wusste sie nicht. Sie bezweifelte es sogar, nachdem er erst wenige Tage im Körper eines Menschen war und noch lernte, mit Gefühlen umzugehen. Berührte es ihn, was mit Jared geschah? Hatten ihre Worte ihn verletzt oder war er gar nicht fähig, so zu empfinden? Sie hatte völlig ausgeblendet, dass sie es nicht mit einem Menschen zu tun hatte, und musste sich jetzt fragen, ob das ein Fehler gewesen war. Ein Fehler, der Jared vielleicht das Leben gekostet hatte.

Sie schüttelte diesen Gedanken ab. Nach allem, was geschehen war, hatte es Casimir nicht verdient, dass sie an ihm zweifelte. Sie *wollte* nicht zweifeln, weil das alles zum Einsturz gebracht hätte und weil Casimir ihr letzter Halt war. Ihr Halt in einer Welt, die unterging.

Addy schlang die Arme um ihren Körper. Ihr war kalt, sie fühlte sich leer und ausgelaugt, aber da war noch etwas anderes, das sie zittern ließ. Etwas, das ihr erst jetzt, da sie zurückgefallen und alleine war, bewusst wurde. Es war ein Gefühl, das sie nicht zuordnen konnte. Sie sah sich um, wusste jedoch nicht, wonach sie suchen sollte, bis ihr der Geruch nach Energie in die Nase stieg. Wie von einem heiß gelaufenen Elektrogerät. Konnte es sein, dass sie nicht alleine waren?

In der Ferne ertönten Sirenen und immer dann, wenn sie Stimmen oder Schritte hörten, hielten sie sich versteckt. Sie begegneten kein weiteres Mal der Polizei, wohl aber randalierenden Banden, die das Chaos ausnutzten, um ihren Frust und ihre Wut an Mülltonnen, Hydranten und Autos auszulassen.

Schließlich erreichten sie die Innenstadt und ein Hochhaus, in dessen Eingang Dave sie führte. Konzentriert suchte er die Klingelschilder ab.

»Beeil dich«, drängte Patti.

»Was glaubst du, was ich hier tue?«, entgegnete er gereizt.

Addy sah flüchtig zu Casimir. Es schien, als ob er ihren Blick mied. Vielleicht bildete sie sich das aber auch nur ein. Genauso, wie sie sich einbildete, verfolgt zu werden.

Sie wollte ihn auf Dave ansprechen. Darauf, dass er ihr verändert vorkam. Aber sie wusste nicht, wie sie anfangen sollte. Insbesondere, da Casimir nicht der Richtige war, um über die Gefühle und das Verhalten von Menschen zu reden.

»Scheiß drauf!«, knurrte Dave und warf sich mehrmals mit der Schulter gegen die marode wirkende Haustür, bis sie schließlich krachend nachgab und er in den Korridor stolperte.

KAPITEL 8

ADDY

TAG 4: DI, 17:00 UHR, BIRMINGHAM, ENGLAND

Addy saß neben Patti auf dem Sofa und hatte die Stirn in die Hände gelegt. Vor ihr flimmerte der Fernseher, doch darauf achtete sie nicht. Sie konnte nicht fassen, dass sie Jared verloren hatten. Dass er freiwillig gegangen war, war ihr unbegreiflich, und was mit ihm geschehen war, nachdem sie die Schüsse gehört hatten, daran wollte sie gar nicht denken. Es zerfraß sie innerlich und immer wieder spielte sich die Szene vor ihrem geistigen Auge ab.

»Sie haben ihn nicht erschossen. Ganz sicher nicht. Man wird ihn verhören, feststellen, dass er keine Gefahr darstellt, und ihn einfach wieder wegschicken«, versuchte Patti, Addy und sich selbst zu beruhigen.

Addy schüttelte den Kopf, besann sich dann aber wieder. Es brachte niemandem etwas, wenn sie vom Schlimmsten ausging. Die Stimmung war ohnehin schon erdrückend genug. Sie rieb sich die Schläfen, sah zu Patti auf und schenkte ihr ein aufmunterndes Lächeln. »Wahrscheinlich hast du recht.«

Patti versuchte, das Lächeln zu erwidern, was ihr nicht wirklich gelang. Schließlich wandte sie sich wieder dem Fernseher zu und zappte durchs Programm.

Auf jedem Sender lief dieselbe Dauerschleife. In möglichst beruhigendem Tonfall warnte der Innenminister davor, die Häuser zu verlassen, und bat die Bürger um Kooperation mit Militär und Polizei. Von den Ursachen der Katastrophe war keine Rede.

Addy warf einen kurzen Blick zur Küche, wo Dave schon eine ganze Weile mit seiner Tante Blair am Tisch saß und ihr vom Bombenangriff auf London und den Erdbeben in Orsett berichtete.

Sie hatten Glück gehabt, dass Blair überhaupt noch da war und ihnen Unterschlupf gewährte. Obwohl sich Addy nicht mehr so sicher war, ob es sich bei ihr wirklich um seine Tante handelte. Sie hatte mehr als nur überrascht gewirkt, als Dave unangekündigt bei ihr aufgetaucht war, sah ihm nicht im Geringsten ähnlich und gab sich große Mühe, freundlich zu sein, während man ihr ihre Unsicherheit anmerken konnte.

Von draußen waren Sirenen zu hören und immer wieder fielen Schüsse. Auf dem Weg in die Innenstadt hatten viele Häuser leer gestanden, waren teils ausgebrannt, teils von Pflanzen überwuchert gewesen oder verbarrikadiert worden.

Die Natur rückte unaufhaltsam vor. Es war nur eine Frage der Zeit, bis man Birmingham nicht mehr von einem Urwald unterscheiden konnte. Dagegen konnten auch Pestizide, wie sie in Orsett zum Einsatz gekommen waren, nichts ausrichten.

Vielleicht hatte Jared ja recht gehabt. Was konnten sie schon tun? Es brauchte mehr als guten Willen, um die Mutter aller Dinge davon abzuhalten, der Ära der Menschen ein Ende zu setzen – mehr als eine Gruppe Oberschüler aus einer verschlafenen Kleinstadt.

Addy stand auf. Sie konnte einfach nicht mehr ruhig dasitzen und nichts tun. Gedankenverloren wanderte sie durchs Wohnzimmer. Sie betrachtete die schief hängenden Bilder an den Wänden und ließ ihre Finger über die Risse im Verputz wandern, die seit ihrer Ankunft und bei jeder weiteren Erschütterung, die auf die Aktivitäten der wuchernden Pflanzen hinwiesen, breiter geworden waren.

Ihr fiel ein Bilderrahmen auf der Kommode ins Auge. Das Foto darin zeigte Blair mit einem Mann, der Addy bekannt vorkam. War das nicht Daves Vater? Obwohl Blair seine Tochter hätte sein können, hielt er sie auf dem Bild im Arm, als wären sie liiert und nicht bloß Verwandte.

Noch einmal sah sie zu Dave und fragte sich, ob er ihnen wirklich die Wahrheit gesagt hatte.

Als erneut Schüsse fielen und lautes Gebrüll von der Straße zu ihnen in den zweiten Stock vordrang, verwarf Addy den Gedanken an Blair und Daves Vater und wandte sich Casimir zu.

Er stand an einem der Fenster und beobachtete die Umgebung. Addy lehnte sich ihm gegenüber auf der anderen Seite des Fensters an die Wand, schob den Vorhang beiseite und ließ ihren Blick ebenfalls über die Gegend schweifen. Das Gefühl, beobachtet zu werden, haftete noch immer an ihr wie ein hartnäckiger Geruch und jede kleine Bewegung in den Schatten der Seitenstraßen ließ sie nervöser werden.

Auch Casimir wirkte beunruhigt. Sie bezweifelte, dass er befürchtete, die Polizei könne ihnen gefolgt sein. Etwas anderes schien in ihm vorzugehen.

Sie wollte ihn darauf ansprechen, wusste aber nicht, wie. Seit sie ihm vorgeworfen hatte, von menschlichen Gefühlen nichts zu verstehen, wirkte er verschlossener denn je. Sie wünschte sich, diese Sache einfach zurücknehmen zu können, wusste aber, dass man mit Worten vieles anstellen konnte, nur nicht, sie einfach ungesagt zu machen.

Noch unschlüssig, öffnete sie den Mund. Casimir blickte zu ihr, doch bevor sie etwas sagen konnte, betrat Blair das Wohnzimmer.

»Kaum zu glauben, dass das vor wenigen Tagen noch eine stark befahrene Straße war, oder?«, fragte sie.

Addy betrachtete sie, wie sie da im Türrahmen stand und den Blick über ihre unerwarteten Gäste schweifen ließ. Blair war Anfang zwanzig, schlank, hübsch und groß, mit blonden Haaren und blauen Augen. In gewisser Weise erinnerte sie Addy an Sarah, was einen bitteren Beigeschmack bei ihr hinterließ. Wo ihre beste Freundin jetzt wohl war? Ob es ihr gut ging?

»Das Militär hat schon vor zwei Tagen begonnen, die Stadt zu evakuieren«, berichtete Blair. Ihr Blick fiel auf den Bilderrahmen, den Addy eben noch betrachtet hatte, und wie beiläufig legte sie ihn mit dem Foto nach unten hin, während sie durch den Raum schlenderte. »Keiner weiß, was hier eigentlich vor sich geht und wie es im Rest der Welt aussieht. Habt ihr etwas gehört, bevor das Internet ausgefallen ist?«

»Nein, nichts«, sagte Patti. »Und der Fernseher scheint jetzt auch den Geist aufgegeben zu haben.« Sie deutete auf den Bildschirm, der nur noch Rauschen zeigte.

Addy und die anderen wechselten stumme Blicke.

»Tut mir leid, ich bin unhöflich«, meinte Blair. »Ihr habt sicher Hunger!«

»Ich könnte ein ganzes Schwein fressen«, lachte Patti.

»Damit kann ich leider nicht dienen, aber wie wäre es mit Hühnchen?« Blair lief eilig zurück zur Küche und Patti folgte ihr.

»Was ist mit dir?«, fragte Addy an Casimir gerichtet. »Hast du Hunger?«

Trotz der unverfänglichen Frage war sie nervös. Ihr Herz klopfte wild und sie bereute es, die Gelegenheit verpasst zu haben, sich mit ihm auszusprechen.

»Geh du nur«, sagte er und wandte sich wieder dem Fenster zu.

Addy sah ihn lange an. Das Schweigen, das wie eine unüberwindbare Mauer zwischen ihnen lag, erdrückte sie schier. Sie konnte es einfach nicht ertragen, dass sie diese Sache entzweite – ein paar unüberlegte Worte, die unausgesprochen hätten bleiben sollen.

»Es tut mir leid«, sagte sie schließlich geradeheraus. »Ich hätte dir das mit den menschlichen Gefühlen nicht vorwerfen sollen und du hast jedes Recht darauf, böse auf mich zu sein.«

»Das bin ich nicht«, versicherte er, ohne sie anzusehen.

So konnte sie ihn nicht stehen lassen. Es war nicht zu übersehen, dass ihn etwas beschäftigte. Vielleicht hatten ihre Worte ihn mehr verletzt, als er zugeben wollte. Vielleicht war er längst zu einem Menschen geworden – mit all seinen Gefühlen und dem Drang, sie vor der Welt zu verstecken. Oder aber da war etwas ganz anderes, was er ihr nicht sagen wollte. Letzteres machte ihr am meisten Sorgen.

»Casimir«, sprach sie ihn vorsichtig an und diesmal sah er zu ihr auf.

»Es ist alles gut. Wirklich.«

Sie nickte, obwohl sie nicht ganz überzeugt war. Doch offensichtlich wollte er nicht darüber reden, also folgte sie Patti in die Küche und warf von dort aus noch einmal einen Blick zu ihm.

»Hundefutter?«, fragte Patti ungläubig.

Addy schaute verwundert zu ihnen.

Blair stellte mehrere Dosen auf den Küchentresen. Der ganze Vorratsschrank war damit gefüllt. Es mussten Hunderte sein.

»Die Supermärkte waren die ersten Läden, die geplündert wurden«, erklärte Blair. »Und mein Kühlschrank war zu diesem Zeitpunkt schon leer gefegt. Aber zum Glück bin ich Vertreterin für gesundes, natürliches Hundefutter aus 70 % Fleisch in Lebensmittelqualität. Es ist vielleicht etwas gewöhnungsbedürftig, aber es macht satt.«

Sie reichte Patti und Dave jeweils eine Dose und bot auch Addy etwas an, aber sie lehnte ab. Eigentlich hätte sie Hunger haben müssen, spürte jedoch nichts davon. Nur dieses flaue Gefühl im Magen, das sie nicht loswurde, seit sich Casimir so abweisend verhielt.

»Und was ist mit eurem Freund?«, fragte Blair und nickte in Casimirs Richtung. »Er ist eher der schweigsame Typ, nicht wahr? Ich mag solche Männer.«

»Schweigsam ist gut!«, höhnte Patti.

»Ich würde ihn eher als den seltsamen Typen beschreiben«, meinte Dave abfällig.

Blair schmunzelte. »Ich frage ihn mal, ob er etwas essen will.« Sie zog sich ihr Top zurecht, fuhr sich durchs Haar und lief zu ihm ins Wohnzimmer.

Addy öffnete den Mund. Sie wollte Einspruch erheben, wusste aber nicht, was dagegenspräche, dass Blair ihm etwas zu Essen anbot. Ob Meliad oder nicht, er steckte im Körper eines Menschen und der brauchte sicher Nahrung. Dennoch fühlte sie sich nicht wohl dabei.

»Eifersüchtig?«, fragte Patti und stieß Addy den Ellbogen in die Seite.

»Nein!«, wehrte sie etwas energischer ab, als es nötig gewesen wäre. »Wieso sollte ich …?«

Sie sah zu Casimir und Blair, die sich unterhielten. Blair lachte, legte Casimir ganz beiläufig ihre Hand auf den Arm und er lächelte, genau so, wie er es bei Addy immer tat – auf diese sanfte, alles erhellende Weise.

Irgendwie hatte sie geglaubt, er würde nur sie so ansehen. Als wäre dieser Teil von ihm alleine für sie bestimmt. Sie fühlte sich dumm dabei, so etwas geglaubt zu haben, schämte sich dafür und konnte diese Gedanken dennoch nicht abschütteln.

»Genau, warum sollte sie?«, fragte Dave, ohne aufzusehen, und stocherte missmutig mit seiner Gabel im Hundefutter. »Er ist kein Mensch. Nicht wirklich. Er sieht so aus, aber er ist nur Energie, die durch den Körper eines Toten strömt. Wir wissen nicht einmal, ob er so fühlen und denken kann wie wir.«

»Energie sind wir aber auch«, entgegnete Patti. »Wir lenken unsere Körper doch auch nur durch Energie, die durch unsere Synapsen fließt, oder? Ich glaube, wir unterscheiden uns gar nicht so sehr von diesen Meliad.«

»Oh doch!«, erwiderte Dave. »Er kann vielleicht so aussehen, reden und handeln wie wir. Er kann lernen, so zu tun, als wäre er einer von uns, aber das ist er nicht und das wird er nie sein. Denn er ist nur Strom und wir haben eine Seele.«

»Und das definierst du wie?«, fragte Addy. »Du solltest ihn nicht verurteilen, nur weil du ihn nicht kennst. Anders zu sein, ist nichts Schlechtes.«

»Aber jemandem blind zu vertrauen, der dich jederzeit verraten könnte, ist richtig, ja?«, konterte er.

»Er hat mehr Gründe, uns zu misstrauen als wir ihm«, sagte Addy und sah Dave dabei zu, wie er das Hundefutter verunstaltete. Er schnaubte vor Verachtung, dabei glaubte sie, dass es gar nicht Casimir war, der ihn so wütend machte.

»Dave, wer ist Blair wirklich?«, fragte Addy.

Dave warf die Gabel auf den Tresen und schob die Dose von sich. »Ungenießbar, das Zeug«, brummte er.

»Ich habe ein Foto gesehen.«

»Meine Tante«, sagte er mit Nachdruck. »Glaubst du mir etwa nicht?«

»Was für ein Foto?«, fragte Patti.

»Von Daves Vater und Blair.« Addy deutete ins Wohnzimmer. »Sie sehen darauf aus, als stünden sie sich sehr nah.«

»Kannst du das essen?«, lenkte Dave vom Thema ab und deutete auf die Dose in Pattis Hand.

»Es ist gar nicht so schlecht, finde ich.«

»Dave?«, hakte Addy nach.

Wieder schnaubte er und plötzlich schlug er die Dose vom Tisch, sodass sie quer durch den Raum flog und gegen die Wand knallte. Addy wich vor Schreck zurück, als sich Schatten wie Adern über seine Hand zogen, gleich darauf aber wieder verschwanden.

Das bildete sie sich ganz sicher nicht ein. Irgendetwas beeinflusste Dave. Aber was?

»Seine Geliebte, okay?«, zischte er. »Mein Vater und sie hatten eine Affäre. Ich dachte, er wäre hier, aber offensichtlich haben sie Schluss gemacht. Gott weiß, warum sie noch ein Foto von ihm hat und wo er sich jetzt rumtreibt. Von wegen Geschäftsreisen. Er hat schon vor dem Tod meiner Mum in jeder Stadt eine andere gehabt.«

»Alles in Ordnung?«, rief Blair.

»Nur ein kleines Missgeschick«, versicherte Addy.

Patti hatte zu kauen aufgehört und wirkte verunsichert.

»Lass uns das wegräumen«, schlug Addy vor, griff sich einen Lappen und reichte ihn Dave.

Schweigend nahm er ihn an, nickte schließlich und lächelte trübe. Auszusprechen, was ihn die ganze Zeit beschäftigt hatte, schien ihm gutgetan zu haben. Von den Schatten war nichts mehr zu sehen und Addy hoffte, dass sie nicht zurückkehren würden.

Blair hatte ihnen Decken und Kissen gegeben, sodass sie es sich im Wohnzimmer gemütlich machen konnten. Dave gab sich mit dem Sessel zufrieden und überließ den Mädchen das Sofa. Nur

Casimir stand noch immer am Fenster, als sie sich schlafen gelegt hatten.

Mit offenen Augen lag Addy unter ihrer Decke und versuchte, die Gedanken loszuwerden, die in ihrem Kopf Karussell fuhren. Die Risse, die sie im Verputz der Wände bemerkt hatte, zogen sich mittlerweile auch über die Decke und sie fragte sich, wie lange sie hier noch sicher waren.

Natürlich mussten sie zu Kräften kommen, bevor sie ihren Weg fortsetzten und es mit Elekreen aufnahmen. Aber was geschah, während sie hier seelenruhig schliefen? Würde Terra Mater das Kraftwerk und damit die halbe Stadt zerstören? War Sarah in Sicherheit oder hatte ihr Vater entschieden, nach Birmingham zu fliegen und sie mit ins Kraftwerk zu nehmen, wo sie Terra Mater hilflos ausgeliefert waren? Und wie viel Wahres steckte in Daves Behauptungen über Casimir?

All diese Fragen, die Gedanken an ihre Mum, an Jared und daran, wen sie noch verlieren würde, ließen Addy einfach nicht los.

»Casimir?«, flüsterte sie, bekam aber keine Antwort.

Patti stöhnte.

Vielleicht hatte er sich bereits hingelegt und sie war am Ende die Einzige, die nicht schlafen konnte. Vorsichtig richtete sie sich auf, sah zum Fenster, aber da war niemand. Auch sonst konnte sie ihn nirgends entdecken.

»Leg dich wieder hin«, murmelte Patti.

»Hast du Casimir gesehen?«

»Wahrscheinlich ist er nur zur Toilette.«

Dave lachte leise. »Meliad pissen bestimmt Pflanzendünger.«

Patti warf ein Kissen nach ihm.

»Autsch!«

Addy stand auf und lief zur Küche. Aber auch dort war er nicht.

Langsam wurde sie nervös. In Blairs Schlafzimmer war es still, im Bad brannte kein Licht.

»Gib mir mein Kissen zurück«, zischte Patti.

Dave lachte. »Das hättest du wohl gern.«

Erst als Addy zurück zum Wohnzimmer lief, bemerkte sie die offen stehende Wohnungstür. Casimir war gegangen, ohne etwas zu sagen. Aber warum?

Sie schnappte sich ihre Jacke von der Garderobe, verließ die Wohnung und lehnte die Tür leise hinter sich an.

Auf der Straße angekommen, zeichnete sich ihr Atem neblig vor ihr ab. Es war bereits dunkel, die Straßenlaternen brannten nicht, obwohl Elekreen die Stadt mit Strom versorgte, und so still, wie es war, hörte man in der Ferne ein stetes Rauschen. Es klang wie das Meer, doch Addy wusste, dass es die Pflanzen waren, die unaufhörlich wuchsen und die Stadt Stück für Stück eroberten.

Auf der anderen Straßenseite machte Addy eine Bewegung aus. Sie ging sicher, dass sonst nirgends jemand war, dann lief sie über die Straße. Ihr Herz pochte wild, und als ihr ein vertraut süßlicher Geruch entgegenschlug, zögerte sie. Ein ungutes Gefühl machte sich in ihr breit und ihr war, als würde alle Wärme aus ihrem Körper weichen.

»Du wirst einer von denen«, hörte sie jemanden sagen. Die Stimme kam ihr bekannt vor, doch zuordnen konnte sie sie nicht.

Sie verengte den Blick, versuchte, etwas in den Schatten zu erkennen, und langsam gewöhnten sich ihre Augen an die Dunkelheit. Casimir stand dort mit einer weiteren Person. Der Fremde, der gerade gesprochen hatte, hielt ihn am Arm fest, doch Casimir riss sich los.

»Du weißt nicht, wovon du sprichst«, warf er ihm vor.

»Ben …« Die Erkenntnis, dass er es war, den sie dort sah, traf sie wie ein Schlag. Ihr Herz begann, ebenso zu rasen wie ihre Gedanken. Sie konnte es nicht fassen.

Casimir hatte sich mitten in der Nacht davongeschlichen, um sich ausgerechnet mit dem Mann zu treffen, der ihr das Leben gerettet hatte? Dem sie nur zufällig in London begegnet war. Oder etwa nicht? War das alles kein Zufall gewesen?

Sie tat einen Schritt rückwärts und im selben Moment wandten sich ihr die beiden zu.

Goldene Blitze zuckten in Bens Augen und Addys Atem stockte.

KAPITEL 9

AYUMI

TAG 4: DI, 17:00 UHR, TOKIO, JAPAN

Mit zittrigen Händen riss Ayumi das Zellophan vom Schokoriegel. Ihre Bento-Box für die Schulpause hatte sie im Bahnhof stehen lassen und so war die Schokolade alles, was ihr noch blieb.

Oft schon hatte sie sich wegen ihrem Hang zur Unordnung Vorwürfe anhören müssen, doch in diesem Moment war sie dankbar für das Chaos in ihrer Tasche. Andernfalls hätte sie diesen Riegel darin nicht gefunden. Wahrscheinlich lag er dort schon monatelang, er war von den Schulheften platt gedrückt worden und roch ranzig. Aber das war ihr egal. Sie hatte Hunger. Unheimlich großen, unbändigen Hunger.

Gierig verschlang sie die Schokolade bis auf den letzten Krümel. Sie schmeckte mehlig und auch ein wenig salzig, was sicher an ihren Tränen lag. Erschöpft lehnte Ayumi sich an die Wand und versuchte, neue Kräfte zu sammeln.

Seit dem Unfall hatte sie kein Tageslicht mehr gesehen und sich mit Händen und Füßen vorantasten müssen, in der Hoffnung, einen Ausgang zu finden. Irgendwann war sie so erschöpft gewesen, dass sie schlafen musste. Für wie lange, wusste sie nicht. Für ein paar Stunden, vielleicht auch über Nacht. Das Zeitgefühl war ihr dadurch gänzlich verloren gegangen. Sie hatte daraufhin weiter nach einem Ausweg gesucht, während die Angst, nicht gerettet zu werden, ins Unermessliche gewachsen war und der Hunger sie immer mehr geschwächt hatte. Nun saß sie am Boden, ihr war kalt, jeder Knochen im Leib tat ihr weh und sie musste sich zwingen, stärker zu sein als die Verzweiflung, die schwer wie Steine auf ihrer Brust lastete.

Alles in ihr drängte darauf, sich in einer Ecke zusammenzukauern und auf eine Rettung zu warten, die vielleicht niemals kommen würde. Aber sie durfte nicht aufgeben. Sosehr ihr müder, von Schmerzen geplagter Körper das auch von ihr verlangte. Früher oder später würde sie auf eine U-Bahn-Station stoßen und von dort hinauf in die Stadt gelangen.

Erst einmal brauchte Ayumi aber ein paar Minuten Ruhe. Sie zog ihre Beine an und schlang die Arme darum. Das Zittern wollte gar nicht mehr aufhören und zu allem Überfluss wurde ihr von dem Schokoriegel auch noch übel.

Ihr Atem ging schneller. Sie versuchte, sich zu beruhigen, indem sie ihren Oberkörper wippte. Tränen sammelten sich in ihren Augenwinkeln und ihr wurde heiß und kalt zugleich.

Das durfte nicht passieren! Sie durfte die Übelkeit nicht gewinnen lassen. Hastig hielt sie die Luft an, ignorierte das Schwindelgefühl und die Krämpfe in ihrem Bauch, doch schließlich verlor sie den Kampf gegen ihren rebellierenden Magen, warf sich zur Seite und spuckte aus, was sie eben noch gierig verschlungen hatte.

Das Schwindelgefühl verschwand, auch die Hitze ging zurück. Nur das Zittern blieb, kalter Schweiß war ihr auf die Stirn getreten und dazu kam der widerliche Geschmack nach Galle in ihrem Mund.

Schluchzend krümmte sie sich zusammen und flehte in Gedanken um Erbarmen. Sie hielt das nicht mehr aus. Sie wollte nicht sterben. Nicht so, nicht alleine im Dunkeln. Und doch schrie alles in ihr danach, einfach aufzugeben, sich hinzulegen und wieder zu schlafen – auf die Gefahr hin, diesmal nicht wieder aufzuwachen.

Ayumi dachte an all die Heldinnen aus ihren liebsten Geschichten. Sie waren stark, mutig und lustig obendrein. Sie fanden immer einen Ausweg und würden nicht jammern, sich in einer Ecke zusammenkauern und Rotz und Wasser heulen. Nein, sie würden aufstehen und weitergehen. Egal, wie lange es auch dauerte, sich selbst zu befreien, wie müde und ausgehungert sie auch waren. Sie würden sich den Mund abwischen, die Tränen trocknen und einen Fuß vor den anderen setzen. Und genau das tat Ayumi schließlich.

Sie raffte sich auf, lief weiter, tastete sich langsam voran und folgte dem Tunnel, bis sie mit dem Fuß gegen etwas Hartes stieß. Der Schmerz schoss ihr das Bein hinauf und sie musste sich auf die Lippe beißen, um nicht zu schreien und damit die Stille zu durchbrechen, die für sie zu einem Schutzschild geworden war und ihr die Angst vor ihren dämonischen Verfolgern nahm.

Dennoch konnte sie nicht verhindern, dass der Aufprall Geräusche verursachte. Das Rieseln von Steinen hallte durch den Tunnel. Ayumi rührte sich nicht mehr, wartete darauf, dass es wieder still um sie herum wurde, doch das tat es nicht. Sie hörte entferntes Knarzen von Metall und ein Pfeifen. Ein Geräusch, das von Luft stammen könnte, die in das unterirdische Labyrinth strömte.

Ihr Herz schlug bei diesem Gedanken schneller. Vielleicht war sie schon ganz nah an einem Ausweg! Sie tastete sich eilig um den Stein, stolperte aber über weiteren Schutt. Die Schienen waren voll davon.

Schließlich berührte sie etwas, das kein Beton zu sein schien. Metall. Glatt, kalt und mit scharfen Kanten, wo es aufgerissen war wie eine zerbeulte Dose.

Sie stand auf, lief an der verbogenen Metallwand entlang und schnitt sich an gesplittertem Glas. Erschrocken sog sie die Luft ein und zog ihre Hand weg.

Auch unter ihren Füßen knirschten Splitter, als sie weiterging. Nach wenigen Metern blitzte etwas vor ihr auf. Ein Licht! Endlich keine Dunkelheit mehr.

Sie ging darauf zu, und je näher sie kam, desto deutlicher erkannte sie ihre Umgebung.

Ayumi war auf einen weiteren verunglückten Zug gestoßen. Also war es wirklich ein Erdbeben und nicht die Akuma gewesen, was Tokios U-Bahnen hatte entgleisen lassen? Anders konnte sie sich das zweite Unglück nicht erklären.

Das Licht, das die Umgebung nur spärlich erhellte, kam aus dem Inneren des Zuges. Eine Deckenlampe baumelte dort an den Kabeln und flackerte, als ob sie jeden Moment ausgehen würde.

Ayumi zögerte. Sie brauchte Wasser und etwas zu essen. Und wahrscheinlich würde sie beides im Zug finden. Aber nicht nur das, sondern auch jenes Bild, das sie seit dem Beben nicht mehr losließ: Berge von Leichen, Blut, verdrehte Glieder und leere Augen, die sie anstarrten und sich ihr ins Gedächtnis brennen würden.

Alleine bei dem Gedanken daran kamen die Erinnerungen wieder zurück und die Knie wurden ihr weich. Sie schlug sich die Hände vors Gesicht. Ihr Atem ging stoßartig und alles in ihr drängte darauf, herumzuwirbeln und davonzulaufen.

Aber das würde sie kein zweites Mal tun. Sie musste sich zusammenreißen, wenn sie überleben wollte. Vorsichtig senkte sie die Hände, nahm all ihren Mut zusammen und lief weiter.

Einer der Wagen war so stark zusammengedrückt, dass die Türen aufgeplatzt waren und die Menschen daraus hervorquollen wie eine unförmige Masse aus grauen Anzügen. Ayumi, die alles daransetzte, stark zu sein und keine Angst zu zeigen, wich nun doch einen Schritt zurück.

Ihre Kehle brannte und sie konnte sich kaum aufrecht halten, so sehr quälte sie der Hunger. Aber wie sollte sie es fertigbringen, über diese Leichen zu steigen und die Taschen der Toten zu durchwühlen?

Noch einmal sah sie sich um, hoffte, dass Gepäckstücke aus dem Zug geschleudert worden waren – vielleicht Taschen von Schülern, die ihre Bento-Box nicht beim Ausräumen auf dem Bahnhofsboden hatten stehen lassen –, doch sie sah nur Schutt und Scherben.

Sie ballte ihre Hände zu Fäusten und atmete tief durch. Bis hierher hatte sie es geschafft, sie würde es auch über sich bringen, diesen Zug zu betreten.

Entschlossen näherte sie sich der Tür, da hörte sie ein Stöhnen aus dem Inneren. Ihr Herz machte einen Satz. Es gab Überlebende! Sie musste sich beeilen.

»Hallo?«, rief sie mit gesenkter Stimme.

Wieder stöhnte jemand.

Sie sah zu den Leichen, die ihr den Weg versperrten. Wenn sie nicht daran dachte, dass das vor Kurzem noch lebende, atmende Menschen gewesen waren, würde es ihr vielleicht leichterfallen, sie anzufassen. Sie durfte ihnen nur nicht in die Augen schauen.

Mit zittrigen Fingern griff sie nach dem Jackett eines Mannes, umfasste den Stoff und versuchte, ihn unter Aufwendung all ihrer Kräfte aus dem Zug zu schleifen. Doch der Mann rührte sich nicht. Sie musste sich weit zurücklehnen und einen Fuß gegen den Zug stemmen, um ihn unter den anderen Toten hervorziehen zu können. Wie ein Sack Reis sank er schließlich auf die Schienen.

Erschöpft sah Ayumi auf. Ihr Atem ging schwer und Schweiß

war ihr auf die Stirn getreten, aber noch hatte sie es nicht geschafft. Sie zerrte eine weitere Leiche zur Seite und schloss die Augen, so fest sie konnte, als sie gezwungen war, die übrigen Toten mit ihrem Fuß wegzudrücken, um ins Innere zu gelangen.

»Hallo?«, rief sie wieder und sah sich um. »Ist da jemand?«

»Hier …«, kam eine kaum hörbare Antwort.

Ayumi biss die Zähne zusammen, kletterte über die leblosen Passagiere und versuchte, es zu vermeiden, in ihre Gesichter zu sehen oder ihnen auf die Arme und Beine zu treten. Immer wieder rutschte sie ab, fasste in Blut oder geriet mit den nackten Beinen in etwas undefinierbar Weiches. Sie wollte gar nicht wissen, worum es sich dabei handelte, ahnte aber das Schlimmste und musste die Übelkeit unterdrücken, die in ihr aufkam.

Plötzlich verlor sie den Halt, stürzte und fand sich Angesicht zu Angesicht mit einem Toten wieder.

Panisch schrie sie, sprang auf und robbte von dem Mann weg. Sie schlug sich die Hände vors Gesicht und bewegte sich nicht mehr, bis ihr Atem ruhiger wurde und sich Stille über sie gelegt hatte. Es fühlte sich wie eine Ewigkeit an, bis sie den Mut fand, wieder aufzusehen und auf die Beine zu kommen.

»Hallo?«, flüsterte sie. Diesmal bekam sie keine Antwort.

Sie sah sich um und entdeckte zwischen den Leichen eine Hand, die sich ihr kraftlos entgegenstreckte.

»Halte durch!«, rief Ayumi. »Ich bin gleich bei dir.«

Sie suchte nach einem Weg und fand dabei eine Tasche, die offen dalag und ihr Inneres preisgab. Ayumis Herz flatterte, als sie die Wasserflasche darin sah. Eilig stolperte sie drauflos, fiel auf die Knie und schraubte die Flasche auf. Sie trank so gierig, dass ihr das Wasser über die Mundwinkel lief. Eine Erleichterung schuf sich in ihr Platz, wie sie ihr nicht einmal bei dem Genuss des Schokoriegels vergönnt gewesen war.

Sie setzte die Flasche wieder ab und zwang sich zur Vernunft. Etwas davon musste sie aufheben. Schließlich wusste sie nicht, ob sie noch mehr finden würde und wie lange sie ausharren musste, bis endlich Rettung kam.

Sie steckte die Flasche mit dem letzten Drittel Wasser in ihre eigene Tasche, zog sich an einer verbogenen Haltestange hoch und lief weiter. Als sie die Hand erreichte, die sich nach ihr streckte, ergriff sie sie und sank neben dem verletzten Mädchen in die Hocke.

Sie steckte in der Zugwand, als wäre sie wie eine Kanonenkugel durch sie hindurchgeschossen worden. Ihre Beine waren von den scharfen Zacken des gerissenen Metalls aufgeschlitzt und ragten auf unnatürliche Weise von ihr weg. Und bei jedem rasselnden Atemzug, den sie tat, quoll Blut aus den Wunden. Wahrscheinlich war das Metall, das in ihnen steckte, alles, was verhinderte, dass sie verblutete.

Ayumi hielt diesen Anblick nicht aus und schaute ihr ins Gesicht. Sie sah hübsch aus. Nicht so streberhaft wie sie selbst, sie hatte einen schicken Haarschnitt, trug Eyeliner und Lippenstift. Doch die Schminke war von ihren Tränen verwischt und hatte dunkle Ringe unter ihren Augen gebildet.

»Hilf mir«, flehte sie.

Ayumi drückte ihre Hand fester.

Sie nickte, wusste aber nicht, was sie machen sollte, außer hier zu sitzen und dem Mädchen Trost zu spenden. Ein Kloß hatte sich in ihrem Hals gebildet und verhinderte, dass sie etwas antwortete.

»Meine Beine … ich spüre meine Beine nicht mehr«, brachte das Mädchen kraftlos hervor.

»Ich hole Hilfe, okay?«, versprach Ayumi und zwang sich, zuversichtlich zu klingen.

Das Mädchen öffnete den Mund. Tränen ließen ihre Augen schwimmen. »Bitte … Hol mich … hol mich einfach da raus.«

Wie schrecklich sie leiden musste, konnte Ayumi nicht einmal erahnen. Ihr Inneres verkrampfte sich alleine bei dem Gedanken daran. Aber was hätte sie tun können? Sie würde sterben, wenn Ayumi sie befreite.

»Das kann ich nicht«, sagte sie und musste selbst mit den Tränen kämpfen. »Wenn ich dich befreie, dann …«

»Bitte! Ich kann nicht mehr.«

Wie lange war Ayumi durch die Tunnel geirrt? Stunden? Wohl eher einen Tag oder länger. So lange lag dieses Mädchen schon hier, zwischen all den Toten, und litt Schmerzen. Sie wollte nicht mehr, hatte aufgegeben. So wie auch Ayumi kurz davor gewesen war zu kapitulieren.

Sie sah noch einmal zu den Beinen des Mädchens. Vielleicht konnte Ayumi sie abbinden, um ein Verbluten zu verhindern. Vielleicht gab es hier irgendwo einen Erste-Hilfe-Koffer oder jemand hatte ein Schmerzmittel dabei, um ihr das Leiden erträglicher zu machen. Irgendetwas musste sie tun. Sie konnte doch nicht einfach dabei zusehen, wie dieses Mädchen sich quälte.

»Okay, ich werde versuchen, die Blutungen zu stoppen, damit ich dich befreien kann«, sagte sie entschlossen. »Wie ist dein …« Sie schaute zu dem Mädchen und brach ab. Durch weit aufgerissene Augen sah sie Ayumi an. Tote, leere Augen.

Ayumi war wie erstarrt. In ihren Ohren begann es zu rauschen und ihr Atem ging wieder schneller. Sie hatte nicht einmal nach ihrem Namen fragen können.

Plötzlich riss das Mädchen seine Augen noch weiter auf. Golden leuchtete es darin. Sie nahm einen tiefen Atemzug und bäumte sich auf.

Ayumi zuckte vor Schreck zusammen und unterdrückte einen

Aufschrei. Panisch robbte sie rückwärts weg. Ihr Herz klopfte wild und ihre Gedanken überschlugen sich.

»Nein«, hauchte sie. »Lass sie! Geh raus aus ihr!«

Der Akuma wandte sich ihr zu, verengte den Blick und sah dann zu dem Körper, von dem er Besitz ergriffen hatte. Als würde er erst jetzt begreifen, wo er gelandet war, drehte er die Hände des Mädchens und betrachtete sie von allen Seiten. Dann schaute er wieder zu Ayumi auf.

KAPITEL 10

AYUMI

TAG 4: DI, 18:00 UHR, TOKIO, JAPAN

Ayumi sprang auf. Sie musste einfach weg. So schnell und so weit sie konnte. Sie erreichte eine unversperrte Tür und stürzte auf die Gleise. Mit den Händen fing sie sich ab, schürfte sie sich auf und kämpfte darum, die Kraft aufzubringen, wieder aufzustehen.

Als es ihr endlich gelang, auf die Füße zu kommen, stand ihr ein weiterer Akuma gegenüber. Es war der Mann, dem sie in den Zug gefolgt war. Mit weit aufgerissenen Augen starrte Ayumi ihn an. Sie war wie gelähmt. Unfähig zu fliehen.

Neugierig betrachtete der Fremde sie – wie ein Tier im Streichelzoo. Sie kämpfte gegen die Erstarrung an, doch erst, als er die Hand nach ihr ausstreckte, gelang es ihr, die Kontrolle über ihren Körper zurückzuerlangen und vor ihm zurückzuweichen. Mit dem Rücken stieß sie gegen den Zug.

»Du bist keine von uns«, stellte er fest.

»Aber auch kein Mensch«, erklang die Stimme des toten Mädchens. Sie war in die Tür neben Ayumi getreten. Ein seltsames Leuchten ging von ihr aus, das wie ein Spinnennetz aus bläulichen Fäden in die Umgebung floss und sich in den Wunden an ihren Beinen bündelte. Man konnte zusehen, wie sie langsam heilten und der Blutfluss versiegte.

Ayumi schrie und stolperte vor ihr zurück.

»Was bist du?«, fragte der Mann.

Eine weitere Gestalt näherte sich ihr von links. Ayumi riss den Kopf herum. Ein Junge in Schuluniform, kaum älter als sie selbst. Sein Schädel war blutüberströmt.

Sie war umzingelt. Ihr Puls raste.

»Bleibt weg von mir!«, verlangte sie, doch die Akuma näherten sich unaufhaltsam. Das Mädchen neben ihr schlurfte aus dem Zug und der Mann kam auf sie zu. Er hob erneut die Hand und Ayumi wusste sich nicht anders zu helfen, als ihre Arme hochzureißen und ihn von sich zu stoßen.

In dem Moment, in dem sie ihn berührte, durchströmte Ayumi eine Energie wie von einem Blitzschlag. Doch statt Schmerzen spürte sie eine unbändige Kraft – ein fremdes Bewusstsein, Gedanken und Gefühle, die sie nicht zuordnen konnte. Für den Bruchteil einer Sekunde war sie mit dem Akuma verbunden und all ihre Ängste fielen von ihr ab. Sie spürte nichts Böses oder Falsches an ihm. Nur Neugier und eine tief verwurzelte Ruhe, wie sie nur einem Wesen innewohnen konnte, das keinen Hass und keine Lügen kannte.

Der Akuma stolperte vor ihr zurück, die Verbindung riss ab und die Energie – ebenso blau wie das Leuchten um das Mädchen herum – strömte aus ihm heraus, als hätte ein leichter Schlag genügt, um den Dämon aus dem Körper des Mannes zu treiben.

Ayumi musste den Arm vor die Augen heben, um sich vor dem gleißenden Licht zu schützen, das den Tunnel erhellte.

Ein Wesen reiner Energie erhob sich vor ihr und der Körper des Mannes sackte auf die Knie. Vorsichtig senkte Ayumi den Arm wieder, während die Lichtgestalt, bestehend aus wirbelnden blauen Funken, zurück in den Körper floss und die eben noch trüben Augen seiner menschlichen Hülle golden aufblitzten.

Der Junge links von ihr kam näher und Ayumi streckte ihm instinktiv ihre Handfläche entgegen. »Bleib weg oder ich tue dasselbe mit dir!«

Tatsächlich blieb er stehen und sie hob eilig die andere Hand, um auch das Mädchen von sich fernzuhalten.

»Kommt mir ja nicht zu nahe!«, verlangte sie mit fester Stimme. Sie stieß sich von der U-Bahn ab und lief rückwärts von den dreien weg. Keine Sekunde wollte sie diese fremden Wesen aus den Augen lassen.

»Lasst mich einfach in Ruhe!« Sie sah von einem zum anderen. Der Junge drehte sich ihr zu, während sich der Mann erhob und seinen Körper betrachtete.

»Wie hast du das gemacht?«, fragte er und sah zu Ayumi auf.

»Das geht dich nichts an!«, zischte sie. Sie hatte ja selbst keine Ahnung, wie ihr das gelungen war.

Ihre Hände zitterten, was sie zu unterdrücken versuchte. Nur weil sie nichts Böses gespürt hatte, hieß das noch lange nicht, dass ihr die Akuma nicht gefährlich werden konnten. Es konnte sogar sein, dass diese Wesen sie in dem Glauben lassen wollten, sie wären harmlos. Die Gefühle, die sie gespürt hatte, waren vielleicht eine Täuschung gewesen.

»Du musst nur wissen, dass ich es wieder tun werde, wenn ihr mir zu nahe kommt«, drohte sie. »Und jetzt sagt mir, was ihr von mir wollt.«

Die Akuma wechselten kurze Blicke.

»Du kannst uns sehen«, erwiderte das Mädchen. »Das kann sonst niemand.«

»Und deswegen lasst ihr den Zug entgleisen?«, fragte Ayumi fassungslos.

»Das waren wir nicht«, meinte der Mann. »Diese Welt ist dem Untergang geweiht. Die Membran zwischen eurer Sphäre und der unseren wurde dünn und wir wurden hinübergezogen. Nur aus Neugier sind wir dir gefolgt.«

»Und nun können wir nicht mehr zurück«, sagte der Junge.

»Aber das … das gibt euch nicht das Recht, unsere Körper zu stehlen!«

Wieder wechselten die Akuma kurze Blicke.

Langsam wurden Ayumis Arme schwer. Sie lief weiter rückwärts von ihnen weg, kam so aber nicht sehr weit. Ewig würde sie die drei auf diese Weise nicht von sich fernhalten können.

»Wie viele seid ihr? Sind da noch mehr?« Diesen Gedanken auszusprechen, ließ sie noch nervöser werden, als sie es ohnehin schon war. Ängstlich sah sie sich um.

»Wir sind eins«, sagte das Mädchen.

»Und wir sind Millionen und mehr«, fügte der Junge hinzu.

Ayumis Atem stockte. Was war das? Eine Invasion?

»Aber hier sind wir nur zu dritt«, erklärte der Mann. »Du musst keine Angst haben.« Die letzten Worte sagte er mit Zweifel in der Stimme. Als wäre er sich nicht sicher, ob er Ayumis Verhalten richtig interpretierte.

»Ich habe keine Angst«, behauptete sie mit zittriger Stimme. »*Ihr* solltet Angst haben. Vor mir. Weil ich euch aus diesen Körpern vertreiben werde, wenn ihr mir zu nahe kommt.«

Sie wich einen weiteren Schritt zurück, blieb dabei mit dem Fuß hängen und ruderte erschrocken mit den Armen. Doch es gelang ihr nicht, das Gleichgewicht wiederzufinden. Sie stürzte, erwartete einen harten Aufprall, aber etwas Weiches fing sie auf.

Langsam senkte sie die Arme und stellte fest, dass sie knapp einen halben Meter vor dem Boden abgebremst worden war. Etwas stach schmerzhaft in ihren Rücken, es gelang ihr jedoch nicht, ihren Körper zu drehen, um zu sehen, was es war.

Der Junge hatte einen Schritt auf sie zugetan und die Arme

nach ihr ausgestreckt. Er bewegte die Finger, zog seine Hände langsam zurück und mit ihnen erhob Ayumi sich, ganz ohne dass sie etwas dafür tat.

Erst als sie wieder auf eigenen Füßen stand, konnte sie herumwirbeln und sehen, was hinter ihr lag. Schockiert stolperte sie vor den Wurzeln zurück, die aus der Erde gebrochen waren und sie aufgefangen hatten. Zwischen ihnen ragte eine armlange Glasscherbe in die Höhe. An ihrer Spitze klebte Blut.

Ayumi griff sich in den Rücken und ertastete die Stelle, an der die Scherbe ihre Kleidung durchbohrt und ihre Haut verletzt hatte.

»Du … du hast mir das Leben gerettet«, hauchte sie entgeistert. Sie konnte es nicht fassen. Ohne ihn und die Wurzeln wäre sie ungebremst in diese Scherbe gestürzt und von ihr aufgespießt worden.

»Wenn dein Geist deinen Körper verlässt und du wieder ein Teil des Energiefeldes der Erde wirst wie die anderen Menschen hier unten, werden wir nie erfahren, warum du uns sehen kannst.«

»Wenn ihr so etwas mit den Pflanzen tun könnt, dann könnt ihr auch einen Weg hier rausfinden«, sagte Ayumi und sah von einem Akuma zum anderen. »Ihr könnt die Erde mit den Wurzeln teilen und uns hier rausholen.«

»Das können wir«, sagte der Mann.

»Dann tut das!«

Die drei schwiegen, während in Ayumi die Aufregung bis zum Zerreißen wuchs. Sie war so nahe dran zu entkommen, und das ausgerechnet mithilfe dieser Wesen, von denen sie immer noch nicht glaubte, dass es sie wirklich gab. »Ich sage euch alles, was ihr über mich wissen wollt, wenn ihr mich nach oben bringt«, versprach sie.

»Die Welt dort oben stirbt«, sagte das Mädchen.

Ayumi schüttelte den Kopf. »Das war nur ein Erdbeben«, beharrte sie, auch wenn sie nicht verstand, wie ein einfaches Erdbeben einen Riss durch den Raum verursachen konnte, der es Geisterwesen erlaubte, in die Welt der Menschen zu gelangen.

Der Mann ging entschlossen auf die Tunnelwand zu, legte seine Hände darauf und Ayumi wich zurück, als ein tiefes Grollen zu hören war und die Erde unter ihren Füßen bebte. Steine bröckelten, und als der Akuma seine Hände wieder zurückzog, stob der Beton vor ihm auseinander wie ein von unsichtbarer Hand aufgeschobener Vorhang.

Er wandte sich Ayumi zu und deutete auf die dunkle Öffnung. »Wir folgen dir.«

Zögernd trat Ayumi in die Höhle. Der Durchgang war so schmal, dass sie die Arme nicht ganz ausstrecken konnte, um die Wände zu beiden Seiten zu berühren. Unter ihren Fingern spürte sie den bröckelnden Beton. Der Boden stieg allmählich an und bald berührte sie feuchte Erde.

Licht brach durch die Dunkelheit, blendete sie und ihr stiegen Tränen in die Augen. Sie musste ihre Hand vors Gesicht ziehen.

Oben angekommen, zupfte der Wind an ihrem Haar. Ayumi zog sich aus der Erde, wischte sich die Tränen aus dem Gesicht und kam wackelig auf die Beine.

Um sich ans Tageslicht zu gewöhnen, musste sie mehrmals blinzeln. Es brannte ihr in den Augen und es dauerte eine Weile, bis sie ihre Hände senken und sich umsehen konnte.

Was sie sah, verschlug ihr den Atem und trieb jeden klaren Gedanken aus ihrem Kopf. Erstarrt stand sie am Ausgang der Höhle und betrachtete das endlos scheinende Trümmerfeld um sich herum.

Nichts war geblieben. Nur Schutt und Staub, der wie Nebel darüber hinwegkroch, rötlich im Schein der untergehenden Sonne glänzte und bis hin zum Horizont die Überreste eingestürzter Gebäude bedeckte.

Tokio war fort. Die Millionenmetropole war völlig zerstört worden.

KAPITEL 11

ADDY

TAG 4: DI, 22:00 UHR, BIRMINGHAM, ENGLAND

Addy war wie erstarrt. Ihre Gedanken rasten und nichts von dem, was sie sah, schien einen Sinn zu ergeben. Was tat Ben hier, was war mit ihm geschehen und wieso sprach er mit Casimir? Sie war hin- und hergerissen zwischen Flucht und Konfrontation. Sie wollte Antworten und doch hatte sie Angst davor, die Wahrheit zu erfahren – Angst, dass sich ihre schlimmsten Befürchtungen bestätigten.

»Addy«, sprach Casimir sie an und trat einen Schritt auf sie zu.

Sie schüttelte den Kopf. »Was soll dieses heimliche Treffen? Woher kennt ihr euch?«

Zwischen ihrem ersten Aufeinandertreffen mit Casimir und ihrer Begegnung mit Ben lagen nur wenige Stunden. Konnte das Zufall gewesen sein? War es Zufall, dass sie ihn hier wiedersah? Über hundert Meilen von London entfernt, in einer dunklen Gasse, wo Casimir sich heimlich mit ihm traf?

»Ich hätte es mir denken können«, sagte Ben und trat aus den Schatten. Ein schiefes Grinsen lag auf seinen Lippen.

»Halt du dich da raus!«, fuhr Casimir ihn an.

»Kein Problem«, meinte er belustigt. Er verschränkte die Arme vor der Brust und lehnte sich an eine Hauswand.

»Was tut er hier?« Addy deutete auf Ben. »Hast du gewusst, dass er mir in London begegnet ist?«

»Ich habe gesehen, wie er uns beobachtet hat, und bin nach unten gegangen«, erklärte Casimir. »Dass ihr euch bereits kennt, wusste ich nicht.« Er sah zu Ben, dessen Grinsen noch breiter wurde.

»Es war also nur ein Zufall, dass ich ihm begegnet bin, wenige Stunden, nachdem ich dich zum ersten Mal gesehen habe?« Sie versuchte, selbst daran zu glauben, doch es gelang ihr nicht.

»Natürlich ist das kein Zufall«, mischte Ben sich ein und stieß sich von der Wand ab.

Casimir baute sich schützend vor Addy auf, woraufhin Ben ihn amüsiert musterte.

»Wie ich sagte«, meinte er. »Du benimmst dich schon wie einer von ihnen. Beschützt dein Weibchen vor dem Fremden.«

»Wir sind uns nicht fremd«, sagte Casimir. »Du und ich, wir waren eins.«

»Das waren wir alle und jetzt sind wir viele. So schnell kann das gehen. Eine neue Welt entsteht und wir sind live dabei.«

»Ich will wissen, was er sagen wollte«, verlangte Addy. Sie legte ihre Hand an Casimirs Arm und schob ihn beiseite. Wenn sie das alles verstehen wollte, brauchte sie die Antworten, die Ben ihr geben konnte. Herausfordernd sah sie ihn an. Angst wollte sie ihm keine zeigen. So wie er sich benahm, würde ihm das nur gefallen. »Warum war es kein Zufall?«, hakte sie nach.

»Na, warum wohl?«, fragte er spöttisch lachend. »Weil du weit und breit der einzige Mensch bist, der uns als das erkennen kann, was wir wirklich sind. Das macht uns alle neugierig.«

»Du bist anders, Addy«, bestätigte Casimir. »Das habe ich dir bereits gesagt.«

»Ich habe dich beobachtet«, meinte Ben und betrachtete Addy ausgiebig. Er begann, sie zu umrunden, doch Casimir zog sie von ihm weg. »Schon als du in London aufgetaucht bist. Und dann bringst du es tatsächlich zustande, eure Massenvernichtungswaffe zu zerstören.«

»Unsere was?«

»Er meint das Kraftwerk«, erklärte Casimir.

»War das nicht das richtige Wort?« Ben schmunzelte. »Tut mir leid, ich bin mit eurer Sprache noch nicht ganz vertraut. Wie nennt ihr ein Gerät, das eigens zum Zweck erbaut wurde, Millionen von Leben zu vernichten?«

»Es war Terra Mater, die das Kraftwerk zerstört hat«, korrigierte Addy ihn, ohne auf seine unterschwellige Anklage einzugehen.

»Das konnte sie allerdings nur, weil du so gute Vorarbeit geleistet hast«, meinte er. »Gut, du hast dadurch ein klaffendes Loch in unsere Welt gerissen, aber was soll's? Ein paar Dutzend tote … wie nennst du uns? Meliad? Ein paar Tote von uns mehr oder weniger machen da auch keinen Unterschied mehr, nicht wahr?«

»Wie … wie meint er das?«, fragte Addy an Casimir gerichtet.

»Die Lichtsäule, die du gesehen hast«, erklärte der. »Wir hatten geglaubt, das wären nur die Meliad gewesen, die aus der Maschine befreit worden sind. Aber scheinbar wurde der Vortex, den Elekreen in unsere Welt geschaffen hat, mit dem Zerstören des Kraftwerks aufgerissen.«

»Aber das war Terra Mater!«, sagte Addy erschrocken. Sie konnte nicht glauben, dass die Erdmutter solche Fehler beging. »Sie hat das Kraftwerk zerstört, und wenn sie damit weitermacht, was passiert dann mit eurer Welt?«

Casimir schien darauf keine Antwort zu haben und auch Ben zuckte nur mit den Schultern.

»Dein Ansatz, das Kraftwerk abzustellen, statt es in die Luft zu sprengen, war jedenfalls gut«, meinte Ben.

Er hatte offenbar einiges von den Geschehnissen der letzten

Tage mitbekommen. Wahrscheinlich beobachtete er sie schon eine ganze Weile und war untätig geblieben, während sie um ihr Leben kämpften. Aber es musste etwas Gutes in ihm stecken. Das bewiesen seine Taten bei ihrer ersten Begegnung.

»Das hätte ich nicht tun können, wenn du mir in London nicht das Leben gerettet hättest«, erinnerte Addy ihn.

Ben sog die Luft ein und schüttelte den Kopf. »Da muss ich dich enttäuschen. Dafür war ich nicht verantwortlich. Das war der Mensch, dem dieser Körper vorher gehört hat.«

Addys Herz begann, schneller zu schlagen. »Du bist nicht Ben«, sprach sie die Erkenntnis aus, die sie plötzlich überrollte. Sie hatte geglaubt, ihn damals nicht als Meliad erkannt zu haben, sich aber wohl geirrt.

»Carson ist mein Name«, stellte er sich vor und wandte sich an Casimir. »Gefällt er dir? Ich habe ihn aus Bens Lieblingsserie. Diese menschliche Sprache ist wirklich spannend, nicht wahr? Alles muss man benennen und klassifizieren.«

Casimirs Miene blieb ungerührt.

»Dann ist Ben …?«, begann Addy, brach jedoch ab, weil ihr die Stimme versagte. Sie wollte nicht wahrhaben, dass der Junge, dem sie ihr Leben verdankte, den Anschlag auf London nicht überlebt hatte. Am Ende waren vielleicht sogar genau die Männer, die sie bedroht hatten, für seinen Tod verantwortlich.

Carson hob erneut die Schultern und wieder umspielte ein wissendes Lächeln seine Lippen. Die goldenen Blitze in seinen Augen zuckten spielerisch und sein Blick durchbohrte Addy. Es war erschreckend, wie leicht es ihm im Vergleich zu Casimir fiel, Gefühlsregungen zu zeigen, und noch erschreckender, dass ihn diese Gefühle berechnend und abgebrüht wirken ließen.

»Und warum bist du uns nach Birmingham gefolgt?«, fragte Addy weiter.

»Ich bin aus demselben Grund hier, aus dem auch ihr hier seid. Ich will die Stadt fallen sehen.«

»Wir sind hier, um sie zu retten«, korrigierte Casimir ihn. »Und dank dir wissen wir nun auch, dass wir das Kraftwerk abstellen müssen, bevor Terra Mater es zerstört und uns Meliad damit noch mehr Schaden zufügt.«

»Du sympathisierst wirklich mit ihnen?«, fragte Carson. »Was findest du an diesen Fleischklopsen mit ihren hormongesteuerten und stumpfsinnigen Gedanken? Stört es dich gar nicht, dass die Erdmutter sie bereits abgeschrieben hat? Wo ist dein Vertrauen in sie und ihre Taten? Es ist nicht an uns Meliad, zu entscheiden und Einfluss zu nehmen. Wir beobachten nur. So haben wir es immer getan.«

»Die Menschen sind mehr als das, was du über sie denkst«, entgegnete Casimir. »Und wir können es auch sein.«

»Ist das so?«

»Wenn du erst einmal eine Weile unter den Menschen lebst, wirst du es verstehen.«

»Das bezweifle ich«, meinte Carson mit fester Überzeugung, lächelte dann aber wieder verstohlen. »Aber ich lasse mich gerne überraschen. Bis jetzt sehe ich nur, wie sie die Belial nähren und ihren Untergang dadurch nur noch mehr beschleunigen.«

»Belial?«, fragte Addy und sah zu Casimir.

»Die Schatten«, erklärte er. »Ich denke, Belial ist das richtige Wort. Dämonen würde vielleicht auch passen.«

»Aber natürlich ist es das richtige Wort«, betonte Carson. »So schwer ist die menschliche Sprache nun auch wieder nicht.«

»Weißt du, was sie hier zu suchen haben?«, fragte Casimir.

»Weißt du es denn nicht?«, erwiderte er belustigt. »Du musst nur eins und eins zusammenzählen. Was habe ich gerade über das klaffende Loch in unsere Welt erzählt?«

»Weißt du es?«, wiederholte Casimir mit Nachdruck.

Carson lachte laut auf. »Aber natürlich. Um von dieser Sphäre ein Tor in unsere zu öffnen, muss man logischerweise alle Sphären durchstoßen. Oder hast du mal versucht, das Loch in einen Donut zu kriegen, indem du nur Milch und Zucker, aber nicht das Mehl im Teig durchtrennt hast? Das ist einfach nicht möglich. Entweder man teilt den ganzen Teig oder gar nicht. Durch die Zerstörung des Kraftwerks riss das Tor auf, die Membran zwischen den fünf Ebenen wurde rissig und einigen Belial gelang es, in die Sphäre der Menschen überzutreten. Was passieren wird, wenn weitere dieser Kraftwerke zerstört werden, ist offensichtlich. Alle Grenzen werden fallen.«

»Und was bedeutet das?«, fragte Addy. »Wie werden wir diese Dinger wieder los?«

»Gar nicht«, sagte Carson nüchtern.

Addy schüttelte den Kopf. Es musste einen Weg geben, die Belial zu bekämpfen. Sie wussten nur noch nicht, wie.

»Wir müssen etwas tun«, sagte sie.

»Das werden wir«, versprach Casimir.

Carson sah von ihm zu Addy und schmunzelte. »Sehr süß«, meinte er und begann, fade zu applaudieren.

Carson war so anders als Casimir. Während Casimir noch immer lernte, menschliche Gefühle zu verstehen und mit ihnen umzugehen, schienen sie Carson bereits ins Blut übergegangen zu sein. Doch leider nicht im Guten.

Schritte in ihrem Rücken zogen Addys Aufmerksamkeit auf sich und sie wirbelte herum.

»Was geht hier vor?«, fragte Dave.

Er stand mitten auf der Straße, hatte seine Hände zu Fäusten geballt und fixierte sie durch schmale Augen. »Wer ist das? Wieso schleicht ihr euch heimlich raus?«

Carson trat vor, hob die Hand und Blitze zuckten zwischen seinen Fingern. »Soll ich den Spion erledigen?«

»Nein!«, fuhr Addy ihn an.

»Verdammte Scheiße, das ist noch einer von denen!«, schrie Dave und stolperte von ihnen weg.

»Nimm die Hand runter«, forderte Addy Carson auf.

»Warum sollte ich auf *dich* hören?«, lachte er.

»Weil du es sonst mit mir zu tun bekommst«, warnte Casimir ihn.

In Carsons Augen funkelten die Blitze. Er hob beschwichtigend die Hände und trat einen Schritt zurück, doch das Schmunzeln auf seinen Lippen verriet, dass man ihm nicht trauen konnte. »Ihr werdet es noch bereuen, aber bitte, übernehmt ihr das«, sagte er und deutete auf Dave.

Addy trat vor. »Ja, er ist ebenfalls ein Meliad. Und er wird uns helfen, das Kraftwerk abzuschalten.« Sie hoffte, dass Dave ihr zuhören und glauben würde. Er hatte allen Grund dazu, das nicht zu tun.

»Werde ich das?«, fragte Carson.

Sie hätte ausrasten können. Es war so schon schwer genug, zu Dave vorzudringen. Auch ohne Carsons Spitzfindigkeiten. Sie wandte sich ihm zu. Er war gefährlicher als Casimir, weil er unberechenbar war und kein Verständnis für die Menschen zu haben schien. Aber auch er musste einsehen, dass es um ihrer aller Welt ging.

»Das wirst du, weil sie dort deinesgleichen töten«, erinnerte sie ihn. »Und weil wir zusammenarbeiten müssen, wenn wir deine und unsere Welt retten wollen. Selbst wenn das bedeutet, Terra Mater nicht einfach schalten und walten zu lassen, wie sie möchte.«

Carson sah sie durch schmale Augen an. Er schien zu überlegen und schließlich grinste er breit und vollführte eine ausholende Bewegung, die einer Verbeugung glich. »Also gut.«

Dave schüttelte den Kopf. »Ich lasse nicht noch einen von denen in Blairs Wohnung. Ich will nicht, dass ihr wieder mit hochkommt. Ihr sollt gehen. Ihr alle. Bleibt einfach weg von uns und lasst uns in Frieden!«

»Ich würde meinen, das Problem erübrigt sich«, sagte Carson und deutete auf das Gebäude in Daves Rücken.

Addy folgte seinem Fingerzeig.

Erst bei genauerem Hinsehen erkannte sie die Linien, die allmählich über die Fassade krochen. Im ersten Moment dachte sie an Risse, bis ihr klar wurde, dass es sich dabei um Kletterpflanzen handelte, die sich ausweiteten wie ein Spinnennetz und das Haus völlig zu umschlingen drohten. Der Verputz begann zu rieseln und plötzlich brach eine Fensterbank aus der Wand, stürzte zu Boden und zerplatzte laut scheppernd auf der Straße.

Dave stolperte erschrocken zurück und auch Addy musste schützend die Hände vors Gesicht ziehen.

»Patti!«, stieß Addy aus und rannte, ohne nachzudenken, los. Sie erreichte den Eingang, fing sich mit der Hand ab und sah, dass die Pflanzen unter ihrer Berührung zurückwichen, wie sie es auch schon in Orsett getan hatten.

Ein Blick zurück verriet ihr, dass Dave versuchte, ihr zu folgen, aber von peitschenden Schlingpflanzen davon abgehalten wurde.

»Überlass das den großen Jungs«, meinte Carson, fasste ihn an die Schulter und bekam Daves volle Wut ab, als der daraufhin knurrte wie ein Hund und den Meliad von sich stieß.

Addy konnte es sich nicht erlauben, länger zu zögern. Sie rannte ins Innere des Gebäudes und stürzte die Treppe nach oben.

KAPITEL 12

ADDY

TAG 5: MI, 08:00 UHR, BIRMINGHAM, ENGLAND

Der Lärm, der auf den Straßen herrschte, weckte Addy aus schweren Träumen auf. Sie stöhnte, sah sich um und stellte fest, dass die provisorischen Schlafstätten der anderen aufgewühlt und verlassen waren.

Ihr Blick wanderte hinauf zur Decke, wo sie Staub dabei zusehen konnte, wie er in Lichtbalken tanzte, die sich quer durch den Raum warfen. Es dauerte eine Weile, bis sie die Erinnerungen an letzte Nacht wieder klar vor Augen hatte.

Nachdem sie gezwungen gewesen waren, Blairs Wohnung aufzugeben, hatten sie sich stundenlang durch Birmingham geschlagen. Sie waren Randalierern ausgewichen, hatten die Polizei und die Absperrungen des Militärs gemieden und waren schließlich hier gelandet – in einem verlassenen geplünderten Bekleidungsgeschäft.

Addy konnte höchstens ein paar Stunden geschlafen haben. Ihr Schädel brummte und ihr Nacken war vom Liegen auf dem harten Boden verspannt. Schwerfällig richtete sie sich auf, rieb sich die Augen und ließ ihre steifen Schultern kreisen.

Sie sah sich um und entdeckte Casimir am vernagelten Schaufenster, wo er scheinbar die ganze Nacht verbracht hatte und zwischen den Brettern hindurch die Straße beobachtete.

»Hey«, sprach sie ihn verhalten an. Sie war sich nicht sicher, wo sie beide standen. Bisher hatten sie keine Gelegenheit gehabt, über die Geschehnisse zu reden.

Casimir wandte sich ihr zu und lächelte sanft.

»Hey«, antwortete er und Addys Herz machte einen Satz. Sie erwiderte das Lächeln und irgendwie wirkte es, als wäre damit jedes böse Wort zwischen ihnen, jeder falsche Verdacht und jeder Vorwurf weggewischt.

»Hast du überhaupt geschlafen?«, fragte sie und schälte sich aus den Jacken, die sie als Decke benutzt hatte.

Er sah wieder zum Fenster. »Lange werden wir hier nicht sicher sein.«

»Du brauchst Schlaf«, erklärte sie eindringlich, ohne auf seine Warnung einzugehen. »Ich weiß nicht, wie es bei euch Meliad ist, aber Menschenkörper brauchen Ruhe, um sich zu regenerieren.«

Sie ging zu ihm und spähte ebenfalls zwischen den Brettern hindurch. Nun sah sie, was so viel Lärm verursachte, dass sie davon aufgewacht war. Randalierer zogen durch die Straßen. Sie waren mit Baseballschlägern bewaffnet, schlugen auf Autos und Fensterscheiben ein, warfen Molotowcocktails und traten alles kurz und klein, was ihnen in den Weg kam.

»Was glauben sie, damit zu bezwecken?«, fragte Addy mehr sich selbst.

»Vielleicht erhoffen sie sich, gehört zu werden, wenn sie laut genug schreien«, mutmaßte Casimir.

Wahrscheinlich hatte er damit recht. War es nicht schon immer so, dass die, die sich von Frustration und Hass lenken ließen, am lautesten waren? So laut, dass man glauben könnte, sie wären in der Überzahl, selbst wenn es nur wenige waren.

»Schau genauer hin«, forderte Casimir sie auf.

Addy beugte sich vor und verengte den Blick. Auch wenn die meisten der Aufrührer vermummt waren, erkannte sie schnell, was Casimir meinte. Sie sah die Schatten, die um die Augen der Menschen lagen und ihnen wie schwarze Adern die Hände hinaufkrochen. Ihr wurde ganz anders bei diesem Anblick.

»Sind die Belial für das Verhalten der Menschen verantwortlich?«

Casimir sah sie lange an. »Nein, das seid ihr selbst.«

Wie gerne hätte Addy ihm widersprochen, hätte behauptet, die Menschen würden nicht grundlos auf die Straße gehen und voller Gewalt und Hass gegen etwas demonstrieren, das sie gar nicht kannten oder verstanden. Sie würden nicht zertrümmern und zerstören, nur weil sie nicht wussten, wohin mit ihrer aufgestauten Wut. Aber sie wusste, dass es tief in den Menschen verwurzelt war, auf Zerstörung mit noch mehr Zerstörung zu reagieren und ihre Angst vor allem, was fremd und damit unberechenbar war, in Wut und Hass auszudrücken. Dazu brauchte es keine übernatürlichen Wesen, die sie dazu verleiteten.

»Die Belial gab es schon immer«, erklärte Casimir. »Die Dunkelheit ist ein Teil dieser Welt, genau wie das Licht. Sie nährt nicht, sie wird genährt. Der Unterschied ist, dass sie nun nicht mehr nur in ihrer eigenen Sphäre wächst und gedeiht. Wenn es stimmt, was Carson sagt, dann sind die Belial, die hierhergelangt sind, in einer ähnlichen Lage wie er und ich. Sie gelangten hierher, können aber weder zurück noch hier in ihrer ursprünglichen Form überleben. Also nisten sie sich in Menschen ein. In jenen, die verborgene düstere Gedanken in sich tragen und damit den perfekten Nährboden für diese Schattenwesen bieten. Ich hätte es viel früher erkennen müssen. Schließlich bin ich selbst durch alle Ebenen gefahren, als ich von meiner Sphäre in eure gezogen wurde. Nur dadurch konnte Terra Mater mir einen Blick auf die Zukunft dieser Welt gewähren. Ich hätte erkennen müssen, was passiert, wenn die Tore weiter aufreißen. Das, was Elekreen getan hat, ist, wie eine Furche von einem Fluss zu einem anderen zu ziehen. Selbst wenn man nur das Wasser umleiten will, lässt es sich nicht vermeiden, dass Erde und Gestein vom Rand der Furche gerissen und mitgeschwemmt werden, sollte der Strom zu stark sein.«

»Wie hättest du das ahnen sollen? Du wusstest ja nicht, dass dieses Tor weiter aufreißt, wenn Terra Mater das Kraftwerk zerstört.«

Casimir antwortete nicht darauf. Er beobachtete weiter die Straße und Addy musste an Dave denken, an die Schatten, die sie in ihm gesehen hatte, und an seine Wut, die mehr und mehr wuchs.

Ob es der tief in ihm vergrabene Zorn auf seinen Vater und dessen Affären gewesen war, der den Belial angelockt hatte? Er hatte sich wahrscheinlich kurz nach der Straßensperre vor Birmingham und ihrer Flucht vor dem Militär in ihm eingenistet. Wahrscheinlich unmittelbar nachdem Addy die Schatten das erste Mal gesehen hatte.

»Was passiert mit den Menschen, die befallen sind?«, fragte sie leise.

»Ich kann nur raten, aber so, wie ich die Belial kenne, verdrängt die Dunkelheit alles Gute in ihnen, bis sie ganz von ihrem Hass beherrscht werden.«

Addy konnte nicht glauben, dass das wirklich geschah und Dave dem direkt vor ihren Augen ausgesetzt gewesen war, ohne dass sie begriffen hatten, was in ihm vorging. Sie konnte nur hoffen, dass der Belial verschwunden war, nachdem Dave seinem Ärger Luft gemacht hatte.

»Addy?«, rief Patti ihr zu.

Nur langsam gelang es ihr, sich von den Gedanken zu lösen, die ihr durch den Kopf schossen. Sie hob den Blick und entdeckte Patti im Pausenraum des Ladens. Dave saß dort an einem Tisch und wirkte ganz normal. Von irgendwelchen Schatten war nichts zu sehen.

»Ich komme«, versprach Addy, was Patti mit einem Nicken erwiderte.

»Eines noch«, hielt Casimir sie auf.

»Ja?«, fragte sie, immer noch neben sich stehend.

»Das, was du gesagt hast … Wegen den menschlichen Gefühlen.«

»Ich war wütend«, unterbrach sie ihn. »Ich habe nicht zu Ende gedacht, sonst hätte ich dir das niemals vorgeworfen.«

Er schüttelte den Kopf. »Darauf wollte ich nicht hinaus. Ich weiß, dass du es nicht so meintest. Aber du hattest recht. Ich verstehe das Menschsein nicht sehr gut. Ich lerne erst, es zu verstehen.«

»Aber du lernst schnell. Wenn ich daran denke, wie du bei unserer ersten Begegnung warst und wer du heute bist, verstehst du schon viel mehr von uns Menschen.«

»Das mag sein, aber so schnell wie er lerne ich nicht.« Er nickte zum Nebenraum, wo Carson gerade dabei war, mit Blair anzubandeln. Die beiden schienen sich prächtig zu amüsieren. Blair zwirbelte ihr Haar mit den Fingern, lächelte verstohlen und Carson hatte seine Hand auf ihre Hüfte gelegt, während er ihr etwas ins Ohr flüsterte.

»Du hattest recht damit, dass ich, wie du sagtest, böse auf dich war«, erklärte Casimir weiter. »Und das völlig grundlos. Ich dachte, ich hätte das Menschsein schon ziemlich gut im Griff und dein Vorwurf würde nicht zutreffen. Aber jetzt verstehe ich, dass ich noch weit davon entfernt bin, so zu sein wie ihr. Carson hat einen Blick auf Dave geworfen und sofort gewusst, was mit ihm los ist. Ich habe es nicht bemerkt.«

»Dann …« Addys Gedanken überschlugen sich. »Dann ist der Belial noch in ihm?«

Sie sah wieder zu Dave, dem sie nichts anmerken konnte. Vielleicht war die Dunkelheit in ihm zumindest abgeschwächt und sie würden einen Weg finden, sie ganz aus ihm zu vertreiben.

»Es tut mir leid«, sagte Casimir.

»Du musst dich nicht entschuldigen. Nicht dafür. Mag sein, dass Carson die Palette menschlicher Gefühle schneller abspulen kann als du. Aber das macht ihn nicht besser. Im Gegenteil.« Unwillkürlich schlich sich ein Lächeln auf ihre Lippen. Sie senkte den Blick, weil es ihr schwerfiel, ihm bei diesen Worten in die Augen zu sehen.

»Ich war wütend und habe Dinge gesagt, die ich bereue. Aber glaub mir, ich will nicht, dass du so wirst wie er. Ich will, dass du du bleibst. Weil … weil ich dich mag, so wie du bist. Und weil ich mich weniger einsam fühle, wenn du bei mir bist. Stärker und zuversichtlicher.« Sie hob die Hand, zögerte, überwand sich dann aber und legte sie auf seine Brust. Seine Wärme ging augenblicklich auf sie über, vertrieb ihre Ängste und sie spürte, wie die Energie seines wahren Wesens durch seinen Körper bis in ihre Fingerspitzen strömte.

Ihr Atem ging schneller, wenn sie ihm so nahe war. Sie wollte, dass er sie festhielt und nie wieder losließ, wollte, dass alles um sie herum stillstand, damit ihre Sorgen und Ängste ihnen nichts mehr anhaben konnten.

»Alles, was ich bin, verdanke ich dir«, sagte er leise, legte seine Hand unter ihr Kinn und hob es an. »Erinnerst du dich an die kleinen Dinge, von denen du mir erzählt hast? Die Dinge, die das Leben lebenswert machen? Wenn ich dich ansehe, glaube ich, dass diese Dinge das Einzige sind, was zählt. Und alles andere verstummt, wenn du mir nahe bist.«

Er blickte sie an, versank in ihren Augen, ebenso wie sie in seinen, und ließ seine Finger ganz sanft über ihre Wange wandern. Ein wohliger Schauer durchfuhr Addy, ihr Herz pochte heftig und sie öffnete leicht den Mund, als er ihr näher kam.

Der Geruch nach flimmernder Energie wurde so intensiv, dass er Addy umhüllte und auffing. Seine Lippen berührten beinahe schon die ihren, ihr wurde warm, als seine Energie auf sie überging und sie seine Gefühle, seine Zuneigung und seinen Wunsch, ihr nahe zu sein, spüren ließ. Sie verschmolzen in der Berührung, ihre Leben vermischten sich, wurden eins und sein Atem erfüllte sie bis tief in ihr Innerstes.

»Bäh, wie eklig«, raunte es von der anderen Seite des Raumes.

Casimir löste sich von ihr, bevor ihre Lippen sich berührten, und sah auf.

Addy fühlte sich benommen und hatte Mühe, wieder einen klaren Gedanken zu fassen. Langsam wandte sie sich um und sah Carson in der Tür stehen. Er lehnte dort lässig am Rahmen, hatte die Arme vor der Brust verschränkt und das Gesicht verzogen, als läge ein übler Geruch in der Luft.

»Das ist, wie dabei zuzusehen, wie ein Pavian eine Qualle poppt«, verspottete er sie.

Addy stieg die Galle hoch. Carson machte sie so wütend.

Sein Grinsen wurde nur noch breiter, als er sah, wie Addy sich ärgerte. Er stieß sich vom Türrahmen ab und kam lässig auf sie zugelaufen.

»Addy, kommst du?«, rief Patti ihr zu.

»Sofort«, sagte sie und lief an Carson vorbei.

Sie traute ihm nicht. Nicht wirklich. In gewisser Weise war er ihr zu menschlich. Zu unberechenbar und überheblich. Aber sie wusste ihn lieber in ihrer Nähe als irgendwo da draußen, wo er sie beobachten würde und alles Mögliche anstellen konnte.

An der Tür zum Aufenthaltsraum wartete Patti bereits auf sie, doch Addy wandte sich noch einmal zu Carson um, der Casimir derweil erreicht hatte, vertraut den Arm um ihn legte und ihm leise etwas zuraunte. Zu gerne hätte sie gewusst, was er im Geheimen mit ihm zu bereden hatte. Aber wahrscheinlich wollte er sie auch damit nur ärgern.

»Tut mir leid, dass ich so lang geschlafen habe«, entschuldigte sie sich bei Patti.

Die winkte ab. »Wir sind auch erst ein paar Minuten wach. Wir sind unsere Vorräte durchgegangen und es sieht nicht gut aus. Auf die Schnelle haben wir ja kaum etwas in die Rucksäcke packen können und müssen jetzt noch ein weiteres Maul stopfen.«

Addy schaute flüchtig zu Carson, wandte sich dann aber wieder dem Tisch zu, auf dem ein geöffneter Rucksack stand. Die Schränke im Aufenthaltsraum waren leer geräumt und von Blair hatten sie nur ein paar Dosen Hundefutter mitgebracht. Diese und eine halbe Packung Kekse waren alles, was auf dem Tisch stand.

»Wie sieht es mit Wasser aus?«, fragte Addy.

Blair, die an der Küchenzeile stand, öffnete als Antwort den Wasserhahn, woraufhin nur ein hohles Glucksen zu hören war. Kein Tropfen fand seinen Weg durch die Rohre.

»Abgestellt«, sagte sie.

»Es hört sich vielleicht blöd an, aber im Spülkasten der Toilette könnten ein paar Liter sein«, überlegte Addy und sah zu Dave, der am Tisch saß und die Hundefutterdosen anstarrte, als könne er sie mit bloßem Wunschdenken in Steaks verwandeln. »Dave?«, sprach sie ihn vorsichtig an. »Könntest du nachsehen?«

In seiner Gegenwart wollte sie nicht über die Belial sprechen, aber die anderen mussten erfahren, was hier vor sich ging.

Dave sah erschrocken zu ihr auf. »Was?«

»Ob du nach dem Spülkasten sehen kannst«, wiederholte sie.

Er legte die Stirn in Falten.

»Wir vermuten, da könnte noch Wasser drin sein«, erklärte Patti.

»Ist alles in Ordnung mit dir?«, fragte Addy.

»Klar, was soll schon sein?«, entgegnete er gereizt, lehnte sich zurück und sah sie verächtlich an. »Ich finde es super, dass wir jetzt zwei von ...« Er brach ab, sah flüchtig zu Blair und sprach dann durch zusammengebissene Zähne weiter. »Von denen da bei uns haben. Und dass Jared erschossen wurde, ist doch auch toll. Einer weniger, den wir mitschleppen müssen. Und jetzt dürfen wir auch noch Wasser aus der Toilette trinken. Von dem Flittchen, das meiner Mum den Mann ausgespannt hat, will ich gar nicht erst anfangen. Mir könnte es nicht besser gehen.«

»Was fällt dir ein!«, fuhr Blair ihn an und machte einen Schritt auf Dave zu.

»Ganz ruhig«, bat Addy und hob die Hand, um Blair davon abzuhalten, sich auf ihn zu stürzen.

Während er gesprochen hatte, waren Schatten über seine Haut gekrochen. Addys Hoffnung, der Belial wäre in den Hintergrund gerückt, schwand damit. Dunkle Ringe lagen unter seinen Augen und diese Dunkelheit zog sich wie ein Geschwür über seine Wangen.

Flüchtig sah sie zu Patti. Weder sie noch Blair schienen etwas davon mitzubekommen. Also konnte Addy nicht nur als Einzige die Blitze in den Augen der Meliad sehen, sondern auch die Schatten, die die Belial verursachten.

Addy wandte sich ihm zu. »Du darfst das nicht in dich hineinfressen«, erklärte sie einfühlsam. So wie er sich benahm, hatte sie ihn nicht kennengelernt. Es war der Belial, der aus ihm sprach, der ihn von innen heraus auffraß und seine ganze Persönlichkeit veränderte. Es musste einen Weg geben, an Dave heranzukommen und zu verhindern, dass er sich ganz und gar verlor.

Dave zog seine Hand weg, als Addy danach griff, und sah sie an, als wären ihre Worte eine Beleidigung gewesen.

»Wer gibt dir das Recht zu entscheiden, wie ich mich zu verhalten habe?«, giftete er sie an und stand auf. »Wer gibt dir das Recht, überhaupt zu entscheiden?«

»Jetzt komm mal runter«, verlangte Blair.

»Misch du dich da nicht ein!«, knurrte er sie an. »Du bist doch nichts weiter als eine kleine Schlampe, die sich an verheiratete Männer ranmacht.«

Blair schnappte nach Luft.

»Jetzt mal halblang!«, mischte sich Patti ein, doch Blair hielt das nicht auf.

»Dein Dad ist Witwer, schon vergessen? Und es stimmt nicht, dass wir was miteinander hatten, während deine Mum noch am Leben war.«

»Klar«, höhnte er. Die Schatten weiteten sich aus und färbten seine Augen schwarz.

»Hört auf!«, verlangte Addy.

»Abgesehen davon«, fuhr Blair fort. »Ich hätte euch gar nicht in meine Wohnung lassen müssen und erst recht nicht meine Vorräte mit euch teilen!«

»Bitte!« Addy wollte Dave beruhigen und nicht noch mehr aufregen. Doch das ging gerade nach hinten los. Die ganze Situation geriet außer Kontrolle.

»Er war kein Witwer, als ihr euch kennengelernt habt. Was, glaubst du, hat meine Mum ins Grab gebracht?«

»Ich sicher nicht!«, zischte Blair.

»Jetzt beruhigt euch mal.« Patti schob sich zwischen Dave und

Blair, doch die stieß sie beiseite, schnappte sich den Rucksack und warf die Vorräte hinein.

»Ich verschwinde von hier«, knurrte sie.

»Mach doch!«, schrie Dave. »Du kannst sowieso nirgendwo hin. Die ganze verdammte Welt geht gerade unter. Und wem haben wir das zu verdanken?«

Er deutete auf die Meliad. Addy folgte seiner Geste, sah zu Casimir, der besorgt, aber auch alarmiert wirkte, und dann zu Carson, der die Szene mit Skepsis beobachtete.

»Wovon redet er?«, fragte Blair.

Addy und Patti wechselten kurze Blicke.

»Vielleicht ist es an der Zeit, es ihr zu erklären«, meinte Patti.

Addy nickte. Es wäre sicher das Beste, wenn Blair und Patti den Raum verließen, damit Dave sich beruhigen konnte.

»Ja, sagt es ihr!«, verlangte Dave und verschränkte die Arme vor der Brust. »Ich bin gespannt, was sie davon hält.«

Mit einem gehässigen Grinsen auf den Lippen stand er da und wartete darauf, dass Addy mit der Wahrheit rausrückte, legte dann aber die Stirn in Falten und fasste sich an die Nase. Verwundert betrachtete er das, was ihm an den Fingern klebte. Es war kein Blut. Es war schwarzer, dickflüssiger Schlick.

Addys Pulsschlag beschleunigte sich. »Casimir!«, rief sie, ohne den Blick von Dave zu nehmen. Vorsichtig brachte sie etwas Abstand zwischen sich und ihn.

»Hast du Nasenbluten?«, fragte Blair und wollte zu ihm, doch Addy hielt sie auf.

»Patti, vielleicht erklärst du Blair alles«, schlug sie vor. »Am besten, du gehst mit ihr dafür irgendwohin, wo es ruhiger ist.«

Patti war selbst geschockt von dem, was mit Dave geschah. Sie brauchte eine Weile, um sich aus ihrer Erstarrung zu lösen und zu begreifen, worauf Addy hinauswollte. Schließlich nickte sie, packte Blair bei den Schultern und drehte sie von Dave weg. »Komm. Ich erzähle dir alles.«

Kaum dass sie den Raum verlassen hatten, trat Casimir neben Addy.

»Es sieht nicht gut aus, oder?«, fragte er.

»Was passiert mit mir?«, verlangte Dave zu erfahren.

Die Schatten griffen von ihm auf die Umgebung über und liefen ihm als dickflüssiger Schlick aus Nase und Ohren. Sein Atem ging schneller, die Lampe über ihm flackerte und fiel schließlich aus. Es war, als würde jedes Licht vor der Finsternis fliehen, die in ihm wuchs.

»Es ist wichtig, dass du dich beruhigst«, erklärte Casimir mit erhobenen Händen.

»Was passiert hier?!«, schrie Dave und spuckte ihnen dabei schwarzen Schlick entgegen. Erschrocken taumelte er zurück und schlug sich die Hände vor den Mund.

Wie konnte das mit einem Mal so schnell gehen? Eben noch hatte Addy geglaubt, zu ihm vordringen zu können, und plötzlich schien die Dunkelheit ihn regelrecht zu verschlingen. Sie durften ihn jetzt nicht aufgeben! Es musste einen Weg geben, das fremde Wesen zu besiegen.

»Es sind die Belial«, erklärte sie und machte einen vorsichtigen Schritt auf ihn zu. Casimir legte eine Hand an ihren Arm, doch sie ließ sich davon nicht beirren. »Einer von ihnen hat sich in dir festgesetzt und wird stärker, je mehr Wut sich in dir aufstaut. Versuch, an etwas Positives zu denken.«

Das war das Einzige, was ihr einfiel. Etwas von dem Dave, den sie kannte, musste noch übrig sein. Hoffentlich genug, um stärker zu sein als seine finsteren Gedanken.

Dave starrte auf seine Hände. Der Belial, der sich in ihm eingenistet hatte, war nun auch für ihn gut sichtbar.

»Etwas Positives?«, stieß er aus. Seine Hände zitterten vor Anspannung. »Schau mich an! Was soll daran gut sein?«

Wie Tinte, die durch die Fasern von Papier dringt, krochen die Schatten von ihm aus über den Boden, die Wände, bis hin zur Decke. Der kleine Raum, in dem sie sich befanden, verwandelte sich nach und nach in ein schwarzes Loch, in das kein Licht mehr vordrang.

»Es ist der einzige Weg«, sagte Casimir. »Wir können dir nicht helfen. Das kannst nur du selbst.«

»Ihr könnt nicht oder ihr wollt nicht?«

Sie drangen nicht zu ihm vor, egal, was sie sagten. Addy wusste nicht, was sie noch tun konnten, um zu verhindern, dass der Belial gewann.

»Dave, bitte«, flehte sie. »Bitte versuch, dagegen anzukämpfen. Versuch, dich an etwas zu erinnern, was dich glücklich macht.«

Daves Blick verengte sich, er sah zu Boden, als wäre er ganz in Gedanken, seine Atemzüge wurden tiefer und sein ganzer Körper begann zu beben.

»Glücklich?«, murmelte er.

Plötzlich krümmte er sich, schrie so laut, dass es Addy durch Mark und Bein ging, und fasste sich an den Kopf.

Ihr Herz schlug ihr bis zum Halse. »Was passiert mit ihm?«, fragte sie mit überschlagender Stimme.

Panik beherrschte ihr Denken. Sie wollte nicht auch ihn verlieren! Sie mussten irgendetwas tun, aber was?

KAPITEL 13

ADDY

TAG 5: MI, 08:30 UHR, BIRMINGHAM, ENGLAND

Dave fing sich am Tisch ab. Er begann, heftig zu würgen, und spuckte schwarzen Schlick aus. In solchen Massen würgte er ihn hervor, als hätten sich seine inneren Organe völlig in Dunkelheit aufgelöst, die nur darauf gewartet hatte, seinen Körper zu verlassen.

Sie mussten ihm helfen, bevor es zu spät war! Doch gerade, als Addy die Hand nach ihm ausstreckte, in der Hoffnung, Dave von den Schatten wegziehen zu können, schob sich Carson vor sie und versperrte ihr den Weg. Er hob die Hände und die Erde begann zu beben. Wurzeln schossen durch den Beton und bildeten ein dichtes Geflecht, das sich wie ein Käfig um Dave schloss.

»Was tust du da?«, stieß Addy fassungslos aus.

»Ich rette unser Leben«, sagte Carson unterkühlt.

Dave sah sich gehetzt um wie ein wildes Tier, das in eine Falle getappt war. Schließlich blieb sein Blick an Addy hängen. Durch schmale Augen fixierte er sie und schnaubte vor Wut.

»Wieso?«, zischte er. Seine Stimme klang völlig verzerrt. Als wäre es nicht er selbst, der zu ihr sprach.

Addy trat einen Schritt vor. Sie hatte unbändige Angst, aber ihr Wille, Dave zu retten, überwog.

»Hör auf damit«, bat sie Carson. »Wir können ihm nicht helfen, wenn wir ihn noch wütender machen.«

»Helfen?«, fragte Carson. »Dafür ist es längst zu spät.«

Addy wollte sich an Casimir wenden, als Dave plötzlich auf sie zusprang, dabei markerschütternd schrie und den Mund so weit aufriss, dass nichts Menschliches mehr in seinen Zügen zu erkennen war.

Erschrocken wich sie zurück, Carson zog die Hände zusammen und mit seiner Bewegung verdichtete sich das Geflecht aus Wurzeln. Dave schlug dagegen, zerriss einige Wurzeln, wurde aber aufgehalten.

Er schrie weiter, bis seine Stimme nichts mehr von dem Jungen hatte, den Addy kannte. Da war nur noch ein Monster, mit tiefschwarzer Haut, dämonischen Augen und gefletschten Zähnen. Er zerrte an dem Käfig, den Carson um ihn errichtet hatte, warf sich gegen das Wurzelgeflecht und schlug wild schreiend um sich.

»Oh Gott!«, rief Blair in ihrem Rücken.

Addy wirbelte zu ihr herum. Mit weit aufgerissenen Augen starrte Blair den Belial an.

»Was ist das?«, fragte sie mit erstickter Stimme.

Auch Patti war zurück und stand direkt hinter ihr. »Das kann nicht …«, stammelte sie.

»Lasst mich raus!«, schrie Dave mit fremdartiger Stimme. Noch einmal warf er sich voran und diesmal wichen auch Carson und Casimir vor ihm zurück.

Casimir schob sich schützend vor Addy.

»Er ist von einem Belial befallen«, erklärte sie. »Es ging alles so schnell.«

»Ein was?«, stieß Patti ungläubig aus.

Daves Wurzelgefängnis knarzte bedrohlich und ließ Patti und sie zusammenschrecken. Es gelang ihm, den Arm hindurchzustrecken, und seine Finger, die zu dünnen, knochigen Klauen geworden waren, reckten sich nach Addy. Sie wich noch weiter vor ihm zurück.

»Dave«, flehte sie. Ihr Inneres war verkrampft, ihr Herz pochte wild. Sie wollte nicht einsehen, dass er verloren war. Noch nicht. »Bitte, versuch, dich dagegen zu wehren. Denk an deine Mum, die dich geliebt hat, an deinen Vater, der dich trotz allem doch sicher ebenfalls liebt und vermisst. Er sucht bestimmt nach dir.«

Tatsächlich reagierte er, zog die Hand zurück und stolperte in die Dunkelheit seines Käfigs. Hoffnungsvoll starrte Addy nach vorne, wartete, bis er ein Lebenszeichen von sich gab. Plötzlich schoss er wieder auf sie zu, warf sich mit voller Wucht gegen die Wurzeln und Blair schrie vor Panik. Addy hatte kaum Zeit zu reagieren, als er sein Gefängnis auch schon durchbrach und sich wie eine hungrige Bestie mit weit aufgerissenem Maul und gespreizten Klauen auf sie stürzte.

Addy stolperte zurück und fiel zu Boden. Die Panik rauschte in ihren Ohren. Instinktiv riss sie schützend den Arm hoch, doch der Angriff, mit dem sie fest rechnete, blieb aus.

Sie senkte den Arm wieder und sah in Daves weit aufgerissene Augen. Erst waren sie noch voller animalischer Wut, dann wurden sie mehr und mehr zu den blauen menschlichen Augen des Jungen, den sie kannte. Von Schmerzen gezeichnet, sah er sie an.

Addys Puls raste. Noch immer verschluckte das Rauschen in ihren Ohren jedes Geräusch um sie herum.

Sie sah an Dave hinab. Er hing reglos über ihr, wie in der Zeit eingefroren, hatte die Arme noch zum Angriff ausgestreckt, zog sie dann aber langsam zurück, um sich an den Bauch zu greifen, wo ein dichter Strang aus Ästen seine Bauchhöhle durchbohrt und seinen Angriff in der Luft gestoppt hatte.

Die Schatten wichen aus seinem Leib, genauso wie das Leben aus ihm wich. Blut, gemischt mit Schlick, tropfte ihm aus dem

Mund und auf Addy hinunter. Hastig kroch sie unter ihm weg und sah Casimir neben sich, die Hände nach den Ästen ausgestreckt, die Dave durchbohrt hatten. Er hatte das getan. Er hatte ihn getötet. Addys Gedanken überschlugen sich und ergaben keinen klaren Sinn.

Carson packte sie am Oberarm und zog sie auf die Beine. »Pass mit dem schwarzen Zeug auf.«

Auch Casimir trat langsam zurück, als der Belial aus Daves Körper floss und sich kriechend in alle Richtungen ausbereitete. Es sah aus wie brodelndes Pech, blubberte, regte sich, wurde aber zusehends kleiner und schwächer. Ohne die dunklen Gefühle, die Dave beherrscht hatten, starb dieses Wesen und ging ein.

Blair schluchzte. Sie hatte sich abgewendet und ihr Gesicht in Pattis Schulter vergraben, während Patti selbst völlig entgeistert zu Dave blickte. Tränen ließen ihre Augen schwimmen.

Addy riss sich von Carson los.

»Er wäre nicht mehr zu retten gewesen«, sagte der.

Das glaubte sie einfach nicht. Sie fühlte sich wie in einem Albtraum. Als wäre das alles nicht die Wirklichkeit. Wie hatte das bloß geschehen können? Wie hatte sie übersehen können, welche Abgründe sich in Dave aufgetan hatten, wie schlecht es ihm ging und wie viel Dunkelheit er hinter der Maske des ausgeglichenen, freundlichen Jungen versteckt hatte?

Hätte Addy doch nur früher versucht, mit ihm zu reden und ihm zu helfen. Bevor der Belial sich in seinen verborgenen Gefühlen eingenistet hatte. Sie fühlte sich genauso hilflos wie damals, als Casimir ihr gesagt hatte, dass Eric Selbstmord begangen hatte.

Was wirklich in einem Menschen vorging, welche Abgründe sich in ihm auftaten, blieb den meisten um ihn herum verborgen. Sie hatte weder geahnt, dass ein Mitschüler von ihr Depressionen gehabt hatte, noch, wie schlecht es Dave in Wirklichkeit gegangen war. Ein Schauder überkam sie und sie stolperte von den anderen weg.

»Ich hatte keine andere Wahl«, erklärte Casimir und näherte sich ihr, doch Addy wich ihm aus.

Sie wusste, dass er nichts anderes hätte tun können, dass Dave nicht mehr zu retten gewesen war. Aber seine Nähe ertrug sie in diesem Moment einfach nicht. Sooft sie sich auch sagte, dass es nicht mehr Dave gewesen war, der durch seine Hand hatte sterben müssen, konnte sie ihm dennoch nicht in die Augen sehen.

»Wir müssen hier weg«, sagte sie mit brüchiger Stimme. »Wir sind hier nicht mehr sicher.«

Addy packte zusammen, was sie aus Blairs Wohnung mitgenommen hatten, sammelte die Kleidung auf, die noch nützlich sein könnte, und stopfte alles grob in die Rucksäcke.

Sie versuchte zu verdrängen, was gerade geschehen war, versuchte, sich zu sagen, dass Dave nicht das erste Opfer der Belial war und nicht das letzte bleiben würde, wenn es ihnen nicht gelänge, die Sphären vor weiteren Rissen zu schützen. Sie mussten Bennet finden und ihn davon überzeugen, alle Kraftwerke abzuschalten. Und das, bevor Terra Mater weitere von ihnen zerstörte und damit die Membran zwischen allen Sphären zusätzlich schwächte.

»Wir können ihn da nicht so hängen lassen«, sagte Patti in ihrem Rücken. Ihre Stimme klang heiser und verweint.

Addy wandte sich ihr nicht zu. »Was sollen wir denn tun?« Ihre Hände zitterten, was sie versuchte zu unterdrücken. »Er ist infiziert. Wir könnten ihn höchstens verbrennen. Falls das etwas nutzt.«

»Addy, er war unser Freund.«

Dass Patti überhaupt glaubte, sie daran erinnern zu müssen, ließ Wut in ihr aufkommen. Als ob ihr das nicht klar wäre. Als ob sie nicht wüsste, dass allein sie die Schuld an dem trug, was mit Jared und Dave geschehen war. Addy hatte sie alle in Gefahr gebracht, hatte sie in diese Sache mit hineingezogen und ihnen gar keine andere Wahl gelassen, als ihr Leben zu riskieren.

Jeden Tag verlor sie einen weiteren Menschen, der ihr nahestand. Freunde, die sie nach all der Zeit, in der sie nicht fähig gewesen war, sich anderen gegenüber zu öffnen, in ihr Leben gelassen hatte – nur um sie gleich darauf wieder zu verlieren. Jeden Tag ging ihre Welt ein weiteres Stück in die Brüche, bis bald nichts mehr davon geblieben war.

»Denkst du, das weiß ich nicht?«, zischte sie durch zusammengebissene Zähne.

Noch immer zitterten ihre Hände. Sie streckte ihre Finger, betrachtete sie genau und suchte nach Spuren von Schatten. Doch da war nichts. Die Wut, die sie beherrschte, rührte ganz allein von ihr selbst und ihrem Versagen her. Dennoch zog sie möglichst unauffällig ihren Hosenbund hoch und ging dabei sicher, dass Daves Blut nicht bis zu ihrer Haut vorgedrungen war. Es war nichts zu sehen und doch konnte sie ihre Angst davor nicht ganz abschütteln.

»Ich meine nur, er verdient ein Begräbnis«, beharrte Patti.

Addy schnürte den letzten Rucksack zu, stand auf und drückte ihn Patti in die Hand.

»Du und Blair, ihr geht von hier weg«, sagte sie entschlossen. Patti sah sie verwundert an. »Ihr verschwindet von hier, so schnell und so weit ihr könnt. Nehmt alles mit. Die Vorräte, die Kleidung. Alles.«

»Wie meinst du das?«, fragte Patti.

»Ich will nicht noch jemanden verlieren.« Addys Stimme begann zu zittern. »Diese ganze Sache hat schon genug gekostet. Ich hätte euch nie von den Sphären erzählen dürfen.«

»Du kannst das nicht einfach entscheiden.«

»Doch, das kann ich«, entgegnete Addy und deutete auf Blair, die in einer Ecke saß, ihr Gesicht in den Händen verborgen hatte und weinte. »Wir können sie nicht mit zum Kraftwerk nehmen und wir können sie nicht ihrem Schicksal überlassen. Und auch du solltest nicht dein Leben riskieren müssen. Du bist eine größere Hilfe, wenn du Blair hier wegbringst. In der Nähe von Menschen ist es zu gefährlich. Ihr habt bessere Chancen, wenn ihr in die Natur geht, wo Terra Mater nichts zu zerstören braucht.«

»Ich habe mich aus freien Stücken entschieden, dir und Casimir zu folgen«, erinnerte Patti sie.

»Das haben Jared und Dave auch und jetzt, keine zwei Tage später, sind nur noch wir beide übrig. Dabei sind wir noch nicht einmal in der Nähe des Kraftwerks.«

»Das mag schon sein, aber …«

»Ich habe euch Wasser in eine leere Flasche WC-Reiniger gefüllt«, unterbrach Addy sie. »Es schmeckt bestimmt widerlich und ist sicher nicht gesund, also solltet ihr nach einem Fluss oder einem See Ausschau halten. Irgendetwas, wo ihr frisches Wasser herbekommt.«

»Das ist wirklich dein Ernst, oder?«, fragte Patti kopfschüttelnd. Enttäuschung und Unverständnis lagen in ihrem Blick, aber Addy blieb hartnäckig. Entschlossen nickte sie. Alleine der Gedanke daran, Patti könne sich ebenfalls in so ein Monster verwandeln oder beim Versuch, das Kraftwerk zu erreichen, von Soldaten erschossen werden, bestätigte sie darin, das Richtige zu tun.

Schließlich atmete Patti tief durch und presste die Lippen zu einer schmalen Linie zusammen. Sie sah zu Blair, wandte sich dann wieder Addy zu und nickte zustimmend. »Aber du passt auf dich auf, ja?«

»Sicher«, versprach Addy mit rauer Stimme.

Patti trat näher an sie heran und umarmte sie. »Das meine ich wirklich so«, flüsterte sie. »Pass gut auf dich auf. Du musst es mir versprechen.«

»Das werde ich«, wiederholte Addy mit leiser Stimme.

Patti drückte sie fest und wollte sie gar nicht mehr loslassen.

»Versprich du es auch«, flüsterte Addy, doch Patti antwortete nicht, weil sie zu weinen begann und ihr vor Tränen die Stimme versagte.

KAPITEL 14

ADDY

TAG 5: MI, 15:00 UHR, BIRMINGHAM, ENGLAND

Es war nicht schwierig, die Richtung auszumachen, in der das Kraftwerk lag. Dichte Wolken hatten sich im Osten der Stadt zusammengezogen. Immer wieder grollte verhängnisvoll Donner über sie hinweg und Blitze zuckten am Horizont. Je näher sie ihrem Ziel kamen, desto düsterer wurde der Himmel.

Sie folgten der Straße, die sich wie eine Schneise durch meterhohe Hecken zog. Nur hier und dort konnte man dahinter die Gemäuer der verlassenen Gebäude erkennen. Über dem Asphalt lag ein grüner Teppich aus dicht wucherndem Gras, und wenn Addy den Kopf in den Nacken legte, sah sie Ranken wie Wäscheleinen in einem verschlungenen Geflecht zwischen den Hochhäusern hängen.

Von Randalierern gab es keine Spur mehr. Auch Polizei und Militär schienen eingesehen zu haben, dass die Stadt verloren war. Statt der Sirenen, die sie am frühen Morgen noch gehört hatten, zwitscherten Vögel, Nager raschelten im Dickicht und der Wind rauschte in den Blättern.

Wenn die dunklen Wolken nicht gewesen wären, hätte der Anblick dieser erblühten Ruinen friedlich auf Addy wirken können. Auch wenn die meisten Menschen geflüchtet waren, war Birmingham noch lange nicht ausgestorben. Am Ende gehörte diese Sphäre nun mal nicht nur den Menschen allein, sondern auch all den Tieren, die hier lebten und die sich nicht die Mutter der Erde zum Feind gemacht hatten.

Carson lief voraus, gefolgt von Casimir. Wie sie in das Kraftwerk eindringen wollten, wusste Addy noch nicht, aber das würde sich schon zeigen. Mit zwei Meliad an ihrer Seite hatte sie da wenig Sorge.

Mehr Gedanken machte sie sich darüber, wie sie Bennet überzeugen konnten. Sie würden Casimirs Kräfte brauchen, damit er ihm zeigen konnte, was er ihr gezeigt hatte. Doch wenn sie an das dachte, was das letzte Mal geschehen war, als Casimir Bennet gegenübergestanden hatte, kochte Wut in ihr auf.

Ihre Hände ballten sich zu Fäusten und sie versuchte, sich ihre Angst nicht anmerken zu lassen. Angst davor, was sie erwarten würde, aber auch vor dem brodelnden Hass auf Bennet, der in ihr wuchs, mit jedem Schritt, den sie näher an das Kraftwerk herankamen.

Ein Kloß bildete sich in ihrem Hals, der ihr das Atmen erschwerte, und sie war froh, dass Casimir vor ihr lief und nicht sehen konnte, was mit ihr los war.

Das Bild von dem Monster, zu dem Dave geworden war, verfolgte sie, seitdem sie ihren Unterschlupf verlassen hatten. Sie wollte nicht so enden wie er, wusste, dass sie sich ihren Ängsten stellen musste, statt sie zu Wut und Hass werden zu lassen, die sich tief in ihre Seele brannten und sie von innen heraus auffressen würden. Aber das war leichter gesagt als getan.

Schon eine Weile spürte sie einen stechenden Schmerz an ihrem Bein. Dort, wo ihr Daves Blut auf die Hose getropft war. Sie hatte nachgeschaut und nichts an ihrer Haut gesehen. Aber wusste sie denn mit Sicherheit, dass der Schlick sichtbare Spuren hinterließ? Konnte sie sich ganz sicher sein, dass dort nichts gewesen war, bevor sie nachgeschaut hatte?

Sie wollte mit aller Macht daran glauben, dass es nur ein Phantomschmerz war, hatte versucht, ihn zu ignorieren und nicht daran zu denken. Aber tief in ihrem Inneren wusste sie längst, was mit ihr geschah.

Addy wollte kein Monster werden. Sie wollte sich nicht von ihrem Hass lenken lassen. Doch sie war wütend, vom Schmerz zerrissen, und sie konnte es sich nur so erklären, dass es der Schlick des Belial war, der sich in ihr festgesetzt hatte und in ihr brannte, als hätte er die Wunde infiziert, die Daves Tod in ihrem Herzen hinterlassen hatte.

Wenn sie mit ihrer Theorie, wann sich Dave infiziert hatte, richtiglag und falls sich der Belial in ihr ähnlich schnell ausbreitete, blieben ihr ungefähr 24 Stunden. Zeit genug, um Elekreen aufzuhalten. Und einen Vorteil hatte sie im Vergleich zu den anderen Infizierten. Sie wusste, was sich in ihrem Inneren ausbreitete, und konnte dagegen ankämpfen.

Ein plötzlich aufkommender Wind riss ihre Aufmerksamkeit wieder zurück auf die Straße. Die anderen waren stehen geblieben und eine Familie, vollgepackt mit Taschen und Rucksäcken, rannte so eilig an ihnen vorbei, dass Addy ausweichen musste.

»Schneller!«, rief der Vater, schnappte sich seinen Jüngsten und klemmte sich das Kind wie ein Gepäckstück unter den Arm. Die Frau und ihre Tochter folgten ihm in gebückter Haltung, während der ältere Sohn die Nachhut bildete und immer wieder hinter sich schaute. Panik zeichnete seine Miene.

Addy folgte dem Blick des Jungen und sah, wovor die Familie flüchtete. Ein Tornado hatte sich am Horizont gebildet. Trümmer umkreisten die wild peitschende Windhose, die allerdings nicht näher kam. Zumindest noch nicht.

Sie schloss zu Casimir auf. Zwei weitere Tornados schossen in einiger Entfernung vom Himmel, bohrten sich zwischen die

Hochhäuser und hoben weitere Trümmer hinauf in die Wolken. Der Wind nahm noch einmal zu und Addys Haar peitschte ihr durchs Gesicht.

»Diesmal also kein Erdbeben?«, fragte sie und versuchte, dabei möglichst gefasst zu klingen. Allein der Gedanke, dass sie zwischen den Tornados hindurch zum Kraftwerk mussten, ließ ihren Puls rasen.

»Terra Mater ist die Mutter von allem. Auch von Wind, Erde und Wasser«, erklärte er. Sein Blick lag dabei weiter auf den Tornados, die unruhig zwischen den Häusern tanzten, als wären sie sich ihres Ziels noch nicht wirklich bewusst. »Für sie gibt es tausend und mehr Wege, dem Treiben der Menschen ein Ende zu setzen.«

Carson wandte sich ihnen zu. »Es gibt bestimmt noch Plätze in der ersten Reihe!«, schrie er gegen den Wind an.

Er spielte sicher darauf an, dass sie nur noch zuschauen konnten. So wie er es bereits in Orsett getan und auch hier vorgehabt hatte zu tun. Während er auf Abstand geblieben war, hatte das Erdbeben in Orsett ihre Mutter getötet. So viele Menschen waren gestorben. Und er bedauerte nichts. Der Hass auf ihn kochte in Addy und sie musste dagegen ankämpfen, sich auf ihn zu stürzen.

»Geht es dir gut?«, fragte Casimir besorgt.

Addy sah erschrocken zu ihm. Erst jetzt bemerkte sie, dass sie sich ihre Fingernägel ins Fleisch gebohrt hatte, während ihre Gedanken bei Carson gewesen waren. Sie löste ihre Faust und atmete durch. Der Belial durfte nicht die Oberhand gewinnen.

»Ja, es geht«, behauptete sie.

»Bist du dir sicher?« Er griff nach ihrem Arm, doch seine Berührung allein reichte aus, um das Bild von Daves durchbohrtem Körper erneut in ihr auflodern zu lassen. Sie sah den Schmerz in Daves Augen, die Entschlossenheit in Casimirs Blick, wie er mit erhobenen Händen danebenstand und ihn, ohne zu zögern, geopfert hatte. Die Wut überrollte sie abermals. Wut, die sie nicht kontrollieren konnte. Sie riss sich los und stolperte von Casimir weg.

»Ich sagte, es geht mir gut«, wiederholte sie, ohne ihn anschauen zu können. Seine Nähe machte es ihr unmöglich, die Dunkelheit zu kontrollieren. Sosehr sie sich auch wünschte, er hätte ihr Halt geben können.

»Addy …« Er hob an, noch etwas hinzuzufügen, als ein pfeifendes, immer lauter werdendes Geräusch ihn stocken ließ.

Sie wirbelten herum. Addy sah gerade noch, wie etwas Großes direkt auf sie zusteuerte, da stieß Casimir sie schon von sich und ein Straßenschild schnellte direkt zwischen ihnen hindurch.

Addy stolperte rückwärts und stürzte. Ihr Blick folgte dem Schild, das in eine Hauswand krachte und dort wie ein Pfeil stecken blieb. Erst dann sah sie sich nach Carson um.

Er war ebenfalls ausgewichen und wandte sich gerade wieder den Tornados zu. »Das war haarscharf. Seid ihr euch sicher, dass ihr dorthin wollt?«

»Du kannst ja hierbleiben, wenn du Angst hast«, sagte Addy, rappelte sich auf und lief weiter.

In gebückter Haltung bewegte sie sich nah an den Häuserwänden, hielt sich den Arm vors Gesicht und musste immer wieder Schutz hinter Autos und eingestürzten Fassaden suchen. Das Vorankommen und die volle Konzentration auf ihr Ziel waren alles, was sie davon abhielt, an den Belial in sich zu denken. Doch bald war der Wind so heftig, dass es kein Weiterkommen mehr gab. Es blieb ihr nichts anderes, als hinter einem eingestürzten Gebäude in Deckung zu gehen.

Vorsichtig richtete sie sich auf und spähte über die Trümmer. Sie konnte den Zaun sehen, hinter dem das Kraftwerksgelände lag. Die Männer, die dort Wache schoben, waren dabei, sich ins Innere zu flüchten. Das Tor blieb unbewacht zurück.

Carson holte zu ihr auf. Sie warf ihm einen kurzen Blick zu, dann versuchte sie aufzustehen, aber der Wind war zu heftig. Die Böen peitschten auf sie ein und drohten, sie davonzuwehen, würde sie sich vollends aufrichten. Resigniert sank sie wieder zu Boden.

Auch Casimir hatte sie nun eingeholt.

»Die Kleine ist ganz schön tough!«, rief Carson über den Lärm des Sturms hinweg.

»Das war sie schon in Orsett«, erwiderte Casimir und sah Addy dabei an. Noch immer war sein Blick voller Sorge. Dass sie jemals an seinen menschlichen Gefühlen gezweifelt hatte, schien in diesem Moment völlig absurd. Ihre Wut ebbte ab und schäumte auch dann nicht auf, als er ihre Wange berührte. »Aber da lagen noch keine Schatten um ihre Augen.«

Addys Herz machte einen Satz. Sie hatte gehofft, er würde es nicht bemerken. Er hatte es auch bei Dave nicht erkannt. Wieso jetzt bei ihr?

»Ist das euer Ernst?«, fuhr Carson sie an. »Wir laufen direkt auf diesen Sturm zu, hin zu dieser Massenvernichtungswaffe, die uns beide töten könnte, und jetzt erfahren wir, dass sich dieses Menschlein in einen Belial verwandelt?«

Addy wandte ihm ruckartig den Kopf zu. Sofort war die Wut wieder da und es kostete sie alle Mühe, sie unter Kontrolle zu bringen.

»Es hat 24 Stunden gedauert, bis der Belial Dave besiegt hatte. Ich schaffe das.«

»Du musst niemandem etwas beweisen«, sagte Casimir.

»Genau, bleib einfach hier sitzen. Wir beide schaukeln das schon.« Carson warf Casimir einen verstohlenen Blick zu.

Addy hasste es, dass er sie auf diese Weise ausschloss, sich mit Casimir verbündete und sie als niederen Mensch betrachtete. Sie schnaubte vor Wut. »Bis vor Kurzem wolltest du Terra Mater einfach nur machen lassen und jetzt soll ich dir vertrauen? Ich lasse dich nicht alleine da reingehen. Nicht wenn ich nicht weiß, ob du dich an den Plan hältst.«

Carson grinste schief. »Und damit kommst du zurecht?«, fragte er an Casimir gerichtet. »Mit diesen ganzen Zweifeln und Ängsten, dem Misstrauen und dem Auf und Ab der Gefühle. Mal mag sie dich, mal hasst sie dich. Das ist doch anstrengend.«

»Addy schafft das«, bemerkte Casimir, ohne auf die Spitzfindigkeiten einzugehen. »Sie ist stärker, als du denkst.«

Er schenkte ihr ein Lächeln und reichte ihr die Hand. Wenn er sie so ansah, wenn alles um sie herum still wurde und sie nur ihn und er nur sie sehen konnte, dann glaubte sie ihm jedes Wort. Dann schien sein Lächeln alleine ihr zu gelten und allen Schmerz wegwischen zu können. Dann hätte er ihr den Himmel versprechen können und sie wäre ihm bis zum Ende der Welt gefolgt.

Dass in ihr diese Wut war, die trotz seiner Zuversicht erbarmungslos brannte und selbst dann nicht ganz in den Hintergrund trat, nachdem er ihre Hand ergriffen hatte, verschwieg sie ihm. Sie wollte daran glauben, dass er recht hatte. Sie musste es, denn andernfalls wäre alles verloren.

Addy warf noch einmal einen Blick zum Kraftwerk. Die Tornados hatten sich zu allen Seiten um die Anlage herum gebildet und zerstörten das Umland. Es kam ihr vor, als würde Terra Mater Elekreen erst umzingeln und ihre Kräfte bündeln wollen, bevor sie zuschlug und die sturmsicheren Betonbauten mithilfe ihrer Tornados zermalmte. Auch wenn die Windhosen mindestens noch eine halbe Meile von den Gebäuden entfernt waren, so war es nur eine Frage der Zeit, bis sie sich unaufhaltsam darauf zubewegen würden. Addy konnte nur hoffen, nicht im Inneren des Komplexes zu sein, wenn es so weit war. Doch genau dort wollte sie hin.

Nachdem alle Wachmänner im Inneren des Hauptgebäudes verschwunden waren, sprang Carson, ohne zu zögern, auf und lief los.

Casimir legte den Arm um Addy, damit sie nicht von den Böen ergriffen wurde, doch selbst er hatte Mühe, voranzukommen und Carson über den Parkplatz zum Stahltor der Anlage zu folgen.

Loser Schutt wurde über die Freifläche gefegt und zwang sie, immer wieder auszuweichen.

»Kommt schon!«, schrie Carson und winkte ihnen zu. Er hatte den Zaun bereits erreicht und hielt sich daran fest, um nicht davongeweht zu werden. Dabei bezweifelte Addy, dass der Zaun ihm lange die Möglichkeit dazu bieten würde. Er wirkte, als würde er jeden Moment aus den Verankerungen gerissen werden.

Casimir beugte sich tiefer über Addy. Sie kämpften um jeden Schritt und der Wind pfiff so laut, dass sie nicht hören konnten, was ihnen Carson noch zurief. Doch als er mit dem Finger hinter sie deutete, erkannte Addy etwas Großes, das direkt auf sie zuflog.

Addys Herz machte einen Satz und sie war wie erstarrt, aber Casimir reagierte sofort. Er griff nach einer Laterne, zog Addy und sich dahinter und schon im nächsten Augenblick schlug ein mannshohes Mauerteil mit voller Wucht dagegen. Er schrie auf, die Laterne verbog sich und Steinbrocken flogen an ihnen vorbei, trafen Addys Schulter und ihre Beine. Der Schmerz raubte ihr beinahe die Sinne.

Casimir sackte zu Boden und zerrte Addy mit sich. Mit Schrecken erkannte Addy, dass seine Hand beim Aufprall völlig zertrümmert worden war. Sie blutete stark. Er biss sich auf die Lippe und sein Brustkorb hob sich sichtlich in tiefen Atemzügen.

»Oh mein Gott!«, stieß Addy aus. Ihre eigenen Schmerzen vergaß sie bei dem Anblick völlig, ihr Inneres verkrampfte sich und sie wusste nicht, was sie tun konnte, um ihm zu helfen. »Kannst … kannst du aufstehen? Was soll ich tun …?«

»Es geht schon«, behauptete er. »Ich kann … ich kann das heilen.«

»Wollt ihr da Wurzeln schlagen?«, rief Carson ihnen zu.

Addy wandte den Kopf um. Er stand einige Meter näher bei ihnen – aufrecht inmitten des Sturms – und hatte fragend die Arme erhoben. Wie schaffte er das bloß?

Plötzlich schoss ein entwurzelter Baum direkt auf ihn zu und zwang ihn, sich zu ducken. Nur um Haaresbreite verfehlte ihn der Stamm.

»Wurzeln!«, rief Addy. Natürlich! So konnte Carson gegen den Sturm ankommen. Das mit dem Wurzelnschlagen war nicht nur ein dummer Scherz von ihm gewesen. Er hatte es wörtlich gemeint.

»Ich bin schon dabei«, sagte Casimir gefasst.

Irgendwie schien es ihm zu gelingen, durch den Schmerz hindurchzuatmen. Er schloss die Augen. Addy spürte, wie sich der Asphalt unter ihr regte, und feine Wurzeln brachen aus ihm hervor. Sie schlangen sich um Casimirs Schuhe und gaben ihm dadurch Halt.

Er legte seinen Arm wieder fester um Addy und führte sie über den Platz. Jedes Mal, wenn er einen Fuß nach vorne zog, waren die Wurzeln bereits da, um ihn festzuhalten.

Gemeinsam mit Carson erreichten sie das Tor.

Addy klammerte sich an die Gitterstäbe, während Casimir

sich bis zum Schloss vorarbeitete. Er rüttelte daran, bekam es aber nicht auf.

»Ach du Scheiße!«, stieß Carson aus.

Addy folgte seinem Blick. Die Sturmwolken, die sich über der Stadt zusammengezogen hatten, waren bis zum Horizont angewachsen und überall sah man Verwirbelungen, wo sich neue Tornados bildeten. Trichterförmig zogen sich die Wolken an mehreren Stellen zusammen und schossen dann pfeilschnell auf die Stadt herab, zerschlugen Dächer und Fenster und zogen Furchen durch die Straßen.

Mit weit aufgerissenen Augen beobachtete Addy das Schauspiel dieser unbändigen Naturgewalt. Ein halbes Dutzend neuer Wirbelstürme bewegte sich allmählich auf das Kraftwerk zu. Wie die Gitterstäbe eines übermächtigen Käfigs, der sich enger und enger um die Anlage zusammenzog, sahen sie aus. Es war nur eine Frage der Zeit, bis sie alles in Schutt und Asche gelegt hatten.

»Und ihr seid euch sicher, dass das hier ablaufen wird wie in Orsett?«, fragte Carson. »Wir schalten das Ding ab und Terra Mater verzieht sich?«

Addy und Casimir antworteten nicht. Was hätten sie auch sagen sollen? Dass es ein Glücksspiel war? Dass sie nicht wussten, ob sie das Kraftwerk lebend verlassen würden, wenn sie erst einmal drinnen waren? Einen Rückweg gab es nicht mehr. Die Tornados näherten sich von allen Seiten und Terra Mater würde nicht ruhen, bis die Maschine, die sich unaufhaltsam durch die Sphären fraß, abgeschaltet worden war.

Casimir konzentrierte sich auf den Boden, ließ Pflanzen sprießen, die sich um die Gitterstäbe wickelten, bis diese knarzend nachgaben und auseinandergebogen wurden.

»Kommt weiter«, forderte er Addy und Carson auf und schlüpfte durch die Stäbe hindurch.

KAPITEL 15

LIAM

TAG 5: MI, 18:00 UHR, WINTER FALLS, AUSTRALIEN

Liam rüttelte an der Ladentür, trat einen Schritt zurück und blickte hinauf zu den Fenstern im Obergeschoss. Lichter brannten keine, das Geschlossen-Schild baumelte am Türgriff und Bretter an den Fenstern wiesen darauf hin, dass es so bald keine Blumen mehr zu kaufen gäbe.

Allmählich beschlich ihn das Gefühl, reingelegt worden zu sein. Wahrscheinlich hatte sich Jack, kurz nachdem Liam ihn aufgesucht hatte, seine Tochter geschnappt und die Stadt verlassen, wie viele andere Bewohner Winter Falls' auch.

Verächtlich schnaubend, kickte er einen Stein über den staubigen Boden, schob die Hände in die Hosentaschen und wandte sich der Stadt zu.

Es sah hier noch ungemütlicher aus als am Tag zuvor. Auch die Tankstelle und die Bar waren mittlerweile geschlossen. Die meisten Häuser waren verrammelt und Autos sah man kaum noch welche.

Liam hatte sich für diesen verflixten Aborigine weit aus dem Fenster gelehnt. Er hatte seine Eltern belogen, und würde er jetzt zur Polizei gehen, um Anzeige zu erstatten, würde man ihm sicher kein Wort mehr glauben.

Er konnte ja schlecht erklären, warum er nicht gleich mit der Wahrheit rausgerückt war. Dass er erst einmal hatte sichergehen wollen, ob es diese Naturgeister nicht doch gab, klänge einfach nur verrückt.

Noch einmal wandte er sich dem Laden zu und verengte die Augen zu Schlitzen, im Versuch, etwas in der Dunkelheit im Inneren zu erkennen. Aber da war nichts. Keine Bewegung, niemand, der sich versteckte und darauf wartete, dass er endlich abzog.

Allerdings schien es einen Nebeneingang zu geben, wie er bemerkte, als er sich noch einmal umsah. Ein hüfthohes Gittertor versperrte den Zugang und ein Schild, das vor dem Betreten Unbefugter warnte, hing rostig und schief daran.

Liam schlenderte möglichst unauffällig darauf zu, sah sich flüchtig um und sprang dann mit einem Satz darüber hinweg.

Der Weg endete an einer Haustür. Er vermutete, dass sie zu einer Wohnung oberhalb des Ladens gehörte. Von Klingel und Namensschild war nichts zu sehen, also hob er die Hand, um anzuklopfen. In diesem Moment wurde die Tür aufgerissen und Grace stand vor ihm.

»Zur Not steig ich da halt ein!«, rief sie nach hinten, wirbelte herum und rannte geradewegs in Liam hinein.

»Was zum …!«, stieß sie aus.

Liam hob verteidigend die Hände.

»Was tust du denn hier?«, fauchte sie ihn an und betrachtete ihn finster. »Kannst du nicht aufpassen, wo du hinläufst?«

»Na, hör mal! Du bist in mich gerannt.«

»Tsss«, zischte sie genervt und schob ihn beiseite.

Mit erhobenem Kinn zog sie an ihm vorbei und ihr blumiger Duft stieg ihm in die Nase. Eigentlich mochte er diesen Geruch gar nicht, aber bei ihr war das anders. Er konnte nicht verhindern zu lächeln, während er ihr nachsah.

Die Einkaufstaschen in ihrer Hand ließen ihn schlussfolgern, dass es der Supermarkt war, in den sie einbrechen wollte. Wenn der ebenfalls geschlossen hatte, blieb den Leuten ja gar keine andere Wahl. Im Gegensatz zu den Farmen hatten die Stadtbewohner sicher keine großen Vorratskammern, auf die sie zurückgreifen konnten.

Grace lief zum Tor, blieb auf halbem Weg aber stehen und wandte sich ihm noch mal zu. »Lesen kannst du auch nicht, oder? Wer hat dir erlaubt, hier einfach übers Tor zu springen?«

Liam grinste schief, legte sich gerade eine passende Antwort zurecht, da winkte sie bereits ab.

»Ach, vergiss es!«, meinte sie und nickte zur Haustür. »Mein Vater ist drinnen. Klär deinen Kram mit ihm und verschwinde von hier. Und lass dir ja nichts zu essen andrehen. Wir haben nichts zu verschenken.«

Sie wandte sich wieder zum Gehen, noch bevor er etwas sagen konnte, und gerade, als ihm einfiel, was er ihr hinterherrufen könnte, erschien Jack im Türrahmen.

»Du hast dir viel Zeit gelassen«, sagte er.

Liam wandte sich ihm nur kurz zu, sah dann wieder nach vorne, doch Grace war bereits verschwunden.

»Mist«, knurrte er. Sicher hielt sie ihn für einen totalen Trottel, weil er in ihrer Gegenwart kein vernünftiges Wort rausbekam. Dabei war er doch eigentlich ziemlich schlagfertig. Zumindest hatte er das bisher immer von sich geglaubt.

»Ignorier sie einfach«, meinte Jack. »Sie kommt ganz nach ihrer Mutter. Spitze Zunge, aber ein gutes Herz.«

Liam hob in geheucheltem Desinteresse die Schultern und Jack winkte ihn ins Haus.

Eine schmale Treppe führte hinauf zu den Wohnräumen. Durch die kleinen Fenster fiel nur wenig Licht. Dunkle Möbel und verblichene Tapete taten ihr Übriges, um die enge, vollgestopfte Wohnung ungemütlich und düster wirken zu lassen. Mit einem Blumenladen in einer Kleinstadt mitten im rauen Hinterland Australiens verdiente man wohl nicht genug, um sich ein schickes Heim einzurichten.

Liam blieb im Gang stehen, ließ seinen Blick über die Porzellanfiguren auf der Anrichte und die Jagdtrophäen an den Wänden schweifen. Für einen kurzen Moment überkam ihn das Bild seines eigenen Schädels, zwischen Hirschgeweih und Wildsaukopf, hängend an der Wand dieses Mannes. Er schüttelte diesen Gedanken ab, tastete zur Beruhigung seiner Nerven aber nach dem Klappmesser in seiner Hosentasche. Was auch immer ihn erwartete, diesmal würde er sich nicht so einfach überrumpeln lassen.

»Kommst du?« Jack wartete an der Tür zum Wohnbereich auf ihn.

Als Liam ihm durch den Flur folgte, erhaschte er dabei einen Blick in ein Schlafzimmer, das offenbar Grace gehörte. Ein Schmunzeln huschte ihm über die Lippen, als er die Plüschtiere auf der blassrosa Tagesdecke sah. Hinter diesem toughen Äußeren verbarg sich also doch ein weiches Herz.

Im Durchgang zum Wohnzimmer blieb er stehen. Jack hatte eine Art Zeremonie vorbereitet. Der Tisch war beiseitegeschoben und auf einem runden Tuch auf dem Boden lagen getrocknete Kräuter, alte Tongefäße und mittig stand eine dampfende Kanne Tee. Jack umrundete die Decke und kniete sich dann davor.

Er sah zu Liam auf, der sich noch nicht bereit fühlte, näher zu treten. Wollte er das wirklich tun? Er warf einen flüchtigen Blick zurück zur Wohnungstür. Mit ein paar Schritten wäre er hier raus. Aber dann dachte er wieder an diese Schatten. Er hatte sie auf der Haut seines Vaters gesehen und sie schienen größer zu werden, je öfter sich Harry aufregte. Wo das hinführen würde, wollte sich Liam gar nicht erst ausmalen.

»Du musst schon näher kommen, wenn du etwas lernen willst.«

»Und was genau veranstalten wir hier?«, wollte Liam wissen und deutete mit dem Kinn auf den Kram auf der Decke.

»Du wolltest mit den Geistern in Kontakt treten und dazu musst du lernen, deinen eigenen Geist auf eine höhere Ebene zu heben. Du musst deinen Körper verlassen und in ihre Welt reisen. Das gelingt dir nur durch Meditation.«

An so einen Esoterikquatsch hatte Liam noch nie geglaubt. Aber er wäre nicht hier, wenn er nicht bereit gewesen wäre, sich darauf einzulassen. Er nahm Jack gegenüber Platz und sah sich die verschiedenen Utensilien genauer an. Für ihn sahen die Kräuter alle nach Unkraut aus und die Pilze in einer der Schalen schienen ihm auch nicht von der essbaren Sorte zu sein.

»Erst einmal erkläre ich dir, welche Wirkung die verschiedenen Zutaten haben«, begann Jack und nahm ein Bündel Unkraut in die Hand.

»Können wir gleich zu dem Teil mit der Bewusstseinserweiterung springen?«, fragte Liam. »Ich schätze, man trinkt dieses Zeug und wird davon high?«

Jack fixierte ihn missmutig. »Also gut«, sagte er schließlich und legte das Grünzeug wieder hin.

Er nahm die Teekanne und schenkte sich und Liam ein. »Wichtig ist, dass man seinen Geist öffnet, ihn von dunklen Gedanken befreit und sich ganz auf das einlässt, was die Wesen der Natur einem sagen wollen. Ungeduld bringt dich nicht weiter.«

»Okay, verstanden. Kopf frei machen, an nichts denken und offen sein für alles.« Liam nahm die Tasse und kippte den Tee auf ex.

»Warte, nicht …«, stieß Jack aus, da setzte Liam bereits die leere Tasse ab. Jack seufzte. »Das trinkt man langsam.«

»War das jetzt …«, ein Schwindelgefühl überkam Liam und alles um ihn herum begann, sich zu drehen, »… falsch?«

Liam tastete nach dem Boden, doch schon sackte er zur Seite weg und sah nur noch die Deckenlampe über sich. Er hörte Jack, wie er nach ihm rief, doch da war ein anderes Geräusch, das viel näher und greifbarer klang. Er musste es nur schaffen aufzustehen, um es orten zu können.

Er blinzelte mehrmals. Über ihm flackerte noch immer das Licht, schien aber keine Zimmerdecke mehr zu beleuchten.

Liam warf sich mühsam zur Seite, stöhnte, weil sein Körper sich schwer wie Blei anfühlte, und fing sich mit der Hand ab.

Verwundert musste er feststellen, dass seine Finger nicht auf Teppich, sondern auf staubigem Boden lagen. Er sah auf und erkannte, dass er nicht mehr in der Wohnung war. Hatte Jack ihn fortgeschafft? Hatte er ihn für tot gehalten, in sein Auto gepackt und irgendwo im Outback entsorgt?

Sein Schädel dröhnte. Wahrscheinlich von diesem widerlichen Tee. Er griff sich an die Schläfen und kam wackelig auf die Beine. Ihm war schwindelig und es fiel ihm schwer, aufrecht zu stehen.

Das Land um ihn herum war trostlos und karg. Bis hin zum Horizont war nichts als trockenes Geäst und staubiger Boden zu erkennen.

Er drehte sich um und riss die Augen auf, als er die Ruinen einer Stadt vor sich sah. Das konnte unmöglich wahr sein! Vor ihm lag Sydney – in Trümmern.

Ungläubig ließ Liam seinen Blick über die verfallenen Hochhäuser wandern. Als läge der Untergang der menschlichen Zivilisation schon Jahrhunderte zurück, war die Stadt von Unkraut überwuchert. Über allem lag Staub, Trümmer verstopften die Straßen und die Stille, die vorherrschte, war erdrückend.

Liam taumelte einen Schritt zurück und stellte fest, dass er nicht mehr auf trockener Erde, sondern auf einer Straße stand. Er schaute zur Seite und auch dort war keine weite Ebene mehr, sondern die Ruinen Sydneys.

Er erkannte einige Gebäude von früher wieder. Seine Uni, die Strandbar, in die er immer mit seinen Freunden gegangen war, das Wohnhaus, in dem die süße Olivia wohnte, die ihn nie ranlassen wollte. Nichts davon war noch intakt. Und nicht nur das: Die Gebäude lagen nicht dort, wo sie eigentlich hätten sein sollen.

Plötzlich spürte er eine Bewegung unter seinen Füßen. Er sprang zur Seite und konnte dadurch gerade noch rechtzeitig ausweichen, um den Pflanzen zu entkommen, die durch den Asphalt brachen und die Straße unter einem grünen Teppich begruben. Sie wanden sich wie Schlangen über den Boden, wucherten auf die Gebäude zu und eroberten sie binnen Sekunden. Bäume schossen in die Höhe, zwangen Liam dazu, erneut auszuweichen, und drängten ihn immer tiefer in die Stadt hinein.

Schließlich wirbelte er herum und rannte los. Er schlug die Hände über dem Kopf zusammen, als Blätter und Äste auf ihn herabrieselten wie Granaten. Im Zickzack hetzte er durch die Straßen, während um ihn herum ein Urwald entstand, der die Trümmer unter sich begrub, den Himmel verdeckte und Liam vom Tageslicht abschnitt.

Auch vor ihm schloss sich das dichte Grün. Er zog die Hände nach vorne, benutzte sie als Schutzschild und brach durch das dichte Gewirr aus Schlingpflanzen und Blättern, die so scharf waren wie Rasiermesser und ihm die Haut zerschnitten.

Seine Füße versanken im Sand. Er torkelte noch ein paar Schritte weiter, dann fiel er auf die Knie und sah schwer atmend auf.

Vor ihm lag das Meer, rechts von sich erkannte er das Sydney Opera House – oder vielmehr das, was davon geblieben war – und links eine kleine Halbinsel, auf der das Elekreen-Kraftwerk lag. Er erinnerte sich daran, dass sie das Kraftwerk einige Zeit nach seiner Ankunft in Sydney erbaut hatten. Um Olivia zu beeindrucken, hatte er sich einer Demo gegen den Bau angeschlossen. Rangelassen hatte sie ihn deswegen dennoch nicht.

Liam stand auf. Das Kraftwerk war das einzige Gebäude, das nicht in Trümmern lag. Sogar die Lampen brannten dort noch in den Fenstern. Er folgte dem Strand bis zur Halbinsel, als plötzlich ein Lichtstrahl mitten aus dem Kraftwerk brach und gen Himmel schoss. Die Erde bebte und Liam taumelte rückwärts.

Die Säule war mehrere Meter breit, innen weiß und nach außen hin blau. Vorsichtig ging er darauf zu, erkannte die vielen Leuchtkugeln, aus der sie bestand und die bald um ihn herumtanzten. Wie Glühwürmchen flogen sie umher, schienen ein Eigenleben zu haben, und wo sie den Boden berührten, erblühten die Pflanzen.

Vor der Lichtsäule blieb Liam stehen. Er sah sich um und erkannte, dass er nicht alleine war. Drei weitere Personen hatten sich dem Licht genähert. Ein asiatisches Mädchen lächelte und sagte etwas, doch ihre Worte blieben stumm, also hob Liam die Hand und deutete auf sein Ohr, um zu signalisieren, dass er sie nicht verstehen konnte.

Plötzlich schoss eine der Lichtkugeln direkt auf ihn zu. Vor Schreck stolperte er zurück und kaum, dass er etwas weiter von der Säule entfernt war, verschwanden die drei Jugendlichen wieder.

Weitere Lichtkugeln hatten es auf ihn abgesehen und bedrängten ihn von allen Seiten.

»Verschwindet!«, verlangte er und versuchte, die Dinger wie Mücken zu verscheuchen. Doch das sorgte nur dafür, dass sie noch aufdringlicher wurden. Bald waren sie überall. Liam wirbelte herum, sah nur noch bläuliches Licht, das ihn umschloss, und spürte bald darauf keinen Boden mehr unter den Füßen.

Er fühlte sich schwerelos, die Kratzer an seinen Armen brannten nicht mehr, und als er danach sehen wollte, waren da keine Arme, die er heben konnte. Sein ganzer Körper war verschwunden. Er war nur noch ein Gedanke, der sich in einem Meer aus Lichtern auflöste, der durchströmt wurde von der Energie, die sie ausstrahlten, und selbst ein Teil davon wurde. Eigentlich hätte er Panik haben müssen, aber die setzte nicht ein. Stattdessen fühlte er sich frei und losgelöst.

Tausend Gefühle und Gedanken, die nicht die seinen waren, strömten auf ihn ein. Zu viele, um sie verstehen zu können.

War es das? Das Reich der Geister? Hatte er in dieser merkwürdigen Vision erst seine eigene Welt, womöglich seine Zukunft, durchschreiten müssen, um hierherzugelangen? Es musste so sein, denn hier gab es keine Zeit, keine Körper und keine Grenzen mehr.

Doch etwas stimmte nicht. Etwas geschah mit dieser Welt und den Wesen darin. Ihre Lebensenergie schien geschwächt. Um sich herum sah und spürte er zugleich ein enges Geflecht aus Energieströmen, und wenn er versuchte, sich auf nur einen Teil davon zu konzentrieren, wurde ihm klar, dass diese Energie die seiner eigenen Welt war. Sie floss durch alles, was ihn umgab, und das so geballt, dass er nach und nach Bäume, Sträucher, Steine und sogar Gebäude und Lebewesen erkennen konnte.

Das Energiefeld der Erde war für die Naturgeister wie ein

Straßennetz, durch das sie sich bewegten. Doch an vielen Stellen war es stark geschwächt und dort, wo er eben noch das Kraftwerk gesehen hatte, wo die Lichtsäule in seiner Welt gen Himmel geschossen war, riss dieses feine Netz ab. Dort klaffte ein tiefes Loch, in das die Lebensenergie der Wesen der Energiesphäre floss wie Wasser durch einen Abfluss. Obwohl die Naturgeister bereits begonnen hatten, diese Stelle zu meiden, konnten nicht alle dem Sog entkommen.

Auch Liam wurde davon angezogen. Er versuchte, sich dem zu entziehen, doch ohne einen festen Körper verlor sich sein Ich im reißenden Fluss der Energien.

Panik kam in ihm auf. Er kämpfte darum, die Fasern seines Seins zusammenzuhalten, doch Stück für Stück wurden sie ihm entrissen. Gedanken, Erinnerungen, Gefühle. All das wurde zerfetzt und bald war da nur noch die blanke Furcht, die ihm blieb und die, ebenso wie alles andere, was ihn ausgemacht hatte, unaufhaltsam auf den Riss in der Welt der Naturgeister zusteuerte und von ihm verschluckt wurde.

KAPITEL 16

LIAM

TAG 5: MI, 19:00 UHR, WINTER FALLS, AUSTRALIEN

Liam riss die Augen auf. Sein Atem ging stoßartig. Die Panik pochte ihm noch hinter den Schläfen und sofort tastete er seinen Körper ab, um sicherzugehen, dass er noch an einem Stück war.

Erleichtert atmete er aus, als er Arme, Brustkorb und Schultern dort vorfand, wo er sie vermutet hatte.

Er richtete sich auf, fasste sich an die Stirn, weil sein Schädel dröhnte und ihm durch die schnelle Bewegung schwindelig wurde, und erkannte die Teetasse neben sich, der er diesen ganzen Albtraum zu verdanken hatte. Umgestürzt lag sie auf dem Boden und hatte dabei den Teppich mit den letzten Tropfen der bitter schmeckenden Droge getränkt.

Bei dem Gedanken daran schaute er blitzartig auf. Jack saß dort, wo er ihn zuletzt gesehen hatte – auf der anderen Seite des Tuchs im Schneidersitz mit gesenktem Blick.

»Was war das für ein Teufelszeug?«, fragte Liam angefressen. Er würde wahrscheinlich noch tagelang Kopfschmerzen haben. Klar, es war seine Schuld, dass er zu viel und zu schnell von dem Zeug getrunken hatte, aber hätte Jack ihn nicht früher warnen können?

Jack hob den Blick. Seine Miene war wie aus Stein gemeißelt und in seinen Augen blitzten goldene Funken.

Liams Herz machte einen Satz. Erschrocken sprang er auf und taumelte von dem Mann weg. »Du bist …«

»Ein Naturgeist«, sagte der, legte den Kopf schief und betrachtete Liam mit Neugier.

Er konnte es nicht fassen, aber es schien wahr zu sein: Jack war von einem Naturgeist besessen. Dieses Wesen steckte in ihm und steuerte ihn. »Dann habe ich dir diese Vision zu verdanken? Du hast mir Sydney und das Kraftwerk gezeigt, bevor ich in deine Welt gezogen wurde?«

Der Naturgeist stand auf und Liam stolperte so weit vor ihm zurück, dass er gegen den Türrahmen stieß.

»Ich? Nein. Noch nie hat einer deinesgleichen die Ebene der Energie wahrhaft betreten. Was du gesehen hast, war die Sphäre der Erdmutter.«

»Erdmutter?«, fragte Liam. Konnte es überhaupt noch verrückter werden?

»Sie, die alles beherrscht, die die Welt, die ihr Menschen zu zerstören versucht, erschaffen hat und die sie euch wieder nehmen wird. Terra Mater, Aja, Onile, Tellus, Gaia. Sie hat viele Namen in vielen Sprachen. Visionen und Träume sind ihr Metier, nicht unseres.«

Liam schüttelte ungläubig den Kopf. Er hatte Antworten gewollt und nun bekam er sie. Aber so hatte er sich das nicht vorgestellt. Konnte es sein, dass all die Schamanen, die je geglaubt hatten, mit den Naturgeistern in Kontakt zu treten, in Wirklichkeit in die Welt dieser Terra Mater gereist waren? Eine Welt, die aus Träumen und Zukunftsvisionen bestand?

»Was hat Terra Mater dir gezeigt?«

Der Naturgeist kam zielstrebig auf Liam zu, der seine Hosentasche nach dem Klappmesser abtastete. Er wollte es nicht gegen Jack einsetzen, aber dieses fremde Wesen wirkte ziemlich bedrohlich auf ihn.

Eilig zog er das Messer hervor, aber der Naturgeist hatte ihn bereits erreicht und streckte die Hand nach ihm aus. Blitze zuckten zwischen seinen Fingern, schossen auf Liam zu und sein Körper verkrampfte, als ihn der Stromschlag traf. Das Messer fiel zu Boden, Liam wollte schreien, doch er war wie gelähmt.

Die Energie des Naturgeists floss ihm durch die Glieder, verschmolz mit seinen Gedanken und durchpflügte seine Erinnerungen. Wehrlos war Liam ihm ausgeliefert, er konnte sich nicht bewegen, nicht einmal atmen und nicht dagegen ankämpfen, dass der fremde Geist in ihn eindrang. Noch einmal sah er sich in Sydney, sah das Kraftwerk und die Lichtsäule, als würde ein Film vor seinem inneren Auge ablaufen.

Plötzlich riss die Verbindung ab. Die Kraft des Naturgeists zog sich in Jacks Körper zurück und Liam schnappte nach Luft. Er sackte in sich zusammen und schaffte es gerade noch so, sich auf den Beinen zu halten.

»So ist das also«, sagte Jack. »Das erklärt alles.«

»Was zum Teufel …?«, keuchte Liam. Dieses Wesen hatte ohne große Anstrengung seinen Kopf durchwühlt, ihm seine Erinnerungen entrissen und ein solches Chaos in ihm hinterlassen, dass er nicht mehr wusste, wo oben und unten war. »Wovon sprichst du?«

Der Naturgeist sah ihn durch schmale Augen an, entschied sich dann wohl, dass er die Mühe nicht wert war, und stieß ihn grob zur Seite, als er das Zimmer verließ.

»Hiergeblieben!«, verlangte Liam, wirbelte herum und hielt den Naturgeist auf.

Der wandte sich zu ihm um, sah herunter zu Liams Hand an Jacks Arm und Liam ließ auf der Stelle los. Ein weiteres Mal wollte er keinen Schlag bekommen.

Verteidigend hob er die Hände. »Du kannst nicht einfach im Körper meines Freundes davonspazieren.«

»Ihr habt Maschinen gebaut, die Löcher in unsere Sphäre schlagen, habt unsere Lebensenergie ausgesaugt und sie für eure Zwecke verwendet. Das war es, was Terra Mater dir gezeigt hat. Du hast gesehen, wie wir sterben, und da soll ich mich um ein einzelnes Menschenleben scheren? Dieser Körper gehört jetzt mir. Er wird mir als Werkzeug dienen, um den Ort zu erreichen, den Terra Mater dir gezeigt hat, und zu beenden, was sie begonnen hat. Und du kannst nichts dagegen tun.«

»Das lasse ich nicht zu«, sagte Liam entschlossen.

Der Naturgeist hatte die Tür bereits erreicht und wandte sich ihm kein weiteres Mal zu, als er antwortete. »Versuch, mich aufzuhalten, und du wirst es bereuen.«

So einfach wollte sich Liam nicht abwiegeln lassen. Er ballte die Hände zu Fäusten und fragte sich, wie gut dieses Ding noch mit seinen Blitzen umgehen konnte, wenn er eine davon unters Kinn geschlagen bekam?

Er stürmte auf Jack zu, der herumwirbelte, einen Blitz abfeuerte und Liam zwang, in den Gang auszuweichen. Ungebremst schlug er mit der Schulter gegen Grace' angelehnte Zimmertür, stolperte hindurch und stürzte der Länge nach zu Boden. Nur knapp verfehlte er das Bett, aber eines der Stofftiere landete in seinem Gesicht.

Liam unterdrückte einen Aufschrei, warf den Teddy von sich und rappelte sich auf. Wieder im Gang angelangt, fand er nur noch die offen stehende Tür vor. Er rannte Jack nach, stürzte die Treppe nach unten und hatte ihn eingeholt, als er gerade die Straße betrat.

Gehetzt sah Liam sich um. Ihm musste etwas einfallen, wie er den Naturgeist aufhalten konnte. Schließlich blieb sein Blick an ein paar losen Steinen hängen. Er klaubte einen davon auf und warf ihn mit voller Wucht gegen Jacks Hinterkopf.

Jack taumelte, griff sich ans Haar und betrachtete das Blut, das ihm an den Fingern klebte. Benommen wandte er sich Liam zu, der die Gunst der Stunde nutzte, wieder auf ihn zustürmte und ihn von den Füßen riss.

»Geh raus aus ihm!«, schrie er und rammte Jack die Faust ins Gesicht. »Verpiss dich in deine Welt und lass Jack in Frieden!«

Der Naturgeist war so überrummelt, dass er seine Kräfte nicht einsetzte, und Liam schlug weiter auf ihn ein, damit sich daran auch nichts änderte.

Plötzlich packte jemand seinen Arm und hielt ihn auf.

»Loslassen!«, verlangte Liam außer sich vor Zorn und zerrte an seinem Arm.

Der Mann, der Jack zu Hilfe geeilt war, ließ nicht locker. Ein weiterer Passant kam angerannt, packte Liams anderen Arm und gemeinsam zogen sie ihn von Jack herunter.

»Loslassen, verdammt!« Liam wehrte sich aus Leibeskräften. »Ihr versteht das nicht! Er ist besessen! Da steckt ein Geist in ihm drin. Ich versuche ihm nur zu helfen.«

»Was ist denn in dich gefahren?«, fragte einer der Männer.

»Dad!«, schrie Grace von der anderen Straßenseite.

Langsam ließ das Adrenalin nach und Liams Gedanken ordneten sich wieder. Niemand würde ihm glauben. Niemand bis auf Grace vielleicht, die schließlich wusste, dass ihr Vater mit Naturgeistern sprach.

»Hör mir zu!«, schrie er und versuchte vergebens loszukommen.

Grace ließ die prall gefüllten Einkaufstaschen fallen, lief zu ihrem Vater und warf sich neben ihm auf die Knie. »Dad, hörst du mich?«

»Grace!«, sprach Liam sie eindringlich an. »Das ist nicht dein Vater. Das ist ein Naturgeist. Er hat sich Jacks Körper geschnappt und ...«

Grace wirbelte herum und fixierte Liam mit einem so hasserfüllten Blick, dass ihre Augen beinahe erschreckender waren als die goldenen Blitze in Jacks.

»Was bist du für ein Spinner?«, warf sie ihm entgegen. »Du hast ihn fast umgebracht, ist dir das klar?«

Schwarze Schatten strömten von allen Seiten auf Grace zu und Liam riss erschrocken die Augen auf.

»Du musst dich beruhigen«, beschwor er sie. »Diese Schatten, sie sind überall.«

Grace öffnete ungläubig den Mund, wusste aber wohl nicht, was sie darauf antworten sollte. Ihm war selbst klar, wie das, was er da von sich gab, klingen musste. Aber wie hätte er es ihr begreiflich machen können?

»Du kommst jetzt mit, Junge«, sagte einer der Männer, die ihn festhielten. »Ich glaube, die Ausnüchterungszelle ist jetzt genau der richtige Ort für dich.«

»Was? Nein! Ich muss ihn aufhalten!« Er wehrte sich, doch die Männer zogen ihn zum Bürgersteig und weg von Grace, die sich wieder ihrem Vater zuwandte – umzingelt von Schatten, die die gesamte Straße in ihre Dunkelheit hüllten.

KAPITEL 17

ADDY

TAG 5: MI, 17:00 UHR, BIRMINGHAM, ENGLAND

Die Korridore waren wie leer gefegt. Ein stummer Alarm ließ eine ganze Reihe kleiner Lampen an den Decken rot blinken und auf den in den Wänden eingelassenen Bildschirmen war nur Rauschen zu sehen. Der Sturm tobte so laut, dass sie ihn auch durch die dicken Betonwände hören konnten, und bei jeder heftigen Böe zitterte das ganze Gebäude, sodass Addy ins Schwanken geriet.

»Es sieht genauso aus wie in Orsett«, meinte Casimir. Er presste die verletzte Hand an seinen Körper. Es hatte zu bluten aufgehört, aber man sah ihm an, dass er Schmerzen litt.

»Zeig mal her«, bat Addy.

»Zieh dich doch einfach aus der Hand zurück«, riet Carson ihm. »Es zwingt dich niemand, durch die zerquetschten Nerven zu fließen. Das muss doch höllisch wehtun.«

So einfach war das für einen Meliad? Wenn der Menschenkörper, den er kontrollierte, Schmerzimpulse von einem Körperteil zum Gehirn schickte, umging er die verantwortlichen Nerven einfach? Carson schien das ganz locker zu sehen, aber Casimir schüttelte den Kopf.

»Sie würde absterben. Ich brauche die Hand noch.«

»Tja, das ist wohl der Nachteil, wenn man im Körper eines Toten steckt«, meinte Carson schulterzuckend. »Wo geht's jetzt entlang?« Er deutete erst nach links, dann nach rechts und sah Addy dabei fragend an.

Sie ignorierte ihn. Seine Art, alles auf die leichte Schulter zu nehmen, machte sie wütend. Und Wut war das Letzte, was sie jetzt brauchte.

»Du meinst also, du kannst sie heilen?«, fragte sie Casimir.

Er nickte. »Ich bin bereits dabei. Ich ziehe mir die Kraft aus der Umgebung, aber der Beton hier gibt nicht viel her.«

»Was ist nun?«, drängte Carson.

Addy ließ sich Zeit, bevor sie reagierte und die richtige Richtung einschlug. Casimir hatte recht: Der Aufbau der Anlage ähnelte dem in Orsett bis ins Detail. Durch diese Korridore zu laufen, rief Erinnerungen in ihr wach, die sie versucht hatte zu verdrängen. Erinnerungen an ihre Mum, ihren Kampf gegen Bennet und die schrecklichen Sekunden, als sie zusehen musste, wie Casimirs wahres Wesen aus seinem Körper gerissen und von der Maschine des Kraftwerks zerfetzt worden war.

»Hey, ihr da!«, rief ihnen jemand zu.

Addy zuckte zusammen. In einem Raum, den sie gerade passierten, standen ein paar Wachmänner. Einer von ihnen kam auf sie zu, griff nach einem Elektroschocker an seinem Gürtel, doch ehe er sie erreicht hatte, schlug ihm die Tür vor der Nase zu.

Addy sah zu Carson, der die Hand erhoben hatte und gehässig grinste.

»Wie hast du …?«, fragte Addy, wurde aber von den Stimmen der Wachmänner unterbrochen.

»Aufmachen!«, rief einer von ihnen. Sie rüttelten vergebens am Türgriff. Schreie und lautes Gepolter waren zu hören und Dinge gingen zu Bruch.

»Nicht jede Zimmerpflanze ist dein Freund«, höhnte Carson.

»Hör auf!«, forderte Addy. Die Männer schrien in Todesangst. Was er tat, ging einfach zu weit.

»Wieso sollte ich? Denkst du, die wollten uns nur zu einer Partie Poker einladen?«

»Carson, es reicht«, ermahnte Casimir ihn und drängte ihn weiterzugehen.

Addy zögerte. Hinter der Tür wurde es still und sie wusste nicht, ob es daran lag, dass Carson auf Casimir gehört hatte, oder daran, dass die Männer tot waren.

Ihr Inneres verkrampfte sich bei diesem Gedanken und der bittere Geschmack der Schuld schuf sich in ihr Platz. Sie hatte sich sicher gefühlt, weil gleich zwei Meliad an ihrer Seite waren. Sie war zuversichtlich gewesen, problemlos in das Kraftwerk eindringen zu können. Weil sie wusste, wie mächtig sie waren. Über die Opfer, die gebracht werden mussten, hatte sie keine Sekunde nachgedacht. Sie hatte Carson auf diese Männer losgelassen.

Was hier geschah, hatte sie mit zu verschulden und sie spürte die Hitze des Belial in sich auflodern, während sich diese Gewissheit in ihr festsetzte.

»Addy?«, rief Casimir ihr zu und riss sie damit aus ihren Gedanken.

»Ich komme«, murmelte sie und folgte ihnen.

Sie ließen die Büroräume hinter sich. Obwohl sie bereits tief in das Innere des Kraftwerks vorgedrungen waren, konnte man den Sturm noch immer toben hören. Die Wände vibrierten unter dem Aufprall der Böen, die den sich nähernden Tornados vorausgingen, und immer wieder rieselte Staub von den Deckenlampen.

Auf einmal legte sich Carson den Finger auf den Mund, grinste breit und näherte sich mit leisen Schritten einer Tür, hinter der Stimmen zu hören waren.

»Die Panzerfahrzeuge stehen am Ostausgang. Das Militär wartet nicht ewig auf uns.«

»Nur noch eine Sekunde«, antwortete Bennet.

Addy spürte beim Klang seiner Stimme die Wut in sich aufkochen. Wie eine Welle lodernder Dunkelheit überkam es sie. Ihr Puls pochte so heftig, dass das Bild vor ihren Augen bei jedem Schlag flackerte, und ihre Hände ballten sich zu Fäusten.

Casimir ergriff ihre Hand. Seine Berührung ließ die Zeit stillstehen, ihre Muskeln entspannten sich wieder und die Wut ebbte langsam ab. Sie atmete durch sie hindurch, nahm sein sanftes, alles erhellendes Lächeln in sich auf und ihr Pulsschlag wurde langsamer.

»Alles gut?«, fragte er.

Sie nickte.

»Dann wollen wir mal«, sagte Carson. Er trat die Tür ein, als wäre es ein Kinderspiel. Sie flog auf und schlug scheppernd gegen die Wand. Addy konnte kaum glauben, wie viel Kraft in ihm schlummerte. Scheinbar konnte ein Meliad das Maximum aus seinem menschlichen Wirt holen.

»Stören wir?«, fragte er. Zwischen Carsons Fingern zuckten Blitze und er baute sich breitbeinig auf.

Addy folgte ihm. Die Halle, die sie betraten, kam ihr vertraut vor, als wären sie tatsächlich wieder in Orsett. Rohre und Kabelkanäle führten an den Wänden entlang durch den Raum, überall sah man Schalttafeln, Bildschirme und blinkende Knöpfe und Lichter. Und in der Mitte des Raumes umrahmte ein Geländer das Loch im Boden, in dem sich die dröhnende Massenvernichtungswaffe befand, von der das bläuliche Licht der Meliad ausging.

Bennet stand dort an der Schalttafel und sah erschrocken auf. Neben ihm wartete ein nervöser Mann im Anzug. Addy hatte ihn bereits einmal gesehen. Damals hatte er Bennet zum Hubschrauber gewinkt. In seiner Hand hielt er ein Funkgerät, seine Krawatte hatte er gelockert und Staub lag ihm auf den Schultern und dem blonden, glatt gegelten Haar.

Außer den beiden standen drei Arbeiter an Konsolen an den Wänden und weiter abseits entdeckte Addy Sarah, flankiert von zwei Wachen. Ihr Herz machte einen Satz, als sie ihre Freundin erkannte.

»Addy!«, rief Sarah überrascht und freudig zugleich. Sie lief auf sie zu, wurde aber von Bennet aufgehalten, der sich schützend vor ihr aufbaute.

»Das ist nicht mehr deine Freundin, Sarah«, ermahnte er sie und wandte sich dann dem Anzugträger zu. »Sullivan, bringen Sie meine Tochter hier raus. Sorgen Sie dafür, dass ihr nichts geschieht.«

Der Mann nickte, lief zu Sarah und setzte einen Funkspruch ab, den Addy nicht verstehen konnte.

»Addyson«, sprach Bennet sie so vorsichtig an, wie man mit einem wilden Tier sprach, das jeden Moment zubeißen konnte. Beruhigend hob er die Hände. »Du siehst es jetzt noch nicht, aber du hast dich für die falsche Seite entschieden. Komm ganz langsam weg von diesen Wesen und ich verspreche, dir wird nichts geschehen.«

»Sie irren sich!«, erwiderte Addy aufgebracht.

Wieder pochte ihr Puls so heftig, dass das Bild vor ihren Augen unscharf wurde und ihr die Hitze bis in den Kopf stieg. Sie war so wütend auf die Ignoranz und Dummheit dieses Mannes, wütend darauf, wie viele Opfer seine Blindheit gekostet hatte und dass es Elekreen gelungen war, die Regierung von ihren Lügen zu überzeugen.

Der Belial in ihr wuchs mit jeder Sekunde, die verstrich, und alle Skrupel, Menschen zu töten, um ihr Ziel zu erreichen, schienen mit einem Mal wie weggeblasen. So gut sie auch wusste, dass es ein Fehler war, sich dem Hass in ihr hinzugeben und das fremde Wesen damit zu nähren, so wenig konnte sie etwas dagegen tun. Sie wollte, dass Carson sie alle tötete. Alle, wie sie da standen. Warum reden, wenn sie das Kraftwerk auch selbst ausschalten konnten?

Addy schüttelte den Kopf, als könne sie diese Gedanken damit einfach loswerden. Sie durfte den Belial nicht gewinnen lassen.

Es reichte nicht, nur dieses Kraftwerk abzuschalten. Bennet musste von der Wahrheit überzeugt werden, damit Elekreen seine Maschinen auf der ganzen Welt vom Netz nahm.

»Ich weiß, dass es für dich so aussehen muss, aber lass es mich erklären«, bat Bennet und kam einen Schritt näher.

»Bitte, Addy, hör auf ihn!«, flehte Sarah. Sullivan hielt sie davon ab, näher zu kommen.

»Machen Sie schon, Bennet!«, drängte er und zog Sarah zum Ausgang.

Die beiden Wachen näherten sich Casimir und Carson von den Seiten. Auch zwischen Casimirs Fingern zuckten nun Blitze, während die Wachen ihre Elektroschocker bereits gezückt hielten.

»Bringen Sie sie schon weg!«, rief Bennet Sullivan zu, ohne seinen Blick von Addy abzuwenden. Sullivan war mit Sarah am Ausgang stehen geblieben und wartete auf ihn.

»Sie müssen mir nichts erklären«, sagte Addy. »Sie haben mit ihren Kraftwerken Massenvernichtungswaffen erschaffen. Sie haben Löcher in die Sphäre der Meliad geschlagen, ihre Lebensenergie angezapft und saugen sie aus, um daraus billigen Strom zu erzeugen. Sie verstehen nur nicht, welche Folgen das hat.

Sie verstehen nicht, was das mit der Welt anrichtet. Mit der Menschheit.«

»Wir gehen nicht ohne Sie!«, rief Sullivan.

»Verdammt!«, knurrte Bennet ihm zu, wandte sich aber gleich wieder an Addy. »Ja, wir haben einen Weg gefunden, an günstigen Strom zu gelangen, wir haben die Tore in diese Sphäre geöffnet, doch was darauf gefolgt ist, konnte niemand von uns voraussehen. Addyson, was wir gerade erleben, ist eine Invasion. Sie kommen in unsere Welt, nehmen sich unsere Körper, zerstören unsere Städte und alles, was sie aufhalten könnte, sind unsere Kraftwerke. Lass dich nicht von ihnen täuschen. Hör auf mich, wenn ich dir sage, dass die Menschheit nur überleben kann, wenn wir zu Ende bringen, was wir begonnen haben.« Er sah flüchtig zum Bedienfeld der Maschine. Irgendetwas schien er im Schilde zu führen.

»Stehen bleiben!«, verlangte Addy.

Carson wurde hellhörig und ließ einen Blitz auf Bennet zuschnellen, der ihn nur um Haaresbreite verfehlte.

»Neeiiin!«, schrie Sarah.

»Weg von der Maschine!«, verlangte Carson.

Bennet hob erneut die Hände, sah an Carson vorbei, und als der herumwirbelte, um zu sehen, was Bennet beobachtete, warf sich bereits ein Wachmann auf ihn und rammte ihm den Elektroschocker in die Seite.

Schreiend fiel Carson auf die Knie, Casimir wollte ihm zu Hilfe eilen, doch der zweite Wachmann stürzte sich auf ihn und verwickelte ihn in einen Kampf.

Bennet eilte zur Schalttafel, drückte einige Knöpfe und schaute dann zu einem seiner Arbeiter, die sich im Hintergrund hielten.

»Jetzt!«, rief er.

Der Mann nickte, betätigte einen Hebel und Licht schoss von

der dröhnenden Maschine, die im Boden eingelassen war, in die Höhe. Addy musste schützend ihre Hand vor die Augen heben. Der Krach, den sie hörte, ließ nur den Rückschluss zu, dass die Maschine nun auf vollen Touren lief, um noch mehr Leben aus der Sphäre der Meliad zu saugen. Sie produzierte so viel Strom, dass sich der ganze Raum elektrisch auflud.

»Stellen Sie das ab!«, schrie Addy über den Lärm hinweg.

Sie sah zu Casimir, dem es gerade gelungen war, den Wachmann zu überwältigen. Nun eilte er Carson zu Hilfe. Addy musste es selbst mit Bennet aufnehmen. Sie lief zur Schalttafel, suchte nach einem Knopf, der aussah wie ein Ausschalter, doch Bennet packte sie von hinten und zog sie weg.

»Es geht nicht anders!«, schrie er. »Wir müssen diese Invasion stoppen, bevor noch mehr Menschen ihr Leben verlieren.«

Addy sah aus dem Augenwinkel, dass Carson und Casimir von bläulichem Licht umgeben waren. Noch konnten sie sich in ihren Körpern halten, aber die Maschine schien an ihnen zu zerren und ihnen ihre Kräfte zu nehmen.

»Sie verstehen das nicht!« Addy wehrte sich gegen Bennet, kam aber nicht frei. »Terra Mater wird das Kraftwerk mitsamt Birmingham in Schutt und Asche legen, die Belial werden sich von der Verzweiflung der letzten Überlebenden nähren und alles wird verloren sein.«

Bennet zwang sie, sich umzudrehen und ihn direkt anzusehen. Die Angst, Casimir könnte in ihrem Rücken aus seinem Körper gezerrt und wie in Orsett in die Maschine gesaugt werden, überwältigte sie schier und ließ ihre Knie weich werden.

»Was du da sagst, ergibt keinen Sinn!«, rief Bennet und schüttelte sie, als müsse er sie wachrütteln. »Das sind ihre Worte, ihre Lügen. Es gibt weder eine Terra Mater noch Belial. Das sind nur diese Wesen, die versuchen, unsere Welt zu erobern.

Du darfst ihnen nicht vertrauen. Siehst du denn nicht, was sie tun? Wir haben die Büchse der Pandora geöffnet, als wir ihnen einen Weg in unsere Welt zeigten. Nun kommen sie in Massen. Sie stehlen uns unsere Körper, töten unsere Kinder. Wir haben keine andere Wahl, als weiterzumachen. Wir müssen ihnen ihre Kräfte nehmen, bevor sie uns alle zu Sklaven machen!«

Addy wollte das nicht hören. Sie klammerte sich an ihre Wahrheit und versuchte, Bennets Worte abzuschütteln. Sie durfte einfach nicht daran denken, weil der Belial in ihr so mächtig war, dass er danach gierte, ihr Misstrauen zu schüren.

Casimir war nicht böse, er war kein Invasor. Sie hatte es gespürt. Spürte es bei jeder seiner Berührungen. Immer dann, wenn seine Lebensenergie sich mit ihrer vermischte. Sie dachte an sein Lächeln, seine Wärme und die Freiheit, die sie spüren konnte, wenn sein wahres Ich ihre Seele berührte. Daran musste sie sich festhalten, damit Bennet und der Belial nicht gewannen.

»Terra Mater wird uns alle töten …«, setzte sie erneut an.

»Es gibt keine Terra Mater«, wiederholte Bennet eindringlich. »Addyson, was mit der Natur geschieht, das sind sie alleine. Die Meliad. In wenigen Augenblicken wird das Kraftwerk seine volle Leistung bringen, ihnen ihre Kraft nehmen und die Winde werden nachlassen. Du wirst es sehen.«

Addy schüttelte den Kopf. Sie wusste, dass das, was er sagte, nicht die Wahrheit war, doch sie konnte keinen klaren Gedanken mehr fassen. Da war nur noch Wut in ihr und es war ihr egal, gegen wen sie sich richtete. Sie versuchte, sich alles in Erinnerung zu rufen, was sie für wahr hielt, doch es war wie weggewischt. Als läge es unter dem Schlick des Belial begraben.

»Die Belial …«, sagte sie.

»Es gibt keine Belial«, beharrte Bennet.

Sie sah an sich hinunter, sah zu den schwarzen Schatten, die ihr von den Fingernägeln, die Hände hinaufkrochen, und als Bennet ihrem Blick folgte, stieß er sie erschrocken von sich.

»Was … was ist das?«

Er konnte es sehen, und wenn es bereits so weit war, wie viel Zeit blieb ihr dann noch?

»Casimir kann es Ihnen beweisen«, sagte Addy kaum hörbar. Sie klammerte sich an ihren Plan, in der Hoffnung, das würde sie von ihrer Wut ablenken. »Sie müssen ihn berühren, damit er Ihnen seine wahren Absichten zeigen kann. Die wahren Absichten der Meliad. Eine Berührung genügt.«

Sie spürte die Dunkelheit in sich auflodern, spürte den Hass auf Bennet, den Schmerz über den Verlust ihrer Mum, sah vor sich, wie sie in ihren Armen starb und sah das Monster, das daran Schuld trug. Die Wut auf ihn, der ihre Mum gegen sie aufgebracht und sie voneinander entfremdet hatte, überwältigte sie schier. Sie wollte Rache, wollte Bennet so leiden lassen, wie ihre Mutter gelitten hatte, und alles andere rückte in den Hintergrund. Warum ihm die Wahrheit zeigen? Warum ihn verschonen, wenn sie doch gerade eine Macht durchströmte, durch die es ihr ein Leichtes wäre, ihn hier und jetzt zu töten?

»Casimir …«, stieß sie aus, in der Hoffnung, er würde sie hören und aufhalten, bevor sie tat, was der Belial von ihr verlangte.

Bennet war von ihr zurückgestolpert und starrte sie mit weit aufgerissenen Augen an.

»Addy?«, hörte sie Sarah sagen. Sie wandte sich ihr nicht zu, sah nur Bennet und wollte nichts weiter, als all ihre Wut an ihm auslassen.

»Bring sie von hier fort, verdammt!«, schrie Bennet, wandte sich Sullivan und seiner Tochter zu und Addy nutzte die Gelegenheit, dass er kurz abgelenkt war.

Schreiend warf sie sich voran, wurde aber abgefangen, ehe sie ihn erreichen konnte.

»Er hat meine Mum umgebracht!«, spie sie aus und wehrte sich gegen die Hände, die sie hielten.

Sie wollte diese Rache, sie wollte sie so sehr, dass alles andere egal war. Sie hörte sich selbst schreien und geifern, mit einer Stimme, die ihr seltsam verzerrt vorkam, aber aufhören konnte sie nicht. Da steckte der Dorn des Hasses in ihr und alles in ihr verlangte danach, ihn hinauszureißen und Bennet damit aufzuspießen. Sie musste ihn leiden sehen, um sich von ihrem eigenen Leid zu befreien.

»Addy, komm zu dir!«, flehte Casimir sie an. »Ich will dir nichts tun.«

Er war es, der sie hielt, sie davon abhielt, sich auf Bennet zu stürzen, ihre Rache auszuleben und damit alles Menschliche zu verlieren, was ihr geblieben war. Sie sah zu seinen Armen, die sie umklammerten, sah das sanfte bläuliche Licht, das ihm aus den Poren trat und langsam Richtung Maschine gezogen wurde, und spürte seine Wärme. Sie wurde ruhiger, ihre Gedanken klarer. Sie durfte dem Belial nicht nachgeben, sosehr es sie auch nach Rache verlangte.

»Addy?«, sprach Casimir sie wieder an.

Ihr Atem ging stoßartig. Sie wollte antworten, brauchte aber noch mehr Zeit, um ihre Gedanken zu ordnen. Noch einmal sah sie zu ihren Händen. Der Belial hatte ihre Haut grau gefärbt, das Bild vor ihren Augen pochte mit ihrem Pulsschlag, aber die Wut ging langsam zurück.

»Schalten Sie die Maschine ab«, forderte Casimir Bennet mit ruhigen, unmissverständlichen Worten auf. »Schalten Sie sie ab, dann wird Terra Mater aufhören, die Stadt anzugreifen, und wir alle werden überleben. Wir sind nicht hier, um gegen Sie zu kämpfen. Trotz allem, was Sie unserem Volk angetan haben, wollen wir nur, dass Sie die Wahrheit erkennen und gemeinsam mit uns nach einer Lösung suchen.«

»Was passiert mit ihr?«, fragte Bennet mit zittriger Stimme und deutete auf Addy.

»Es gibt mehr als nur eure und unsere Existenzebene«, erklärte Casimir. »Als das Kraftwerk in Orsett zusammenstürzte, riss das nicht nur eine klaffende Wunde in meine Welt, es gab auch eine Erschütterung durch alle Ebenen, die Membran zwischen den Sphären wurde geschwächt und Belial gelangten hierher. Es ist ihr Werk, was Sie da sehen, also schalten Sie jetzt das Kraftwerk ab, bevor Terra Mater es tut und noch mehr Wesen aus der Schattenwelt in die der Menschen geraten.«

»Wieso sollte ich euch das glauben?«

»Geben Sie mir ihre Hand und ich zeige Ihnen die Wahrheit«, forderte Casimir ihn auf und streckte ihm seine entgegen.

Bennet schüttelte den Kopf. Aus gutem Grund wollte er nicht näher an Addy heran. Sie kämpfte noch immer gegen ihre Wut, zischte bei jedem Atemzug wie eine Schlange durch ihre fest zusammengepressten Zähne und klammerte sich an Casimirs Arm, mit dem er sie nur mit Mühe halten konnte.

»Carson, übernimmst du das?«, forderte Casimir ihn auf.

»Das ist keine gute Idee!«, wehrte Carson mit erhobenen Händen ab.

»Jemand muss ihm unsere Motive bewusst machen.«

Carson reagierte nicht.

»Dann kümmere dich um Addy«, bat Casimir und schob sie von sich.

»Nein!«, schrie sie und wollte sich losreißen. Doch schon hatte Carson sie von hinten gepackt. Addy wehrte sich gegen ihn, spürte, wie seine Hände sich fest um ihre Arme schraubten und wie ihre Wut erneut aufloderte. Ohne Casimir war sie ihr hilflos ausgeliefert.

Casimir wandte sich Bennet zu und streckte erneut die Hand nach ihm aus. »Sie wissen, dass wir aus reiner Energie bestehen. Ich kann Sie teil werden lassen von dem, was uns ausmacht, was wir fühlen, wie wir sind. Ich zeige Ihnen unsere Absichten und die Vision, an der Terra Mater mich hat teilhaben lassen, als ich ihre Sphäre auf dem Weg in die der Menschen durchquerte. Sie werden merken, dass wir nichts Böses im Sinn haben und dass es die Erdmutter wirklich gibt, wenn Sie nur den Mut aufbringen, es sich beweisen zu lassen.«

Bennet zögerte, sah zu Casimirs Hand und schließlich, zu Addys Überraschung, nickte er zustimmend.

»Also gut.« Er sah zum Ausgang, um sicherzugehen, dass seine Tochter weg war, dann tat er einen vorsichtigen Schritt auf Casimir zu und hob die Hand.

Addys Puls pochte ihr in den Schläfen. Sie konnte nicht glauben, dass Bennet wirklich bereit war zuzuhören und dass sie kurz davor standen, Elekreen zu stoppen. Der Belial in ihr war so mächtig, dass sie geglaubt hatte, diesen Moment nicht mehr zu erleben.

Bennet legte seine Hand in Casimirs. Casimir schloss die Augen und wurde ganz ruhig.

Weil die Maschine an seinen Kräften zog, floss seine Energie nicht unsichtbar zu Bennet hinüber, sondern wurde während des Prozesses zu Teilen von ihm weg- und zum Loch im Boden gezogen. Man sah Casimir an, wie sehr er dagegen ankämpfte.

Bennet starrte auf das bläuliche Licht, das ihm langsam den Arm hinaufkroch, und schien in Panik zu verfallen. Plötzlich zog er eine Pistole, riss Casimir zu sich und hielt ihm den Lauf der Waffe an die Stirn. »Keine Bewegung!«

Er drückte die Waffe fester gegen Casimirs Kopf und schraubte seinen Arm um dessen Hals. »Wenn ich auch nur einen Funken von dir spüre, puste ich dir den Schädel weg, dass deine Hirnmasse sich quer über den Raum verteilt. Ich weiß, wie ihr Energiewesen tickt. Ich studiere euresgleichen seit siebzehn Jahren. Ohne Hirn kannst du diesen Körper nicht mehr kontrollieren. Du wirst elendig verrecken, so wie du und deinesgleichen es verdient haben.«

KAPITEL 18

ADDY

TAG 5: MI, 17:45 UHR, BIRMINGHAM, ENGLAND

Addys Herz raste. Zwischen Wut und Verzweiflung konnte sie nicht mehr erkennen, wo sie selbst aufhörte und wo der Belial begann. Sie kämpfte gegen ihn an, doch das schwächte sie so sehr, dass ihr die Knie wegbrachen.

Carson ließ sie zu Boden sinken, hob die Hände und begann, Bennet langsam zu umrunden.

»Sie wissen nicht, was Sie da tun«, mahnte Casimir, wehrte sich aber nicht.

»Oh doch«, zischte Bennet. »Ich sehe doch, was hier gespielt wird. Sie ist eine von euch und diese seltsamen dunklen Linien auf ihrer Haut sind nur ein Trick, um mich zu verwirren.« Er richtete die Pistole auf Addy. »Steh auf!«, verlangte er, drückte den Lauf der Waffe aber sofort wieder an Casimirs Schläfe, als der sich bewegte.

Addy sah sich um. Die Arbeiter waren geflohen, Sullivan hatte Sarah weggeschafft und die Wachen lagen reglos am Boden. Carson zog weiter einen Bogen um Bennet, blieb aber stehen, als der die Pistole fester gegen Casimirs Schläfe presste.

»Steh auf, habe ich gesagt!«

Sie wollte ihm ja gehorchen, aber sie konnte nicht. Der Belial war kaum noch zu bändigen. Es fühlte sich an, als würde er direkt unter ihrer Haut sitzen und darauf drängen, aus ihr herauszuplatzen. Es schmerzte wie kochendes Wasser. Addys Atem hetzte. Sie fuhr sich mit den Händen über die Arme, kämpfte gegen den Drang an, sich die Haut vom Fleisch zu kratzen, und als sie begriff, was mit ihr geschah, war es bereits zu spät.

Addy krümmte sich, presste ihre Hände auf den Boden, um sich abzufangen, und sah durch weit aufgerissene Augen, wie die Schatten aus ihr heraus- und über den Boden krochen.

»Oh Gott!«, stieß sie aus. Das durfte nicht geschehen! Sie kämpfte dagegen an, wollte stärker sein als das Monster in ihr, konnte aber nichts tun.

Der schwarze Schlick tropfte ihr aus Mund und Nase, floss über den Boden und das Licht begann zu flackern. Es wurde dunkler, in feinen Linien krochen die Schatten von ihr weg und bewegten sich direkt auf Bennet zu.

Es brauchte eine gefühlte Ewigkeit, bis Addy begriff, dass ihre Wut beinahe abgeebbt war. Der Belial verließ ihren Körper, weil er ein willigeres Opfer gefunden hatte. Sie sah zu Bennet auf.

Er stolperte zurück, zog Casimir mit sich und zielte auf die sich nähernden Schatten. »Hör auf damit!«

»Ich kann nicht!«, schrie Addy.

Bennet schoss mehrmals auf den schwarzen Schlick, doch das hielt ihn nicht auf. »Hör auf oder ich töte ihn!« Er hielt die Pistole wieder an Casimirs Schläfe, drückte sie so fest dagegen, dass er ihn damit zwang, den Kopf zu neigen, und zerrte ihn noch weiter von Addy und den Schatten weg.

»Carson, tu etwas!«, flehte sie.

Bennet schrie, als die Schatten ihn erreichten. Er riss die Arme hoch und Casimir nutzte die Gelegenheit, um herumzuwirbeln und nach der Pistole zu greifen.

Sie rangen um die Waffe, während die Schatten weiter Bennets Bein hinaufkrochen, Addys Körper endgültig verließen und sie kraftlos in sich zusammensackte. Mühsam versuchte sie, sich aufzurichten, da fiel ein Schuss.

Erschrocken riss sie den Kopf hoch, sah, wie Bennet von Casimir wegstolperte, die Waffe zwischen ihnen zu Boden fiel und Casimir den Kopf weit nach hinten gerissen hatte.

In ihren Ohren rauschte es und kein klarer Gedanke wollte sich in ihr festsetzen. Es kam ihr vor, als würde die Zeit stillstehen.

Rote Tropfen klebten auf Bennets Kleidung, an seiner zittrigen Hand und in seinem Gesicht. Addys Herz klopfte wie wild und ihr Inneres verkrampfte sich, als ihr klar wurde, dass es nicht sein Blut war.

Hilflos musste sie mit ansehen, wie Casimir zu Boden stürzte, ihm das Blut in Strömen über den Schädel lief und über den Boden spritzte, als er mit dem Kopf aufschlug.

Bennet schrie, doch das drang nur aus weiter Ferne zu Addy vor. Alles um sie herum wirkte mit einem Mal dumpf und still. Sie starrte zu Casimir und fühlte sich innerlich leer und ausgehöhlt. So leer wie seine weit aufgerissenen Augen, in denen sie wehrlos ertrank.

»Schalt die Maschine ab!«, hörte sie Carson rufen.

Sie regte sich nicht. Wie zu Stein geworden, kniete sie auf dem Boden und war nicht fähig, den Blick von Casimir zu nehmen. Sein wahres Ich – das Wesen aus reiner Energie – wurde aus dem Körper gezogen und bewegte sich neblig auf das Loch im Boden zu.

Carson gab ihr einen Stoß, riss sie damit zurück in die Wirklichkeit und deutete auf die Schalttafel am Geländer um die Maschine. Dann lief er zu Casimir. »Ich kümmere mich um ihn.«

Geräusche, Schmerzen und Kälte strömten wieder auf Addy

ein, und als sie sah, dass Carson neben Casimir auf die Knie ging und routiniert die Hände auf seine Schläfen presste, schaffte sie es, auf die Füße zu kommen. Ihren Blick von Casimir zu wenden, gelang ihr aber nicht.

Seine Energie floss zwar nicht weiter ungehindert aus dem Körper, doch Carson fluchte, als wäre er nicht stark genug, um seinen Tod noch abwenden zu können. Das durfte nicht passieren!

Ein Schrei zog ihre Aufmerksamkeit auf sich. Sie sah zu Bennet, der gekrümmt am Boden saß. Er war es, der geschrien hatte, während ihn der Belial umschloss wie ein tintenschwarzer Krake, dessen unzählige Fangarme ihm unter die Haut krochen.

Wie betäubt, starrte sie ihn an. In ihren Ohren rauschte es und weder ihr Körper noch ihre Gedanken schienen ihr gehorchen zu wollen.

»Die Maschine!«, schrie Carson und riss sie damit aus ihrer Erstarrung.

Addy musste sich zusammenreißen und das Kraftwerk abschalten. Sonst wäre alles umsonst gewesen!

Sie nickte, blendete all ihre Gefühle und Ängste aus und eilte zur Schalttafel. Gehetzt begann sie, die Knöpfe zu drücken. Als das nichts nutzte, rannte sie zur Konsole an der Wand und betätigte den Hebel, den der Arbeiter zuvor umgelegt hatte.

Das Dröhnen der Maschine senkte sich zu einem dumpfen Brummen und das Licht, das von ihr ausging, ebbte allmählich ab.

Erleichtert atmete Addy aus. Ihre Arme zitterten und ihre Kräfte verließen sie, sodass sie sich an der Wand abfangen musste, um nicht in sich zusammenzusacken.

Sie blickte zu Casimir. Er lag noch immer in seinem eigenen

Blut, Carson saß über ihn gebeugt und sie konnte sehen, wie seine Energie ungehindert durch Casimirs Körper floss, statt länger von der Maschine angezogen zu werden.

Addy stieß sich von der Wand ab und näherte sich den beiden. Die Angst, Carsons Bemühungen könnten vergebens bleiben oder sie selbst könnte zu langsam gewesen sein, verhinderte, dass sie schneller ging. Ihre Beine fühlten sich wie Pudding an und sie wusste nicht, ob sie es zu ihnen schaffen würde, bevor sie ihr wegbrachen.

Wenn er sich doch nur rühren würde. Eine kleine Bewegung würde schon genügen. Doch alles, was Addy sah, war sein regloser Körper, das viele Blut und Carson, der immer nervöser zu werden schien. Addys Herz schlug ihr so heftig in der Brust, dass es wehtat.

Plötzlich hörte sie Schritte hinter sich. Sie reagierte sofort, schnappte sich Bennets Waffe, die nicht weit von ihr auf dem Boden lag, wirbelte herum und zielte genau auf Sarah.

Entsetzt starrte sie an Addy vorbei. »Dad!«, schrie sie und stürzte los.

Addy fing sie ab, hielt sie fest und sah zu Bennet, der noch immer in der Mitte des Raumes kniete und nun zu seiner Tochter aufblickte.

»Hilf mir!«, flehte er.

»Was habt ihr mit ihm getan? Was habt ihr getan?«, schrie Sarah und versuchte loszukommen. Addy musste all ihre Kraft aufwenden, um sie zurückzuhalten. Dabei wusste sie genau, was gerade in Sarah vorging und wie verzweifelt sie war. Sie hätte alles dafür getan, um ihr zu helfen. Niemand, nicht einmal Bennet, hatte so ein Schicksal verdient und Sarah verdiente es erst recht nicht, ihren Vater auf diese Weise zu verlieren. Aber es gab nichts, was sie hätten tun können. Addy musste verhindern, dass Sarah mit dem schwarzen Schlick in Berührung kam. Zu mehr war sie nicht in der Lage.

Bennet stand auf. Seine Augen waren schwarz wie die Nacht und die Verzweiflung, die eben noch seine Miene gezeichnet hatte, wich von einer Sekunde zur nächsten einem unbändigen Hass.

»Ihr werdet sterben!«, zischte er und ballte die Hände zu Fäusten. »Ihr alle! Für das, was ihr der Menschheit antut! Ich werde jeden einzelnen Meliad aus seiner Welt zerren und ihn von meinen Maschinen zermalmen lassen! Bis keiner mehr am Leben ist. Keiner von ihnen!«

Er schrie und stürzte auf Addy und Sarah zu. Beide stolperten sie zurück, Addy riss die Waffe hoch, aber da baute sich Carson zwischen ihnen und Bennet auf. Er versperrte ihr die Sicht, hob beide Hände und sie konnte nur sehen, wie grellweiße Blitze von ihm in Bennets Richtung schossen.

Als er die Arme wieder senkte, stürzte Bennets durchbohrter Körper zu Boden, zerplatzte beim Aufprall wie eine überreife Frucht und schwarzer Schlick spritzte in alle Richtungen.

Die Überreste des Belial versickerten in haarfeinen Rissen, die sich von den Wänden aus durch den Beton zogen. Der Sturm musste sie verursacht haben. Von den aufbrausenden Böen war mittlerweile aber nichts mehr zu hören. Nur noch die Maschine dröhnte leise im Hintergrund und wurde stetig ruhiger – wie die Rotoren eines Ventilators, die allmählich zum Stillstand kamen.

»Dad …«, hauchte Sarah wie in Trance.

Carson fiel auf die Knie und sackte zur Seite weg.

Addy wollte zu ihm eilen, doch als sie von Sarah abließ, versuchte die, zu dem zu gelangen, was einmal ihr Vater gewesen war. Addy konnte sie gerade eben noch davon abhalten. »Du darfst das schwarze Zeug nicht berühren!«

»Lass mich los!«, verlangte Sarah in Tränen aufgelöst. »Ich will zu ihm, lass mich los!«

Addy zog Sarah an sich, auch wenn sie sich weiter wehrte. Sie hielt ihre Freundin fest und drückte sie an sich, bis sie aufhörte, dagegen anzukämpfen, und sich ganz ihren Tränen ergab. Schluchzend brach sie in sich zusammen.

»Nein …«, hauchte sie. »Das darf nicht sein.«

»Schon gut«, flüsterte Addy ihr beruhigend zu und streichelte ihren Rücken.

Was mit Carson war, konnte sie nicht erkennen. Stille legte sich über sie. Die Maschine stellte ihren Dienst langsam ein, der Sturm schien nicht mehr zu toben und ein Gefühl der Leere schlich sich in ihr Herz.

Auch ihre Augen füllten sich mit Tränen.

»Lass mich!«, schrie Sarah plötzlich, riss sich nun doch von ihr los, stolperte zurück und brach schluchzend zusammen.

»Sarah«, sprach Addy sie vorsichtig an. Sie trat einen Schritt auf sie zu, als sie ein Stöhnen in ihrem Rücken hörte.

Sie wirbelte herum und ihr Herz machte einen Satz, als sie Casimir sah, der taumelnd auf die Füße kam. Er fasste sich an die Schläfe, wo keine Wunde mehr zu sehen war, aber noch immer das Blut auf seiner Haut klebte. Benommen blickte er sich um, entdeckte das, was von Bennet geblieben war, und sah Sarah.

Addy konnte noch nicht wirklich fassen, dass Carson es geschafft hatte. Er hatte ihm das Leben gerettet. Casimir war zurück und sie fühlte sich wie in einem Traum. Sie wollte zu ihm laufen, ihm um den Hals fallen, doch da sah er Carson am Boden liegen. Schnell stürzte er zu ihm, fiel neben ihm auf die Knie und fühlte seinen Puls.

»Ist er …?«, fragte Addy.

»Er hat seine Lebensenergie mit mir geteilt«, erklärte Casimir. Er klang, als würde er es selbst nicht richtig fassen. »Er lebt, aber er ist schwach. Wir müssen von hier verschwinden. Der Sturm scheint nachgelassen zu haben.«

»Sarah?«, sprach Addy ihre Freundin vorsichtig an. »Ist Sullivan noch da draußen? Ist das Militär da?«

Sarah schüttelte den Kopf. »Ich bin aus dem Wagen gesprungen. Sie sind ohne mich gefahren. Der Sturm. Er war …«

Sie griff sich an die Hüfte und löste ein Funkgerät von ihrem Gürtel, doch noch bevor sie einen Funkspruch absetzen konnte, hatte Addy sie erreicht und es ihr weggenommen. Das Letzte, was sie jetzt brauchten, war ein Militäraufgebot vor dem Gebäude.

Ein plötzlicher Ruck ließ Addy straucheln. Die Risse im Beton platzten weiter auf. »Was war das?«

Casimir schüttelte nur den Kopf.

Ein Erdbeben? Aber hatte Terra Mater nicht aufgehört, gegen das Kraftwerk vorzugehen? Die Maschine arbeitete kaum noch und klang, als würde sie jeden Moment komplett zum Stillstand kommen. Es gab für die Erdmutter keinen Grund mehr, das Gebäude zu zerstören. Und dennoch ruckelte der Boden erneut, die Risse weiteten sich zu tiefen Furchen und ein Rumoren und Knirschen wie von sich verbiegendem Metall war zu hören.

»Vielleicht waren die Stürme zu viel für das Gebäude«, mutmaßte Casimir, klang aber wenig überzeugt.

Egal, ob es die Sturmschäden oder Terra Maters erneutes Aufbäumen war, das Kraftwerk wirkte, als würde es jeden Moment in sich zusammenstürzen. Das Knarzen in den Wänden wurde immer lauter und Addy zuckte zusammen, als plötzlich mehrere Rohre auseinandergerissen wurden und zischend Dampf austrat.

»Sofort raus hier!« Addy griff sich Sarah und lief mit ihr zur Tür, während Casimir Carson auf die Beine half.

Sie warf einen kurzen Blick zurück in den Raum. Dort lagen noch immer die beiden Wachen am Boden.

»Wir müssen ihnen helfen!«, drängte Addy.

Casimir folgte ihrem Blick und im selben Moment krachte ein großer Teil der Decke herunter. Staub wurde aufgewirbelt, füllte die Halle, verschluckte Casimir und nahm Addy die Sicht.

Sie hustete, wollte nach ihm rufen, da brach er aus der Staubwand und stürzte samt Carson neben ihr auf die Knie.

Er keuchte erstickt und klopfte Carson auf den Rücken.

»Weg hier!«, stieß er schließlich aus und zog sich und Carson wieder auf die Beine.

Sie schafften es nur mit Mühe, den Weg nach draußen zu finden. Sonnenlicht blendete Addy, als sie durch die Tür ins Freie stolperten. Eine dichte Staubwolke folgte ihnen und hüllte sie für einen Moment ein, während sie so viel Abstand wie möglich zwischen sich und das Gebäude brachten. Kaum dass sie sich in Sicherheit wägten, stürzte es in sich zusammen.

Casimir ließ Carson auf den Boden sinken, Sarah stolperte ein Stück von ihnen weg und Addy wandte sich dem Kraftwerk zu.

Nur ein großer Steinhaufen war von ihm geblieben. Der Zaun um das Gelände war vom Sturm mitgerissen worden, die Türme ragten wie die Finger einer zertrümmerten Hand schief zur Seite weg und zwischen den Überresten der Gebäude bahnten sich die Energiefetzen der befreiten Meliad einen Weg ins Freie.

Der Wind hob sie in den Himmel, sie ergossen sich über die Umgebung, ließen die Natur erblühen und den Schutt überwuchern.

Addy beobachtete das und ein ungutes Gefühl machte sich

in ihr breit. »Die Maschine war abgeschaltet, oder?«, fragte sie mehr an sich selbst gerichtet. Sie hatte gehört, wie die Rotoren immer langsamer gelaufen waren, war sich sicher gewesen, dass sich der Riss in die Sphäre der Energie dadurch allmählich schloss, doch nun erinnerte sie sich nicht mehr, ob es ganz still geworden war, bevor die Erde zu beben begonnen hatte. Sie blickte zu Casimir. Beinahe flehend sah sie ihn an. »Der Riss war geschlossen, nicht wahr?«

Casimir antwortete nicht. Er blickte schweigend zu den Trümmern und das sagte mehr als jedes gesprochene Wort.

Ihr Inneres verkrampfte sich. Sie wandte sich wieder nach vorne und plötzlich brach eine Säule aus geballtem Licht aus dem Schutt.

»Nein!«, schrie Addy und stolperte zurück.

Das durfte nicht sein! Sie hatte die Maschine doch abgestellt, hatte gehört, wie sie immer langsamer und leiser geworden war und jeden Moment wäre alles vorbei gewesen. Sie waren so nah dran. So nah und offenbar doch nicht nah genug. Ein Kloß bildete sich in ihrem Hals und nahm ihr die Luft zum Atmen. Es hätte einfach funktionieren müssen.

Kraftlos schüttelte sie den Kopf und starrte auf den Riss zwischen den Welten. Wieso bloß? Wie konnte das sein? Hatte Terra Mater nicht verstanden, dass sie dabei gewesen waren, das Tor zu den Meliad zu schließen? Oder war das Gebäude wirklich zu stark beschädigt gewesen?

»Wir müssen hier weg«, sagte Casimir, doch Addy hörte ihn kaum. Sie war zu gebannt von dem Anblick des zerstörten Kraftwerks – gelähmt durch das erstickende Gefühl, versagt zu haben.

Sie tat einen Schritt auf die Lichter zu. Was, wenn sie nahe dem Riss wieder die anderen sehen könnte? Vielleicht würde sie bei ihnen Antworten finden. Wenn es ihr gelänge, mit ihnen zu reden, zu erfahren, was es mit ihnen und der Verbindung, die Addy zu ihnen spürte, auf sich hatte, vielleicht ergäbe dann alles einen Sinn. All das, was ihr in diesem Augenblick so ungerecht und falsch vorkam.

»Addy?«, sprach Casimir sie an.

»Ja, ich …«, murmelte sie.

»Was ist mit dir?«

Sie wandte sich ihm nicht zu, aus Angst, den Moment zu verpassen, in dem die drei auftauchten. »Vielleicht sehe ich sie wieder.«

»Wen?«

»Die anderen. Hatte ich dir von ihnen erzählt? Ich habe sie in Orsett gesehen. Ganz nahe an der Lichtsäule der Meliad.« Was gerade geschehen war, hatte Chaos in ihr hinterlassen und sie fühlte sich wie in einem Strudel aus Gefühlen, Erinnerungen und Gedanken gefangen. Sie wusste nicht mehr, ob sie Casimir von ihrer Begegnung an der Lichtsäule erzählt hatte. Sie wusste ja nicht einmal, was sie in diesem Moment fühlte und was sie sich davon versprach, die flüchtige Energie in den Trümmern zu beobachten. Benommen griff sie sich an die Schläfe. »Es muss Antworten geben! Eine Erklärung für alles. Wir haben die Maschine doch abgestellt. Wir hatten es fast geschafft!« Tränen sammelten sich in ihren Augenwinkeln.

»Es war zu spät«, sagte Casimir. »Wir können nichts mehr daran ändern.«

»Nein!«, stieß sie aus. »Das hätte nicht passieren dürfen!«

»Was auch immer du in Orsett gesehen hast, war eine Vision, ähnlich der, die mir Terra Mater gewährt hat, als ich in deine Welt kam«, erklärte Casimir. »Als in Orsett das Tor in meine Welt aufgerissen ist, hat es eine Wunde durch alle Sphären geschlagen. Genau wie hier. Nahe dieser Risse werden sich Zeit, Träume und Wirklichkeit miteinander vermischen und es gibt keine Garantie, dass die Personen, die du dort gesehen hast, wirklich existieren. Wenn, dann haben sie sich sehr wahrscheinlich zu einer ganz anderen Zeit an einem anderen Riss zwischen den Welten aufgehalten oder selbst bloß eine Vision oder einen Traum gehabt. Und nichts spricht dafür, dass du sie hier wiedersiehst. Addy, wir müssen jetzt verschwinden, bevor das Militär zurückkehrt.«

Sie nickte einsichtig. Wahrscheinlich hatte er recht und doch fiel es ihr schwer, sich vom Kraftwerk abzuwenden und damit die Chance aufzugeben, die Vision von Orsett noch einmal zu erleben.

KAPITEL 19

YOUNES

TAG 5: MI, 18:00 UHR,
NASHVILLE CONSERVATION RESERVE, KANADA

Younes kniete im feuchten Laub. Ein Geräusch, nicht weit von ihm, ließ ihn kurz aufschrecken und sein Herz schneller schlagen. Er sah sich gehetzt um, entdeckte aber nur ein paar Eichhörnchen, die denselben Plan zu hegen schienen wie er. Sie wollten die Nüsse vom Boden sammeln und wirkten gar nicht erfreut darüber, Konkurrenz zu bekommen.

Dass diese Dinger nicht wirklich aussahen wie Walnüsse, dass sie größer waren und ihre Schale purpurn, hielt Younes nicht davon ab, so viele in seine Taschen zu stopfen, wie er konnte.

Alles hatte sich geändert. Die Bäume wirkten fremdartig, waren teils gewunden wie Korkenzieher, ungewöhnlich dünn oder so breit wie ein Laster. Auch die Blätter waren nicht dieselben wie vor nur wenigen Tagen. Manche waren fleischig und tellergroß, andere gemustert, wie er es zuvor noch nie gesehen hatte. Sogar der Wind trug einen fremden Geruch mit sich, der nicht an die Natur erinnerte, die Younes kannte. Es war, als würde die Welt zu einer anderen werden. Alles mutierte, nur die Menschen blieben, wie sie waren.

»Jaja!«, quittierte er das ungehaltene Fiepen der Eichhörnchen. »Ich lasse euch schon genug übrig.«

Wieder knackste es und wieder sah Younes sich hastig um. Waren das Schritte? Er hörte Äste brechen und das Rascheln von trockenem Laub.

Schnell schnappte er sich noch ein paar Nüsse, dann sprang er auf und rannte los. Hinter ihm wurden die Geräusche lauter, aber er drehte sich nicht um.

Den direkten Weg zurück zu ihrem Versteck durfte er nicht nehmen, wenn ihm wirklich die Männer von Elekreen auf den Fersen waren. Er schlitterte einen Hügel hinab und folgte dem Graben, bis er eine Stelle erreichte, an der er wieder hinaufklettern konnte.

Oben angekommen, brauchte er einen Moment, um zu Kräften zu kommen. Schwer atmend saß er im Laub und spürte, wie sein Körper bei jedem Atemzug erbebte.

Sie hatten seit gut einem Tag nichts mehr gegessen. Er konnte das irgendwie verkraften, aber Samuel war am Ende. Die Lebensenergie, die er dem Baum entzogen hatte, konnte ihn nicht vor einer Blutvergiftung schützen. Er würde sterben, wenn er nicht bald in ein Krankenhaus käme. Bei dem Gedanken daran ballte Younes die Fäuste. Er hätte vor Wut und Verzweiflung schreien können, wenn da nicht noch immer die Männer gewesen wären, die er abzuhängen versuchte – die Männer, die seit Tagen nicht lockerließen, alle Straßen versperrt hatten und den Wald ohne Unterlass durchkämmten.

Er zog sich auf die Füße, holte noch einmal tief Luft und wollte gerade losrennen, als er feststellte, dass man von hier oben einen guten Blick über die Stadt haben müsste. Das Zentrum Torontos lag einige Meilen entfernt, aber er konnte Lichter zwischen den Bäumen aufblitzen sehen. Nun, da er sich darauf konzentrierte, hörte er auch weit entfernt, kaum wahrnehmbar, das Heulen von Sirenen.

Younes lief bis zum Kamm der Anhöhe, von wo aus er besser erkennen konnte, was außerhalb des Waldes geschah.

Die Straßen, die aus der Wildnis hinaus nach Toronto führten, waren mit Barrikaden versperrt. Vielleicht irrte er sich, aber es sah aus, als wäre nicht nur Elekreen an dieser Hetzjagd beteiligt. Die Fahrzeuge schienen dem Militär zu gehören und die bewaffneten Männer trugen Tarnanzüge und Sturmgewehre. Er konnte es nicht fassen, dass er und Chloe in diese Lage geraten waren. Wie nach Schwerverbrechern suchte man nach ihnen.

Er schaute sich weiter um. Das Gelände des Kraftwerks lag am Stadtrand und war von seiner Position aus gut zu überblicken. Dort war kein Gebäude mehr zu erkennen. Dichtes Gestrüpp hatte die Trümmer erobert und dazwischen erhob sich eine Säule aus gedämpftem blauem Licht.

Erst dachte Younes an einen Scheinwerfer, aber bei genauerem Hinsehen erkannte er, dass die Säule aus vielen kleinen Leuchtkugeln bestand, die hinauf in den Himmel schwebten und sich von dort aus über die Umgebung verteilten. Der Anblick erinnerte ihn an Luftblasen. Als wäre die Welt bloß ein riesiges Aquarium, in das dieses Licht strömte wie bei einer Sauerstoffpumpe.

Unter anderen Umständen hätte ihn dieser Anblick schockiert. Doch nach allem, was in den letzten Tagen geschehen war, wunderte ihn nichts mehr. Ihm war klar, dass mit Elekreen etwas nicht stimmte. Sie wussten um Samuels wahres Wesen, machten ihn für die Geschehnisse verantwortlich und Younes konnte nicht leugnen, dass er anfänglich ähnliche Gedanken gehabt hatte.

Er löste seinen Blick von der Lichtsäule, schaute zur Stadt und musste feststellen, dass die Natur nicht an der Grenze zum Kraftwerk gestoppt hatte. Die Hochhäuser lagen im Dunkeln.

Es waren die Fahrzeuge gewesen, deren Abblendlicht er zwischen den Bäumen durchblitzen gesehen hatte. Ohne Elekreen gab es keinen Strom. Dennoch konnte man gut erkennen, dass viele der Häuser ungewöhnlich grün waren.

Samuel trug an dem, was da geschah, sicher keine Schuld. Dazu war er viel zu geschwächt. Was aber, wenn es mehr wie ihn gab? Daran wollte Younes gar nicht erst denken.

Er konnte nur hoffen, dass die Vororte verschont geblieben waren und es seiner kleinen Schwester gut ging. Er hätte bei ihr sein müssen. Sie beschützen. Stattdessen saß er in diesem verfluchten Wald fest und musste Tag und Nacht damit rechnen, erschossen zu werden für etwas, das er selbst nicht einmal verstand.

Einen Aufschrei unterdrückend, schlug er seine Faust mit solcher Wucht gegen den Baum neben sich, dass ihm der Schmerz bis zum Ellbogen hochschoss, und stellte mit Schrecken fest, dass sich Schatten über die Borke des Baumes auf seine Faust zubewegten.

Schnell zog er sie weg. Was das nun wieder zu bedeuten hatte, wusste er nicht. Das alles wuchs ihm über den Kopf. Er wollte Antworten, wusste aber, dass Samuel ihm die nicht geben konnte. Nicht in seinem Zustand.

Er stolperte von dem Baum weg und stieg den Berg wieder hinab in das Tal, wo er Chloe und Sam zurückgelassen hatte. Der Wald war ruhig geworden, die Verfolger hatte er abgehängt.

Younes erreichte die Lichtung, auf der sie sich versteckt hielten, und ging noch einmal sicher, dass ihm niemand gefolgt war, ehe er aus dem Dickicht trat.

Ein Ast schnellte aus dem Nichts auf ihn zu. Erschrocken torkelte er zurück, spürte einen Luftzug haarscharf an sich vorbeischnellen und riss verteidigend die Hände hoch. »Ich bin's!«

Panik zeichnete Chloes Gesicht. Ihr Haar war zerzaust, ihre

Augen gerötet und ihre Lippen spröde. Die zwei Tage auf sich allein gestellt in diesem Wald, hatten bei ihnen beiden ihre Spuren hinterlassen. Chloe hatte bereits zum nächsten Schlag ausgeholt, als sie ihn erkannte. Sie warf den Ast von sich und stolperte ihm in die Arme.

»Ich dachte, du wärst einer von ihnen«, schluchzte sie.

Younes strich ihr übers Haar und drückte sie fest an sich. Sie zu halten, vertrieb alle Wut aus seinem Inneren. Noch nie hatte ein anderer Mensch als Ella eine so beruhigende Wirkung auf ihn gehabt.

»Schon gut«, flüsterte er. »Ich bin es nur.«

Er sah zu dem kleinen Verschlag, der ihnen in der vergangenen Nacht Schutz geboten hatte. Ein paar Äste unter einem Dach aus Blättern. Mehr war es nicht. Samuels Körper war in dem Dunkel darin kaum zu erkennen.

»Wie geht es ihm?«

Chloe löste sich von ihm und schüttelte nur den Kopf.

»Ich habe Nüsse gefunden«, meinte er und kramte ein paar davon aus seiner Tasche. »Wenn er etwas isst, wird es ihm besser gehen. Uns allen.«

Er lief auf den Verschlag zu, doch Chloe hielt ihn auf.

»Wir müssen ihn in ein Krankenhaus bringen«, sagte sie eindringlich. »Wir müssen hier weg.«

Younes starrte zu Boden. Er dachte an die Straßensperren und daran, wie knapp er den Suchtrupps entkommen war. Als ob ihm nicht klar wäre, dass sie hier wegmussten. Als ob er nicht wüsste, dass sie nicht ewig so weitermachen konnten. Er hätte alles dafür gegeben, den Männern entkommen zu können. Aber er wusste nicht, wie.

»Sie werden aufgeben«, sagte er, mehr um sich selbst davon zu überzeugen als sie. »Früher oder später geben sie auf.«

Chloe ließ ihn los und er wagte es nicht, sich ihr noch einmal zuzuwenden. Er wusste, dass ihr Blick alleine genügen würde, um seine Behauptung Lüge zu strafen. Eilig lief er zum Verschlag und ging neben seinem Bruder in die Hocke.

Samuel war kreidebleich. Schweiß stand ihm auf der Stirn, hatte sein Haar durchnässt und sein Blick hing in der Ferne.

»Wie geht es dir?«, fragte Younes mit gebrochener Stimme.

Samuel drehte den Kopf in seine Richtung. Die goldenen Blitze in seinen Augen waren kaum noch zu sehen. Er öffnete den Mund, brachte aber nur ein leises Stöhnen über die Lippen. Doch seine Kraft reichte aus, um die Hand zu heben und sie nach Younes auszustrecken.

Er wollte sie ergreifen, brachte es aber nicht über sich. Das Wesen, das da vor ihm lag, war nicht wirklich Samuel. Er wollte ihm ja trauen, konnte es aber nicht.

»Er hat Fieber«, sagte Chloe. Sie kroch in den Verschlag und legte ihre Hand auf Sams Stirn. »Und es scheint weiter zu steigen. Wir müssen etwas tun.«

Younes leerte seine Taschen und zählte die Nüsse. »Er wird sie so nicht essen können. Wir brauchen Wasser, um einen Brei anzurühren.«

Chloe schüttelte den Kopf. »Und dann? Wir brauchen viel mehr als nur Wasser. Wir brauchen Medikamente, richtige Verbände, irgendetwas, mit dem wir das Fieber senken können. Younes, seine Wunde …«

Younes blickte zu ihr auf. »Ich weiß«, unterbrach er sie.

Was sollte er denn tun? Sie war diejenige, die im Krankenhaus arbeitete, und war machtlos. Er konnte nichts daran ändern, dass sich die Schusswunde entzündet hatte. Er konnte auch die Blutung nicht stoppen. Alles, wozu er fähig war, beschränkte sich auf das Sammeln von Nüssen, während Chloe ihr

Bestes tat, um Samuel irgendwie am Leben zu halten. Vielleicht aber würde die Kraft, die er durch das Essen gewann, ausreichen, damit er sich wieder selbst heilen konnte. Vielleicht würde es ihnen genug Zeit verschaffen, um einen Ausweg zu finden. Etwas Besseres fiel ihm nicht ein.

Chloe schaute ihn lange an und er erwiderte den Blick. Er sah sie mit anderen Augen als noch vor wenigen Tagen, als seine kleine, kaputte Welt noch nicht ganz in Trümmern gelegen hatte. Ohne sie hätte er niemals so lange durchgehalten. Sie schenkte ihm die Kraft, die er brauchte, um das alles zu überstehen.

»Also gut«, sagte sie schließlich, atmete tief durch und wischte sich die Tränen vom Gesicht. »Ich gehe Wasser holen.«

Sie machte Anstalten, den Verschlag zu verlassen, hielt aber noch einmal inne, als sie auf seiner Höhe war, und legte ihm die Hand auf die Schulter.

Ihre Berührung schenkte ihm Trost. Er griff nach ihren Fingern, umschloss sie und fühlte sich mit einem Mal nicht mehr ganz so verloren. Gedankenversunken strich er mit dem Daumen über ihren Handrücken und legte seine Stirn darauf.

»Wir stehen das durch«, versprach sie leise und berührte seine Wange. Younes sah zu ihr auf. Ein trübes Lächeln lag auf ihren Lippen.

Wie hübsch sie doch war. Das war ihm erst in den letzten Tagen richtig aufgefallen. Sie hatte etwas Natürliches, etwas Ehrliches an sich. Nicht so wie die anderen Mädchen, die er kannte. Sie versuchte, weder ihn noch jemand anderen zu beeindrucken, war mitfühlend und für ihn da gewesen, ohne eine Gegenleistung zu verlangen. Und trotz allem, was sie in den letzten Tagen hatten durchmachen müssen, war das Leuchten in ihren Augen ungebrochen.

Younes richtete sich ein Stück weit auf und kam ihr näher.

Sein Blick wanderte zu ihren Lippen, doch noch bevor er selbst wirklich verstand, was er vorhatte zu tun, entzog sie ihm ihre Hand und schaute zu Boden.

»Ich …«, murmelte sie. »Ich beeile mich besser.«

Sie sah ihn nicht noch einmal an, als sie den Verschlag verließ und davonlief.

Gedankenverloren fuhr er sich mit dem Finger über die Wange, wo er ihre Berührung noch spüren konnte, und ein Lächeln stahl sich ihm auf die Lippen. Doch lange hielt es nicht an.

»Youn …«, flüsterte Samuel.

Younes wandte sich ihm zu. »Es wird alles gut. Du bekommst etwas zu essen, damit du zu Kräften kommst.«

»Bitte, Younes, ich brauche …«, hauchte Samuel mit tonloser Stimme.

Younes überwand sich und rückte etwas näher. Er wollte für seinen Bruder da sein, traute dem mächtigen Wesen in dessen Körper aber noch immer nicht ganz. »Was brauchst du?«

»Ich brauche dich«, antwortete Sam und schloss die Augen.

»Ich bin da.« Younes ergriff seine Hand und drückte sie fest. Wenn Samuel ihn hören konnte, dann sollte er wissen, dass sein kleiner Bruder für ihn da war. Dass er ihm beistehen würde, egal, was geschah.

Ein Kloß bildete sich in seinem Hals und er biss sich auf die Unterlippe, um zu verhindern, dass ihn Tränen überkamen. Er wollte Sam nicht verlieren, versuchte, durch die Angst davor hindurchzuatmen, auch wenn es ihm die Luft abschnürte. Das durfte kein Abschied werden. So wollte er ihn nicht gehen lassen. Nicht nach allem, was sie durchgemacht hatten, um es bis hierher zu schaffen.

Er warf einen Blick zum Rand der Lichtung, doch Chloe war noch nicht zurück.

Als er wieder zu Samuel schaute, sah der ihn eindringlich an. Die goldenen Blitze in seinen Augen loderten auf und seine Finger schlossen sich fest um Younes' Hand.

Instinktiv wollte Younes sich losreißen, doch das ließ das fremde Wesen nicht zu. Seine Energie strömte auf Younes ein. Sie kroch ihm den Arm hinauf und brachte eine Welle aus fremden Gefühlen mit sich: Verzweiflung und der unbändige Wille dieses Wesens zu überleben.

Younes' Panik war in Anbetracht dessen nichts weiter als ein Flüstern. Er hatte das Gefühl, der Fremde würde alles von ihm ersticken und in die hinterste Ecke seines Geistes verdrängen.

Er konnte sich nicht wehren, war dem Willen des Fremden ausgeliefert. Mit weit aufgerissenen Augen starrte er auf seine Hand und sah hilflos dabei zu, wie seine Gegenwehr versiegte, seine Glieder erschlafften und sein Körper zu einer Marionette wurde.

KAPITEL 20

YOUNES

TAG 5: MI, 19:30 UHR,
NASHVILLE CONSERVATION RESERVE, KANADA

Ma'an. Das war sein Name. Woher er ihn hatte, wusste Younes allerdings nicht. Die Naturgeister bedienten sich in ihrer Welt keiner Sprache wie die Menschen, also hätte er keinen Namen haben dürfen.

Dass Younes das wusste, verdankte er Ma'ans Erinnerungen. Sie füllten seinen Kopf und ließen ihm kaum Platz zum Atmen. Es war zu viel neues Wissen, als dass er es verarbeiten konnte, und er war sich sicher, dass Ma'an noch viel mehr vor ihm verbarg als nur den Ursprung seines Namens.

Es hatte sie schon immer gegeben. Die Naturgeister. In einer Art parallelen Existenzebene. Kaum zu glauben, aber die alten Mythen waren wahr. Es gab unzählige Bezeichnungen für diese Wesen: Dryaden, Schrate, Nymphen, Meliaden.

Younes wusste, dass Ma'an unfreiwillig aus seiner Sphäre in die der Menschen und damit in Samuels Körper gezogen worden war. Auch dass die Erdmutter – Gaia, Terra Mater, Tellus – für die Veränderung der Natur verantwortlich war.

Doch Gedanken, Gefühle und Wissen waren alles, was ihm blieb. Er hatte keine Stimme mehr und keine Gewalt über seinen Körper. Er konnte ihn zwar noch spüren und durch seine Augen sehen, aber nichts mehr tun.

Ma'an ließ Samuels Hand los und Younes hatte keinen Einfluss darauf.

»Younes?«, sprach Samuel ihn kaum hörbar an und schlug die Augen auf.

Er lebte! Die Euphorie, die Younes bei diesem Gedanken überschwemmte, versackte in der Dunkelheit des Geistes, in dem er gefangen war.

Diesmal war es wirklich Samuel, den er vor sich sah, doch er konnte ihm nicht antworten. Nur zusehen, wie sein Blick trüb wurde und sich Panik und Schmerz darin abzeichneten. Samuel hob die Hand, um nach seinem kleinen Bruder zu greifen, doch Ma'an ignorierte das.

Ohne jeden Anflug von Mitleid sah er auf den Sterbenden hinab.

Dass menschliche Gefühle ihm fremd waren, verstand Younes auch. Wo er herkam, gab es nur Wissen, Freiheit, Einssein mit allem und Beobachten ohne Handeln. Gnade, Liebe, Vertrauen – das alles kannte Ma'an nicht. Und doch fühlte er, nun da er in der Welt der Menschen und in einem Körper aus Fleisch und Knochen war. Nur konnte er mit diesen Gefühlen nichts anfangen. Er lernte noch, damit umzugehen, und er lernte nicht schnell genug, um zu verstehen, wie es Younes quälte, seinen Bruder so zu sehen und nichts tun zu können.

»Er lebt noch«, stellte Ma'an fest.

»Das tut er«, schrie Younes in seinem Inneren. *»Lass ihn nicht sterben. Bitte!«*

Im Dickicht am Rande der Lichtung raschelte es und Ma'an sah auf.

Chloe!, dachte Younes mit Schrecken.

Sie würde nicht verstehen können, was mit ihm geschehen war, und er war nicht fähig, es ihr zu sagen. Was von ihm geblieben war, war nur noch ein Gedanke, gefangen in seinem Geist. Er versuchte, seine Kräfte zu sammeln, die Gewalt über seinen Körper zurückzuerlangen, aber es war zwecklos. Nicht einmal sein kleiner Finger zuckte, sosehr er sich auch darauf konzentrierte, ihn zu bewegen.

Ma'an blickte wieder zu Samuel, der ihn durch leere, weit aufgerissene Augen anstarrte. Er war tot.

»Nein!«, schrie Younes. Die Verzweiflung zerriss ihn förmlich, doch seine Lippen blieben geschlossen und sein Körper saß reglos da, sosehr er auch schrie und um sich schlug. Er war völlig machtlos.

Ma'an legte den Kopf schief und betrachtete Samuels leblosen Körper.

Er hätte ihn retten können! Er hätte es wenigstens versuchen müssen. Wut und Trauer schäumten in Younes auf und vertrieben jeden klaren Gedanken.

»Es war zu spät«, sagte Ma'an.

Es war offensichtlich, dass er Younes hören und seine Gefühle wahrnehmen konnte. Zwischen ihnen gab es keine Geheimnisse mehr, keine Grenzen und keinen Schutz. Es war nicht nur sein Körper, der dem Naturgeist ausgeliefert war. Es war jede Faser seines Seins.

Ma'an griff sich an die Wange und wischte eine Träne von ihr. Neugierig betrachtete er sie, nicht wissend, wie sie dahin gekommen war.

»Du hättest es versuchen müssen«, flüsterte Younes. *»Du hättest versuchen müssen, ihn zu retten.«*

Ma'an achtete nicht auf das, was Younes in ihm sagte. Er stand auf und verließ den Verschlag, gerade als Chloe die Lichtung betrat. Sie trug ein großes, mit Wasser gefülltes Blatt in den Händen und sah erst zu ihm auf, als sie das Gestrüpp überwunden hatte.

»Lauf weg!«, schrie Younes, in der Hoffnung, sein Körper würde reagieren, wenn er nur versuchte, laut genug zu schreien. Doch das tat er nicht.

»Wie geht es ihm?«, fragte Chloe.

»Er ist tot«, antwortete Ma'an ungerührt.

Chloe riss vor Schreck die Augen auf. Ungläubig sah sie Younes an. »Wieso sagst du so etwas?«, fragte sie bestürzt.

»Weil es wahr ist«, antwortete Ma'an und legte erneut den Kopf schief. Er studierte die Mimik in Chloes Gesicht, versuchte zu deuten, was in ihr vorging, verstand es aber nicht wirklich. Younes konnte Misstrauen spüren, das er Chloe entgegenbrachte. Aber wieso?

Chloe ließ das Blatt fallen und das Wasser ergoss sich über den Boden.

»Du darfst ihr nichts tun«, verlangte Younes.

»Wer sagt das?«, fragte Ma'an. »Du? Du kannst mir nichts befehlen.«

»Wovon redest du? Was ist mit dir los?« Chloe wich vor ihm zurück.

»Sie hat dir nichts getan!«, beharrte Younes. Er kämpfte mit aller Macht darum, die Kontrolle zurückzuerlangen, doch er spürte, wie er zusehends schwächer wurde. Bereits nach den wenigen Minuten, in denen er in seinem eigenen Geist gefangen war, fiel es ihm schwer, einen klaren Gedanken zu fassen.

Er musste mit ansehen, wie Ma'an seine Hand hob und auf Chloe richtete. Panik überrannte ihn.

»Lauf weg!«, schrie er und diesmal kamen ihm die Worte tatsächlich über die Lippen.

War ihm das wirklich gelungen? War er es gewesen, der seinen Mund bewegt hatte? Aus welchem Grund hätte Ma'an das sagen sollen?

Chloe reagierte, ohne nachzudenken, rannte nach rechts und plötzlich durchströmte Younes geballte Energie. Ma'ans Geist griff nach allem, was ihn umgab, floss in den Boden, in die Pflanzen und entzog ihnen ihre Kraft. Er bündelte sie in Younes' Körper, ließ sie durch ihn hindurchfließen und sie entlud sich in einem Blitzschlag, der quer über die Lichtung schoss und einen Mann traf, der hinter Chloe aufgetaucht war.

Der Mann schrie und wurde zurückgeschleudert.

Auch Chloe schrie, warf sich zu Boden und schlug die Hände über dem Kopf zusammen, während Ma'an die Arme ausbreitete und noch einmal die Energie der Umgebung in Younes' Körper sammelte.

Erst jetzt konnte Younes dank Ma'ans Kräften spüren, dass sich mehrere Männer der Lichtung näherten. Ma'an hatte das wohl schon viel früher erkannt. Sie mussten Chloe gefolgt sein und vielleicht erklärte das, warum ihr der Naturgeist misstraute. Er glaubte womöglich, sie hätte Elekreen mit Absicht zu ihnen geführt.

Wenn sich Ma'an auf Younes' Gedanken einlassen würde, wüsste er, dass das unmöglich wahr sein konnte. Aber er war in dem Moment ganz auf den Kampf und seine Umgebung konzentriert. Younes fühlte, wie er sich von ihm distanzierte. Die Energie des Naturgeistes verschmolz mit der Umgebung und ließ Younes etwas mehr Luft. Die Pflanzen, in die sein Wesen hineinfloss, wurden zu einem Teil seines Körpers und gehorchten Ma'an ebenso, wie Younes ihm gehorchen musste.

Ranken schossen aus der Erde, dort wo die Männer sich vom Rand der Lichtung aus näherten. Sie umschlangen deren Beine und brachten sie zu Fall. Schüsse fielen, doch Ma'an brachte das jetzt, nachdem er einen gesunden Körper zur Verfügung hatte, nicht aus der Ruhe.

Die Energie, aus der er bestand, floss in solch einer Geschwindigkeit, dass Zeit, wie Menschen sie kannten, für ihn kaum eine Rolle spielte. Younes hatte das Gefühl, er könnte die Kugeln, die auf sie zuflogen, in Zeitlupe beobachten.

Ma'an riss den Arm hoch und befahl mit dieser Bewegung einer Eichel zu seinen Füßen, Wurzeln zu schlagen und zu wachsen. Der Stamm brach aus dem Erdreich, schoss in die Höhe und die Kugeln durchbohrten das weiche Holz.

Zeitgleich umschlangen die Pflanzen, die die Männer zu Fall gebracht hatten, deren Körper und zogen sie unter die Erde.

Hilflos musste Younes das miterleben. Er hörte nicht nur ihre Schreie, er spürte durch die Energie, die ihre Körper durchströmte, auch, wie sie nach Luft schnappten und Dreck einatmeten. Es fühlte sich an, als würden seine eigenen Lungen brennen.

Er wollte das nicht, wollte nicht dazu gezwungen sein zu fühlen, was Ma'an fühlte, wollte nicht miterleben, was um ihn herum geschah und wie diese Männer litten und starben.

»Aufhören!«, schrie er. *»Hör sofort auf damit!«*

Ma'an ignorierte ihn. Er ließ seine Energie noch einmal in die Umgebung fließen, um festzustellen, ob er alle Angreifer ausgeschaltet hatte, dann wandte er sich Chloe zu, die noch immer auf dem Boden lag und die Hände über dem Kopf zusammengeschlagen hatte.

Younes versuchte, seine Kräfte zu sammeln. Gegen Ma'an anzukämpfen, schwächte ihn so sehr, dass er kaum noch unterscheiden konnte, wo seine Gedanken aufhörten und Ma'ans begannen.

»Sie hat dir nichts getan«, beharrte er. Doch sein Körper bewegte sich unbeirrt auf Chloe zu. Er hob den Arm und richtete die Hand auf sie.

»Ist das so?«, fragte Ma'an.

Chloe zuckte bei seinen Worten zusammen, senkte langsam die Arme und schaute zu ihm auf. Erschrocken über das, was sie sah, robbte sie von ihm weg. »Was ist mit dir? Younes, was tust du da?«

»Sie hat die Männer nicht absichtlich hergeführt. Wieso hätte sie das tun sollen?«

»Ihr Menschen seid falsch«, sagte Ma'an. Blitze züngelten zwischen seinen Fingern und Chloe riss die Augen auf: Diesmal war seine Kraft so stark gebündelt, dass sie es sehen konnte.

Sie stieß mit dem Rücken gegen einen Baum und zog sich daran hoch. »Wer … wer bist du?«

»Sieh sie dir an«, forderte Younes ihn auf. *»Siehst du nicht, dass sie Angst hat?«*

»Das hatten die Männer auch. Trotzdem kamen sie, um mich zu töten.«

Chloe schüttelte ungläubig den Kopf. Das einseitige Gespräch konnte für sie keinen Sinn ergeben.

»Sie sind ihr gefolgt, so wie sie auch versucht haben, mir zu folgen«, erklärte Younes und versuchte, die Erinnerung daran wachzurufen. Er wusste, dass Ma'an diese Erinnerung ebenso sehen würde wie er. Und tatsächlich zog der Naturgeist den Arm ein Stück weit zurück, während er sich auf das konzentrierte, was Younes ihm zu zeigen versuchte.

Younes wartete nicht darauf, dass Ma'an seine Entscheidung überdachte. Sofort als er von Chloe abließ, kämpfte Younes um die Oberhand über seinen Körper. Er konzentrierte sich mit aller Macht auf seinen Arm und zwang ihn, sich zu senken.

»Flieh!«, presste er hervor. Seine Hand zitterte, als Ma'an bewusst wurde, was Younes tat. Doch für einen kurzen Moment waren sie einander ebenbürtig.

»FLIEH!«, wiederholte er, ehe Ma'an die Kontrolle zurückgewann und den Arm wieder hochriss.

Chloe rannte los. Zwischen Younes' Fingern knisterten erneut Blitze, aber Ma'an hetzte sie ihr nicht hinterher. Tatenlos sah er dabei zu, wie sie entkam.

»Du hast wahrscheinlich recht«, meinte er. »Es ist kaum denkbar, dass sie diese Männer absichtlich zu uns geführt hat.«

Kraftlos sank Younes in die Dunkelheit seiner Gedanken, spürte seinen Körper nicht mehr und sah nur noch verschwommen, was um ihn herum geschah. Er war ausgebrannt, kraftlos, und wenn er in diesem Moment versucht hätte, Ma'an in Gedanken zu antworten, wäre es ihm nicht gelungen.

Younes betrachtete seine Hände. Er sah dabei zu, wie sich seine Finger krümmten und streckten, und wünschte sich, es wäre sein Verdienst, dass sie das taten. Aber dem war nicht so. Ma'an steuerte seinen Körper und jede seiner Bewegungen.

»Du bist stark«, sagte er. Es war Younes' Stimme, mit der er sprach, und doch klang sie ganz anders. Fremd und vertraut zugleich.

»Wenn ich wirklich stark wäre, würde ich dich aus meinem Körper vertreiben«, entgegnete Younes in Gedanken.

Er spürte, wie Ma'an lächelte, und es machte ihn wütend, dass er seinen Körper derart benutzen konnte, ohne dafür viel Kraft aufzuwenden. Dass dieser Naturgeist seine Gedanken hörte und Gefühle spürte und dass es nichts gab, was Younes vor dem fremden Geist in ihm verbergen konnte.

»Dein Bruder hat nichts von dem geahnt, was mit ihm geschah«, erklärte Ma'an. »Er hat nicht gelitten, falls du das glaubst. Es war für ihn wie ein Schlaf. Aber du bist bei vollem Bewusstsein. Du hast dir einen Platz erobert und lässt dich nicht verdrängen, spürst deinen Körper und siehst, was ich sehe. Mir war klar, dass es mit dir anders sein würde. Weil du anders bist. Aber damit hätte ich nicht gerechnet.«

Bei dem Gedanken an Samuel schäumte die Wut in Younes erneut auf. Sie war kaum noch zu bändigen. Wie konnte sich Ma'an das Recht herausnehmen, über ihn zu reden? Er hatte sein Leben auf dem Gewissen!

Younes schrie innerlich, sah, wie seine Hand sich zu einer Faust ballte, und spürte, dass Ma'an davon verunsichert wurde. Doch es war nicht nur die Tatsache, dass Younes seine Hand bewegt hatte. Auch die Schatten, die ihm von den Fingern bis hinauf zum Ellbogen krochen, beunruhigten den Naturgeist.

»Was ist das?«

»Ein Bewohner der Sphäre der Dunkelheit«, entgegnete Ma'an und im selben Moment wurde Younes von dem Wissen über sie überschwemmt. Eine weitere Sphäre, aus der sich die Welt zusammensetzte. Und auch über sie gab es Mythen und Legenden. Als Dämonen, Teufel, Daevas, Belial kannten die Menschen sie.

Was taten die Wesen dieser Sphäre hier? Wie war es ihnen gelungen, in die Ebene der Materie einzudringen? Auch wenn er nicht wusste, was dieser Belial in seiner Sphäre zu suchen hatte, war ihm klar, dass ihn seine Wut anlockte. Sie nährten sich davon, doch Ma'an würde nicht zulassen, dass sich noch ein weiteres Bewusstsein in Younes' Körper festsetzte.

Er schüttelte die Hand, als könne er die Schatten dadurch loswerden wie ein paar Spritzer schwarzen Wassers. Und tatsächlich lösten sie sich von ihm.

»Keine Sorge«, sagte Ma'an. »Gegen einen wie mich kommt die Dunkelheit nicht an. So gesehen, hattest du Glück, denn ohne mich wäre es ziemlich finster für dich geworden.«

Mit Glück hatte das, was mit ihm geschah, nichts zu tun. Seine Wut auf den Naturgeist wuchs bei dessen Worten nur noch weiter an. Glaubte er wirklich, dass Younes ihm dankbar sein sollte?

Ma'an setzte seinen Weg durch den Wald fort und Younes kämpfte gegen jeden Schritt an. Doch das schwächte ihn ungemein. Aber nicht nur ihn. Auch Ma'an musste viel Kraft aufwenden. Er lief langsam und war bald außer Atem.

An einem Hang angekommen, fiel er beim Versuch hinaufzusteigen auf ein Knie.

»Hör auf damit!«, zischte er.

»Ganz sicher nicht!«, entgegnete Younes.

Ma'an stieß sich mit den Händen ab und kam taumelnd wieder auf die Füße. Er blickte den Hügel hinauf, fixierte den Horizont und lief darauf zu.

»Was erwartest du von mir? Du weißt, dass ich in deiner Welt einen Körper brauche, um zu überleben. Dein Bruder starb. Ich konnte ihn nicht retten. Hätte ich Chloe nehmen sollen?«

Younes antwortete nicht, weil Ma'an längst wusste, was er dachte. Er wusste, dass Younes ihm seinen Körper freiwillig überlassen hätte, um Chloe davor zu bewahren, eine Marionette zu werden. Und Younes war klar, dass Ma'an keine andere Wahl gehabt hatte. Er konnte nicht zurück in seine Welt. Der Weg war ihm versperrt.

Ma'an erreichte den höchsten Punkt der Anhöhe und ließ seinen Blick über die Ebene schweifen. Toronto lag im Dunkeln vor ihnen. Nur die Lichter der vielen Autos und ein paar Brände waren zu erkennen.

Die Säule in den Trümmern des Kraftwerks war schwächer geworden, aber noch immer schwebten Kugeln blauer Energie nach oben wie Luftblasen, die sich durch Wasser bewegten.

Ma'an hatte dieses Bild in Younes' Erinnerungen gefunden und war hergekommen, um sich selbst davon zu überzeugen, dass es wirklich das war, wonach es ausgesehen hatte.

Es war ein Riss zwischen den Sphären der Materie und der der Energie. Ma'an erkannte das auf den ersten Blick und damit wusste es auch Younes.

Die Leben der Naturgeister strömten durch den Riss und lösten sich langsam auf. Sie schufen neues Leben, wo sie die Erde berührten. Ein paar von ihnen würden sicher Körper finden, die sie bewohnen konnten. Aber das musste ihnen binnen kürzester Zeit gelingen, sonst würden sie einfach ein Teil des Energiefelds der Erde werden. Und sterben.

Was Younes kurze Zeit zuvor noch mit Verwunderung betrachtet hatte, ließ nun eine Welle von Gefühlen über ihn rollen. Es waren Ma'ans Gefühle, die so gewaltig waren, dass sie Younes schier erdrückten. Gefühle, die der Naturgeist in seiner Sphäre gar nicht gehabt hätte und die dadurch nur noch unbändiger und ungeschliffener waren. Hass und Abscheu lähmten ihn und drängten Younes so weit zurück, dass das Bild vor ihm in die Ferne rückte wie ein Fenster, das sich von ihm fortbewegte und dabei immer kleiner wurde.

»Was habt ihr getan?«, knurrte Ma'an wutentbrannt.

»Ich weiß es nicht.« Es fiel Younes schwer, seine Gedanken zu formulieren. Ma'an war so aufgebracht, dass er ihn in die dunkelste Ecke seines Geistes zurückgedrängt hatte.

»Was. Habt. Ihr. GETAN!«, geiferte Ma'an.

Sein Körper bebte und seine Fingernägel gruben sich tief in seine Haut. Younes spürte den Schmerz und konnte nichts anderes dagegen tun, als sich noch weiter in die Dunkelheit seiner Gedanken zurückzuziehen.

»Ich weiß nicht, was da geschieht!«

Ma'an schnaubte vor Wut. »Du verbirgst etwas vor mir.« Er bohrte die Finger tiefer ins Fleisch seiner Handflächen.

Der Schmerz überrollte Younes. Er konnte kaum mehr wahrnehmen, was vor ihm geschah. Blut floss ihm warm über die Haut.

Er versuchte, den Worten des Naturgeistes etwas entgegenzusetzen, doch es gelang ihm nicht, die Kraft dafür aufzuwenden. Da war nur noch der Schmerz und Ma'ans Geist, der auf ihn einströmte und jeden seiner Gedanken zerfetzte, auf der Suche nach etwas, das es nicht gab.

Es zerriss ihn. Alles, was er war. Verdrängte ihn völlig aus seinem Körper und ließ seine blanke, ungeschützte Seele in der Glut ungezügelter Gefühle verbrennen, die wie Peitschenschläge auf ihn niedergingen. Er wollte schreien, sich wehren, doch er konnte nicht.

Er wusste nicht, ob Sekunden oder Minuten vergingen. Irgendwann fühlte es sich an, als hätte Ma'an jeden seiner Gedanken, jede noch so kleine Erinnerung aus ihm herausgezerrt und ausgequetscht.

Erst als sich der Naturgeist langsam wieder von Younes' Geist entfernte und ihn alleine und zusammengekauert zurückließ, wurde auch das Bild vor seinen Augen etwas schärfer.

Ma'an betrachtete seine blutigen Finger. Seine Wut wich einer unbändigen Entschlossenheit. Er hob die Hände und richtete sie auf die Stadt.

»Also gut«, sagte er gefasst. »So wie es aussieht, will Mutter Natur euch Menschen loswerden. Dann werde ich ihr Werkzeug sein. Ihr habt es nicht anders verdient, als vernichtet zu werden!«

Younes kämpfte um seine Stimme. Er musste etwas tun, die Kontrolle zurückgewinnen, Ma'an aufhalten. Seine Panik verstummte im Anbetracht der Macht, mit der der Naturgeist seine Kräfte bündelte.

Seine Energie floss in die Umgebung. Younes konnte jeden Baum auf dem Hügel spüren, jedes Blatt im Wind.

»Tu das nicht«, flehte er kraftlos.

Wie ein Erdbeben rollte Ma'ans geballte Energie auf die Stadt zu, verband sich mit allem und wurde ein Teil der Natur. Die Kraft der vielen sterbenden Wesen, die sich durch den Spalt zwischen den Welten über die Erde ergossen, verstärkten Ma'ans und Younes musste hilflos mit ansehen, wie sich ein mächtiger Schatten am Horizont hinter der Stadt erhob.

Das Wasser des Lake Ontario bäumte sich auf. Wogende Wellen peitschten schäumend in die Höhe, türmten sich zu einer eisigen Flut, die mit einem Mal über der Stadt zusammenbrach.

Younes' Geist war so sehr mit Ma'ans und mit allem um sie herum verwurzelt, dass es sich anfühlte, als würden die Fluten ihm kalt und mit voller Wucht gegen den eigenen Körper schlagen.

Sie brachen sich an den Hochhäusern, rissen mit, was ihnen im Weg stand, und begruben Straße um Straße unter ihren Wassermassen.

Toronto versank. All die Menschen in ihren Fahrzeugen und Häusern, die Tiere, die Pflanzen, alles wurde gnadenlos ertränkt. Und Younes konnte nichts tun. Tatenlos musste er mit ansehen, wie der Naturgeist seine Wut über den Tod seines Volkes an der Stadt ausließ.

Younes ertrank selbst in Anbetracht dessen, was er wehrlos mit ansehen musste. Er ertrank in dem Schmerz, der ihn zerriss und sich darin zeigte, dass sein Körper, der reglos dastand und alles beobachtete, zu weinen begann. Stumme Tränen liefen ihm über die Wangen.

KAPITEL 21

ADDY

TAG 5: MI, 20:15 UHR,
WESTLICH VON BIRMINGHAM, ENGLAND

Es war spät geworden, die Stadt und die Straßen lagen weit hinter ihnen und sie liefen schon seit einer geraumen Zeit querfeldein. Die Lebensenergie der verstorbenen Meliad hatte die Natur wieder stark verändert. Pflanzen, die Addy noch nie zuvor gesehen hatte, sprossen aus dem Boden. Blumen, so hoch wie junge Baumtriebe, wuchsen aus dem Nichts und unter ihren Schritten flimmerte das Gras in zarten Regenbogenfarben.

Es war zu dunkel, um viel erkennen zu können, aber was Addy sah, erinnerte sie an den Tag, als Casimir ihr einen Blick in die Zukunft gewährt hatte und sie sich fühlte wie Alice im Wunderland.

Selbst die Atmosphäre schien sich verändert zu haben. Es kostete Addy ungewöhnlich viel Kraft zu atmen, aber jeder Atemzug, den sie tat, erfüllte sie mit neuer Energie.

Auch wenn sie weit weg von ihrem Zuhause war und es nichts gab, was sie in dieser Gegend kannte, fühlte sie sich in jene Tage zurückversetzt, als der kleine Park in London ihr Zufluchtsort gewesen war. Es war, als wäre sie ein Teil der Natur, die sie umgab. Hier kam es ihr sogar so vor, als würden die Pflanzen es bei ihr genauso empfinden.

Pflanzen, die fühlen konnten? Das war doch verrückt, aber

genau so wirkte es auf sie. Lag das nur an ihrer Müdigkeit oder dem Adrenalin? Vielleicht hing es aber auch damit zusammen, dass sie sowohl die Meliad, als auch die Belial erkennen konnte.

Sie wünschte sich so sehr, dass es für all das eine Erklärung gäbe. Eine andere als die, dass sie den Verstand verlor. Und vielleicht wünschte sie es sich zu sehr und bildete sich die fühlenden Pflanzen deswegen nur ein. Aber Casimir war echt, die Belial ebenfalls und sie war fest davon überzeugt, dass auch die Fremden aus ihrer Vision existierten. Irgendwo auf dieser Welt.

Nein, mit Verrücktsein hatte das nichts zu tun. Sie war schon immer anders gewesen und vielleicht waren es diese drei Jugendlichen ebenfalls.

Sie schaute zu Sarah, die den Veränderungen um sich herum keine Beachtung schenkte. Die Arme hatte sie eng um den Körper geschlungen, zog schwerfällig einen Fuß vor den anderen und starrte zu Boden. Addy konnte gut verstehen, wie es ihr ging. Sie hatte Ähnliches in Orsett durchmachen müssen, hatte ihre Mum verloren und damit all ihre Hoffnung.

»Es tut mir so leid«, sagte Addy leise und legte den Arm um die Schulter ihrer Freundin, doch Sarah entzog sich ihr.

»Bleib weg von mir!«, verlangte sie und schuf Abstand zwischen sich und Addy. Sie sah zu Casimir, der Carson stützen musste. Abscheu und Missbilligung lagen in ihrem Blick. »Was bin ich? Eure Geisel? Ihr habt meinen Vater getötet, habt das Kraftwerk zerstört, das unsere letzte Waffe gegen diese Invasion war, und jetzt zwingt ihr mich, immer tiefer in diesen Urwald zu laufen, weg von Sullivan und dem Militär, bei denen ich sicher gewesen wäre! Ich will zu meiner Mum, Addy. Wieso verstehst du das nicht?«

»Natürlich verstehe ich das. Aber du weißt, dass es allein zu gefährlich ist.«

Es war nicht infrage gekommen, Sarah einfach in den Trümmern zurücklassen, wo die Belial sie hätten befallen können. Das hatte Addy ihr schon mehr als einmal erklärt, aber Sarah war nicht bereit zuzuhören. Sie wollte nicht einsehen, dass Addy nur versuchte, ihr zu helfen.

»Gib mir mein Funkgerät zurück«, forderte Sarah.

Addy legte unwillkürlich die Hand darauf. Sie hatte es an ihrem Hosenbund befestigt und angelassen, für den Fall, dass Elekreen ihnen auf den Fersen war. Doch bisher blieb es stumm.

»Sarah, versteh doch, wir wollen dir nichts Böses. Und wir haben deinen Vater auch nicht getötet. Er ist … es war ein Unfall.«

»Einen Unfall nennst du das?«, rief Sarah aufgebracht.

Addy sah sich um. Sarahs Stimme hallte durch die Dunkelheit der anbrechenden Nacht und fremdartige Geräusche, Rascheln im Dickicht und Bewegungen in den Schatten waren die Antwort darauf. Das war nicht der richtige Ort, um stehen zu bleiben und so eine Diskussion zu führen. Wer wusste schon, was die erblühende Natur neben den exotischen Pflanzen noch hervorbrachte?

Casimir half Carson, sich an einen Baum zu lehnen. Er stöhnte und sank zu Boden. Addy hatte nicht das Gefühl, dass er sich erholte. Ganz im Gegenteil.

»Wie sieht es aus?«, fragte sie.

»Es geht ihm nicht gut«, sagte Casimir. »Er hat mir sehr viel seiner Lebensenergie übertragen. Zu viel, um es zu verkraften oder sich selbst helfen zu können. Ich bräuchte Zeit, um für ihn Kräfte aus der Umgebung zu sammeln.«

Addy warf einen Blick zurück. Noch konnte man die Überreste der Stadt in der Ferne sehen. Letzte Lichtfetzen der Meliad erhoben sich bis in die Wolken und tauchten die Umgebung in ihr bläuliches Licht. Sie konnte noch immer nicht fassen, dass sie versagt hatten. Wieder starben so viele unschuldige Meliad und sie hatte es nicht verhindern können.

»Wenn wir hier ein Nachtlager aufschlagen, finden sie uns«, meinte sie nachdenklich. »Wir sind noch zu nah an der Stadt, und wenn wir ein Feuer entzünden, würde man den Rauch sehen.«

»Gut so!«, sagte Sarah. »Ihr könnt nicht ewig weglaufen und ich werde nicht länger eure Gefangene sein.«

»Das bist du nicht«, versicherte Addy. »Aber wir können dich auch nicht einfach alleine hier draußen lassen. Die Belial sind noch immer gefährlich und wir wissen nicht, was hier sonst noch lauert.«

»Gib mir das Funkgerät! Sullivan wird mich finden und in Sicherheit bringen.«

»Wenn wir nicht bleiben können, müssen wir weitergehen«, ging Casimir dazwischen.

»Geht nur, aber ich bewege mich kein Stück«, beharrte Sarah. »Keine zehn Pferde bringen mich dazu, auch nur einen weiteren Schritt zu tun.«

»Addy …« Casimir wirkte angespannt, er hatte sich aufgerichtet und sah sich um.

Gerade als Addy sich ihm zuwandte, schrie Sarah plötzlich in ihrem Rücken. Addy wirbelte herum und sah eine Bestie aus dem Dickicht brechen. Ein Belial.

Nichts an diesem Ding erinnerte mehr an einen Menschen. Seine Arme hingen dicht über dem Boden, seine Finger waren zu Klauen geworden und seine Wirbelsäule gekrümmt. Sie ragte ihm wie ein Dornenkamm aus dem Fleisch. Der schwarze Schlick bedeckte seinen ganzen Körper und nur seine Augen funkelten diabolisch daraus hervor.

»Pass auf!«, schrie Addy, tat instinktiv einen Schritt auf Sarah zu und streckte die Hand nach ihr aus.

Sarah stolperte von dem Monster weg, das es offensichtlich nur auf sie abgesehen hatte. Es fletschte die Zähne, machte sich zum Sprung bereit, doch das bekam Sarah nicht mehr mit, weil es im selben Moment auch hinter ihr im Gebüsch raschelte und sie herumwirbelte. Die Augen eines zweiten Belial funkelten in der Dunkelheit und sein Atem zeichnete sich neblig in der kalten Abendluft ab.

Casimir rannte an Addy vorbei, warf sich über Sarah, riss sie zu Boden und Wurzeln schossen über sie hinweg. Sie bildeten einen Schutzschild, auf das sich die beiden Belial blindlings stürzten.

Addy wich zurück und stieß gegen den Baum, an dessen Wurzeln Carson kauerte. Er war zu geschwächt, um sich aus eigener Kraft zu verteidigen, also griff Addy sich einen Ast und baute sich schützend vor ihm auf.

Ihr Herz pochte hektisch in ihrer Brust, ihr Atem ging stoßartig und sie spürte, wie ihr die Knie weich wurden. Entschlossen schraubte sie ihre Hände fester um den Ast, sah von einem Belial zum anderen, doch die beiden machten keine Anstalten, sich ihnen zuzuwenden. Offenbar hatten sie es nur auf Sarah abgesehen. Es musste ihre Wut sein, die sie anlockte.

Der Wurzelwall, unter dem Casimir und Sarah Schutz suchten, stob auseinander und drängte die Monster zurück. Casimir sprang auf, richtete seine Hand gegen eines der beiden Monster und durchbohrte es mit einem Blitz. Das Wesen schrie markerschütternd, bäumte sich auf und zerplatzte, sodass der schwarze Schlick in alle Richtungen verteilt wurde.

Addy hob instinktiv die Hand vors Gesicht, wurde aber nicht getroffen. Nur langsam senkte sie den Arm wieder und sah zu Casimir, der sich dem zweiten Angreifer zugewandt hatte.

Plötzlich huschte etwas an Addy vorbei. Sie riss instinktiv den Ast in die Höhe, umklammerte ihn fest mit beiden Händen und ihr Herz schlug ihr bis in die Kehle. Doch es war kein Belial, der gleich neben ihr aus dem Dickicht brach. Es war ein Mensch. Eine Frau mit Pferdeschwanz und Tuch über Mund und Nase. Sie hielt eine Fackel in der Hand, schwenkte sie vor dem Belial und trieb ihn damit langsam zurück.

Um sie herum traten weitere Menschen aus der Dunkelheit. Zwei von ihnen schnappten sich Sarah, ehe Casimir reagieren konnte, und zogen sie auf die Füße. Ein anderer trat an Addy heran. Auch sein Gesicht war von einem Tuch verdeckt und vor seinen Augen hing rotes, lockiges Haar.

Sie wich vor ihm zurück und hob den Ast, doch er schien es nicht darauf abgesehen zu haben, ihr etwas anzutun. Er zog sich das Tuch von Mund und Nase und das freundliche Gesicht eines jungen, bärtigen Mannes kam zum Vorschein. Er nickte zu dem Ast in ihren Händen.

»Den brauchst du jetzt nicht mehr«, sagte er mit warmer, melodischer Stimme.

Unsicher sah Addy zu den anderen. Sarah wehrte sich gegen die Fremden und riss sich schließlich los. Der Belial wich weiter vor dem Feuer zurück und verschwand in der Dunkelheit, woraufhin Casimirs Haltung sich entspannte.

Zögernd senkte Addy die Arme, baute sich aber sofort vor Carson auf, als einer der Fremden sich ihm näherte.

»Wer seid ihr?«, fragte sie den rothaarigen Mann.

Bevor er ihr etwas erklären konnte, ergriff die Frau mit dem Pferdeschwanz das Wort.

»Er ist einer von ihnen«, sagte sie ehrfürchtig.

Alle wandten sich ihr und Casimir zu, den sie anstarrte. Leises Gemurmel ertönte und die Fremden wechselten vielsagende Blicke. Wussten diese Menschen etwa von den Meliad? Addy hatte noch nie jemanden getroffen, der sie erkennen konnte.

»Wir wollen euch nichts tun«, versicherte die Frau, an Casimir gerichtet, und reichte die Fackel an einen der Männer weiter.

»Mein Name ist Skye.« Ein Lächeln huschte ihr über die Lippen. Sie legte sich die Hand auf die Brust und betonte die Worte überdeutlich, als würde sie mit jemandem sprechen, der ihre Sprache nicht beherrschte. Dann zeigte sie auf Casimir. »Wie heißt du?«

Casimir schaute fragend zu Addy, aber auch ihr erschloss sich nicht, was gerade geschah. Was waren das für Menschen und wie hatten sie sie gefunden?

»Was ist mit eurem Freund?«, fragte der rothaarige Mann und nickte zu Carson. »Ist er verletzt? Braucht er Hilfe?«

»Er …«, begann Addy. Sie war verwirrt, konnte sich einfach keinen Reim darauf machen, mit wem sie es zu tun hatten und was diese Skye über Casimir zu wissen schien. Dazu kam das Adrenalin, das noch immer durch ihre Adern schoss und es ihr schwer machte, einen klaren Gedanken zu fassen.

Der Mann, der es vorher schon einmal versucht hatte, näherte sich Carson wieder und sie verstellte ihm den Weg. »Fasst ihn nicht an!«

»Von uns droht euch keine Gefahr«, versicherte Skye. »Insbesondere ihnen nicht, die gekommen sind, um unsere Welt von der Knechtschaft des Kapitalismus zu befreien.«

»Der was?« Je mehr diese Menschen von sich preisgaben, desto verwirrter war Addy.

»Kommt mit«, bot der rothaarige Mann an. »Wir können euch die Zuflucht bieten, die ihr sucht.«

»Es wäre uns eine Ehre«, sagte Skye zu Casimir und deutete in die Richtung, aus der sie gekommen waren.

Casimir reagierte nicht sofort, nickte aber schließlich, als von

Addy kein Einspruch kam. Sie wusste nicht, was dagegen spräche, diesen Leuten zu vertrauen. Sie schienen nichts Böses im Schilde zu führen.

Skyes Lächeln wurde breiter und sie lief voraus.

»Mein Name ist Malte«, stellte sich der rothaarige Mann vor. »Lässt du mich deinem Freund helfen oder beißt du, wenn ich näher komme?« Er schmunzelte und sah Addy mit seinen freundlichen Augen an. Es fiel schwer, ihm zu misstrauen. Er schien ein guter Kerl zu sein. Dennoch wollte sie Vorsicht walten lassen. Sie wusste noch immer nicht, was diese Leute mitten in der Nacht im tiefsten Urwald trieben.

»Addyson Maxwell. Addy.«

Zögernd trat sie beiseite. Malte rief einen seiner Begleiter zu sich und unter Addys skeptischem Blick halfen sie Carson auf die Beine.

Jemand legte Sarah die Hand in den Rücken, doch sie entwand sich dem Fremden. »Lasst mich in Ruhe!«

»Schon gut«, brummte der Mann, streckte verteidigend die Hände in die Höhe und schloss sich dann den anderen an.

Addy wartete, bis Sarah bereit war mitzugehen. Die Dunkelheit und die fremdartigen Geräusche in den Schatten schienen sie am Ende zu überzeugen, denn sie sah sich immer wieder ängstlich um.

Sie folgten den Fremden tiefer in die Wildnis und weg von der Stadt.

»Wir waren sicher genauso geschockt wie ihr, als das vor ein paar Tagen losging«, erzählte Malte. »Plötzlich werden alle Städte von der Natur verschlungen, neue Pflanzen entstehen, wo vorher nichts gewachsen ist, es kommen Berichte von Katastrophen auf der ganzen Welt rein, bevor Internet und Mobilfunknetze ausfallen und wir von unseren Mitstreitern in anderen

Ländern abgeschnitten werden. Wir wissen nicht, was hier passiert. Aber wir versuchen, das Beste daraus zu machen.«

»Mitstreiter?«, hakte Addy nach.

»Wir sind Umweltschützer«, sagte er und blieb stehen. »Oder zumindest waren wir das, bevor die Umwelt begonnen hat, sich selbst zu schützen.«

Erst jetzt fiel Addy sein Shirt auf. Es war schmutzig und löchrig, wodurch man die grüne Schrift auf den schwarzen Balken nicht mehr lesen konnte. Aber das kreisrunde Logo darüber kam ihr bekannt vor.

Malte schob ein paar Äste beiseite und deutete nach vorne.

Addys Blick folgte seiner Geste zu einer Lichtung. Mehrere Dutzend Menschen hatten sich dort um Lagerfeuer versammelt, Zelte standen ringsumher und auf die angrenzenden Bäume führten Leitern. Man konnte mehrere Plattformen, Hängebrücken und Baumhäuser im Geflecht der hohen Äste erkennen.

»Wo sind wir hier?«, fragte sie.

»Mitten im Sutton Park«, erklärte Malte. »Vor ein paar Jahren sollte hier die Natur einem Industriegebiet weichen. Seitdem leben einige von uns in den Bäumen, um die Rodung zu verhindern.«

»Und vor ein paar Tagen explodierte dann die Natur«, fügte Skye hinzu. »So schnell wird hier wohl niemand mehr etwas roden.«

»Wir haben Flüchtige aus der Umgebung aufgenommen«, fuhr Malte fort. »Der Wald hat sich bis in die Innenstadt ausgebreitet, alle Häuser zerstört und die Anwohner vertrieben. Nicht viele haben es bis hierher geschafft, aber wer den Weg gefunden hat, den haben wir mit offenen Armen empfangen. In solchen Zeiten ist es doch wichtig, dass wir alle zusammenhalten, nicht wahr?«

Addy versuchte noch zu verarbeiten, was er ihr alles erzählt hatte, als sich Sarah einmischte. »Und wer hat euch die Erlaubnis gegeben, hier zu campieren?«, fragte sie herausfordernd.

Malte lachte. »Niemand, sonst wäre es ja keine Besetzung. Schon mal was von zivilem Ungehorsam gehört?«

»Dir ist schon klar, dass das hier alles Verbrecher sind, Addy? Wir verstecken uns vor dem Militär und laufen geradewegs in ein Camp voller Neuzeithippies.«

»Sarah, es …«, begann Addy.

»Es wird hier niemand gezwungen, unsere Hilfe anzunehmen«, fiel ihr einer der Männer ins Wort.

»Vielleicht beruhigst du dich erst einmal, Kleines«, schlug Malte vor.

Eine Frau mit lockigem Haar machte einen Schritt auf Sarah zu, doch die hob abwehrend die Hände und wich vor den Leuten zurück.

»Lasst mich bloß in Frieden! Ich will das hier alles nicht, verstanden? Ich will kein Hippie werden, in einem Zelt schlafen und darauf warten, dass die ganze verdammte Welt untergeht. Ich bin kein Aussteiger wie ihr. Ich will mein Netflix, Insta und YouTube. Ihr findet das vielleicht zum Lachen, aber das war mein Leben und es war gut so. Ihr könnt mir alle gestohlen bleiben, mit euren Chais, Shishas und Baumkuscheltänzen.« Sie schlug die Hände der Frau weg, die weiter versuchte, sich ihr zu nähern und sie zu beruhigen. »Nein, lasst mich!«, fauchte sie, wirbelte herum und rannte davon.

»Zumindest wird sie nicht traurig sein, wenn sie erfährt, dass wir keinen Chai haben«, sagte die Frau. Ein paar der Leute lachten verhalten.

»Deine Freundin scheint das alles nicht so gut wegzustecken«, meinte Malte.

»Nein, nicht wirklich …« Addy schaute ihr nach. Sie durchquerte das Lager und verschwand zwischen den Bäumen. Sarah würde sicher nicht so dumm sein, zu weit wegzugehen. Zumindest hoffte Addy das.

»Bei Nacht sollte sie sich nicht zu tief in die Dunkelheit hineinwagen«, sprach Malte aus, was ihr durch den Kopf ging. »Wenn sie nicht aufpasst, wird sie wieder die Wesen anlocken, die den Wald unsicher machen.«

»Belial«, erklärte Addy. Nervös suchte sie den Waldrand ab, konnte Sarah aber nicht mehr sehen.

Malte sah sie fragend an.

»Durch ihr Geschrei haben wir euch erst gefunden«, erzählte Skye. »Das Licht hält diese Belial, wie du sie nennst, fern, aber wenn deine Freundin für uns zur Gefahr wird …«

»Ich rede mit ihr.« Doch dann blieb ihr Blick an Carson hängen und sie rührte sich nicht.

»Wir kümmern uns um ihn«, versicherte ihr Skye.

»Geh nur«, forderte Casimir sie auf.

Addy nickte und folgte Sarah. Sie fand sie am Fuß eines Baumes, nicht weit vom Lager entfernt. Mit angezogenen Beinen saß sie dort zwischen den Wurzeln und weinte.

»Geh weg«, schluchzte sie, als Addy sich ihr gegenüber ins Laub sinken ließ.

Addy antwortete nicht. Sie hätte ihr sagen können, wie sehr es ihr leidtat und dass sie mit ihr fühlte, aber das war es nicht, was Sarah in dem Moment brauchte. Sie brauchte eine Freundin, die einfach nur für sie da war und ihr zuhörte, wenn sie bereit war zu reden. Also schwieg Addy und wartete.

»Er darf nicht tot sein«, sagte Sarah nach einer Weile. »Ich will nicht … das kann nicht …«

»Ich weiß«, flüsterte Addy. Sie rückte neben Sarah und die fiel ihr weinend in die Arme.

»Er hat sich nicht geirrt«, sagte sie mit tränenerstickter Stimme. »Er wusste, was er tat. Er hat nur versucht, die Menschheit zu retten. Es kann doch nicht sein, dass das unsere Zukunft ist. Sollen wir wirklich leben wie die Höhlenmenschen? Sollen wir alles aufgeben?«

Addy erwiderte darauf nichts. Sie wusste nicht, wie ihre Zukunft aussehen und ob es überhaupt eine geben würde. Sie wollte auch nicht schlecht von den Toten reden, auch wenn sie bezweifelte, dass Bennet es wirklich nur gut gemeint hatte. Wohl eher hatte er die Fehler von Elekreen vertuschen wollen, indem er ein Lügengebilde aufgebaut hatte, an das er am Ende selbst geglaubt hatte.

Sich zu belügen, war eine Eigenart der Menschen, die viel Schlimmes hervorbringen konnte. In den letzten Tagen hatte Addy Bennet und andere oft dafür verflucht. Aber manchmal war eine Lüge auch genau das, was man brauchte, um die Hoffnung nicht zu verlieren. Manchmal musste man sich selbst etwas vormachen, damit wahr wurde, was eigentlich nicht sein konnte.

»Ich bin mir sicher, dass alles gut wird«, meinte Addy leise und versuchte, selbst daran zu glauben. Auch wenn sie wusste, dass es eine Lüge war.

Sie sah hinauf zu den Baumkronen und beobachtete die Wolken zwischen den Ästen, wie sie über den nächtlichen Sternenhimmel zogen. Selbst dort oben war nichts mehr wie zuvor. Man hätte meinen können, das wären gar keine Wolken, sondern feiner Nebel aus glitzerndem Staub, in dem es wimmelte wie in einem Schwarm winziger Fische.

Völlig fasziniert sah sie dabei zu, wie Flocken vom Himmel fielen. Schnee, obwohl es gar nicht so kalt war, dass Wasser hätte gefrieren können.

Sie hob die Hand, fing eine der Schneeflocken auf und es war, wie Licht einzufangen. Über ihrer Handfläche schwebte ein Funke, keine Flocke. Warm und von reinweißem Licht. Er tänzelte umher, als würde er leben, hätte sich verirrt und suchte einen Ausweg.

»Was ist das?«, fragte Sarah.

»Ich weiß nicht …« Addy zog ihn näher an sich heran, um erkennen zu können, womit sie es zu tun hatte. Doch kaum, dass sie das getan hatte, wurde aus der Wärme, die der Funke ausstrahlte, eine beißende Kälte und er schmolz wie ebendiese Schneeflocke, für die sie ihn im ersten Moment gehalten hatte.

Ein Rascheln, nicht weit von ihnen, ließ Sarah und sie aufschrecken. In den Schatten waren Bewegungen zu erkennen und sofort dachte sie an die Belial.

»Komm jetzt«, forderte sie Sarah auf und zog sich möglichst leise auf die Füße.

Dennoch konnte sie nicht vermeiden, dass das trockene Laub unter ihr raschelte. Äste knacksten rechts von ihnen und Laute waren zu hören, die an rasselnde Atemzüge erinnerten. Es musste mindestens ein halbes Dutzend dieser Monster sein.

»Sind sie das wieder?«, fragte Sarah und stand ebenfalls auf.

»Wir sollten zurück zu den anderen«, erwiderte Addy, wagte es aber nicht, eine zu schnelle Bewegung zu machen.

Während sie sich umsah, schwebten weitere dieser kleinen Lichter wie verwehter Schnee zu Boden. Dort, wo die Funken etwas berührten, leuchteten sie zaghaft auf, bevor sie schmolzen und Eiskristalle hinterließen. Addy war hin- und hergerissen zwischen Faszination und dem schleichenden Gefühl, dass sie gerade die Vorzeichen einer weiteren Katastrophe beobachtete.

Die Belial, die begonnen hatten, Sarah und Addy einzukreisen, schienen sich zurückzuziehen.

Sarah ergriff ihre Hand und Addy drückte sie fest.

»Schnell jetzt!«, sagte sie, zog Sarah hinter sich her und sie rannten zurück zur Lichtung.

KAPITEL 22

ADDY

TAG 5: MI, 22:00 UHR, SUTTON PARK, ENGLAND

Die Belial setzten ihnen nicht nach. Nachdem sie das Lager erreicht hatten, fiel die Anspannung von Addy ab und Sarah ließ ihre Hand los.

»Das war knapp«, sagte Sarah kleinlaut.

»Es ist ja noch mal gut gegangen«, meinte Addy abwesend und sah hinauf zum Himmel.

Jetzt, da die Baumkronen sie nicht mehr abschirmten, konnte sie das gesamte Ausmaß des Geschehens betrachten. Die Wolken, die scheinbar keine waren, wirkten wie Schwärme winziger Lebewesen – ähnlich aufgeschreckter Vögel, die weit über ihnen kreisten. Und immer mehr dieser Lichter fielen zu Boden.

Wo sie die Zelte, Baumhäuser und Pflanzen berührten, hinterließen sie eine dünne Schicht Eis, sodass es bald aussah, als habe sich Reif wie an einem kühlen Wintermorgen auf die Umgebung gelegt.

Addy begann zu zittern. Es wurde rapide kälter und die kühle Luft brannte ihr in den Lungen.

»Was passiert hier?«, fragte Sarah.

»Ich weiß es nicht«, gestand Addy ein. Obwohl sie eine Ahnung hatte. »Warte hier«, bat sie und durchquerte auf der Suche nach Casimir das Lager.

Wenn schon die Belial in die Welt der Menschen geraten waren, war es da nicht nur eine Frage der Zeit, bis auch die Bewohner der Sphäre des Lichts folgen mussten? Ein weiteres Tor zwischen den Sphären war aufgerissen, weil sie das Kraftwerk nicht rechtzeitig abgeschaltet hatten. Was, wenn weitere Kraftwerke fielen, weitere Risse entstanden und irgendwann alle Ebenen in sich zusammenbrachen? Gab es dann überhaupt noch eine Rettung für die Menschheit und ein Zurück zu dem, was sie kannten?

Casimir konnte ihr ihre Vermutung sicher bestätigen. Auch wenn sie hoffte, sich zu irren. Allein der Gedanke daran, dass alle Grenzen fielen, schnürte ihr die Kehle zu und ließ ihren Atem schneller gehen.

»Hey!«, rief ihr jemand nach.

Addy wirbelte herum und sah Carson am Pfosten eines Unterstands lehnen. So schlecht schien es ihm gar nicht mehr zu gehen. Er stieß sich ab, lächelte schief und kam zu ihr gelaufen.

Die Eisfunken legten sich ihm wie Schnee auf Kopf und Schultern und schmolzen dort, kaum dass sie ihn berührt hatten. Er schauderte und rieb sich die Arme. Es wunderte sie, dass ihm kalt war, wo Casimir doch nie zu frieren schien.

»Addy, nicht wahr?«, fragte er. »Wer hätte gedacht, dass wir uns mal wiedersehen.«

Addy starrte ihn verwirrt an. Als wäre das, was er gesagt hatte, völlig normal, stand er vor ihr, sprang von einem Bein aufs andere und blies sich warmen Atem in die hohlen Handflächen.

»Scheiße, ist das kalt«, bibberte er.

»Du …«

»Ben«, fiel er ihr ins Wort. »Hast du mich vergessen?«

»Aber wo …?« Ihre Gedanken überschlugen sich. War er nicht tot gewesen? Hatte Carson das nicht behauptet?

»Sorry, ich dachte, du wüsstest noch, wer dir dein Leben gerettet hat«, lachte Ben. »Aber scheinbar ist das für dich länger her als für mich. Ich muss einen Schlag auf den Kopf bekommen und die letzten Wochen oder Monate vergessen haben. Die Sache in London ist sicher schon eine ganze Weile her, so kalt, wie es geworden ist. Und dass die Menschen zurück ins Mittelalter gebombt wurden, ist mir auch neu.«

»Du lebst …!«, sprach Addy das Unfassbare aus. Sie musste es laut hören, um es zu glauben.

Sobald ihr die Worte über die Lippen gekommen waren, wich ihre Skepsis der Freude. Sie fiel ihm in die Arme und er stolperte erschrocken zurück.

»Woah«, stieß er überrascht aus und streckte die Hände von sich. Erst nach einer Weile senkte er sie und erwiderte die Umarmung.

Addy konnte es kaum fassen. Auch wenn sie nicht wirklich die Gelegenheit gehabt hatte, Ben richtig kennenzulernen, war sie überglücklich. Dass er noch am Leben war – nach allem, was sie verloren hatten und was schiefgegangen war –, schenkte ihr neue Hoffnung.

»Ist irgendwas zwischen uns gelaufen, von dem ich wissen sollte?«, fragte er.

Addy löste sich von ihm. Ein verlegenes Lächeln huschte ihr über die Lippen. »Nein, das ist es nicht.«

»Sicher? Weil ich mich nämlich kenne und von so einem hübschen Mädchen wie dir hätte ich sicher nicht die Finger lassen können.«

Er grinste schief und Addy musste schmunzeln.

»Nein, wir haben uns erst in Birmingham wiedergesehen«, erklärte sie. »Und es sind auch nur ein paar Tage vergangen. Kannst du dich wirklich an nichts mehr erinnern?«

Er verengte die Augen. »Nein, da ist nichts. Obwohl, vielleicht ein paar Gefühle, verschwommene Bilder. Wie nach einem Traum. Ich erinnere mich an Schmerzen, Hunger … aber nichts Greifbares. Vielleicht habe ich so etwas wie ein Trauma und alles einfach verdrängt?« Er grinste, als wäre das alles nur ein Scherz, schien aber ganz in Gedanken zu sein.

Schließlich griff er nach seinem Shirt und zog es hoch. Darunter kam eine fast verheilte Verletzung zum Vorschein. Vorsichtig ließ er seine Finger über die Narbe wandern.

Von seiner Hüfte quer über den Bauch bis hin zu den Rippen zog sich die daumenbreite rote Linie. Die Wunde war offenbar nie fachmännlich versorgt worden, denn hätte man sie genäht, wäre wohl kaum eine so breite und gezackte Narbe zurückgeblieben.

»An die Schmerzen kann ich mich erinnern …«, murmelte er abwesend. »Aber wann zum Teufel habe ich mir den halben Bauch aufgeschlitzt und wie kann das schon verheilt sein, wenn erst ein paar Tage vergangen sind?«

Addy starrte wie gebannt auf die Verletzung. Ein Schauder überkam sie bei dem Gedanken daran, wie sehr so eine Wunde geschmerzt haben musste und wie hilflos Ben gewesen war, wo er doch keine Gewalt über seinen eigenen Körper gehabt hatte.

»Tut es noch weh?«

Irgendwie fühlte sie sich verantwortlich, obwohl sie ja nichts für das konnte, was mit ihm geschehen war. Sie fragte sich allerdings, ob sie es hätte merken müssen, ob sie hätte nachhaken sollen, anstatt Carson einfach zu glauben, dass Ben tot war.

»Es juckt nur etwas«, meinte er und schob sein Shirt wieder zurecht. »Du weißt doch mehr, als du zugibst. Ich seh's dir an der Nasenspitze an.«

»Addy!«, rief Casimir.

Erleichtert atmete sie auf. Casimir kam vom anderen Ende

des Lagers zu ihnen gelaufen und das gerade rechtzeitig, um sie davor zu bewahren, Ben die Wahrheit sagen zu müssen. Wie hätte sie ihm das alles auch erklären können? Sie wusste ja nicht einmal, wo sie anfangen sollte.

»Wir reden später weiter, ja?«, bat sie.

Ben legte die Stirn in Falten. Er ahnte, dass sie Geheimnisse vor ihm hatte, nickte aber schließlich.

Addy erwiderte das mit einem schmalen Lächeln.

Sie wandte sich Casimir zu, der ihren Ellbogen griff und sie von Ben wegzog, als wäre er gefährlich. Sein Blick ging über ihre Schulter hinweg zurück zu ihm und erst, nachdem Ben sich abgewandt hatte, widmete er sich Addy.

»Wusstest du, dass Ben gar nicht tot war?«, fragte sie, bevor er etwas sagen konnte.

»Es ist nicht so, wie du denkst.«

»Und wie ist es dann?«, hakte sie nach.

»Ich war mir nicht sicher, ob Carson uns die Wahrheit gesagt hat.«

Addys Herz verkrampfte sich bei diesen Worten und sie wich unweigerlich einen Schritt vor ihm zurück.

»Nicht sicher?« Ihre Stimme drohte zu versagen. Wieso hatte er nichts zu ihr gesagt? Wieso verschwieg er ihr etwas so Entscheidendes? »Ist dir klar, dass er alle Schmerzen mitempfunden hat? Er hat gelitten, verstehst du? Carson hat ihn benutzt, hat ihn hungern und frieren lassen und seine Verletzungen ignoriert! Es war ihm egal, was das für Ben bedeutete.«

»Das wissen wir nicht. Er kann sich nicht erklären oder seine Taten rechtfertigen, weil er jetzt derjenige ist, der handlungsunfähig in diesem Körper feststeckt. Und das, weil er mir das Leben gerettet hat. Erst wenn er wieder bei Kräften ist und die Kontrolle zurückgewinnt, können wir ihn fragen.«

Addy glaubte nicht, was sie da hörte. »Die Kontrolle zurückgewinnen?«, fragte sie ungläubig. »Bennet hat von einer Invasion gesprochen, und genau das ist es, wenn ihr unsere Körper nehmt, ohne Rücksicht auf die Menschen zu nehmen, die sie bewohnen! Carson hat kein Recht darauf, sich Bens Körper zurückzuholen!«

Sie wandte sich von Casimir ab und ihre Gedanken kreisten um alles, was Bennet behauptet hatte und was plötzlich gar nicht mehr so abwegig klang.

Die Kälte kroch ihr tief in die Knochen und ließ sie schaudern. Sie fühlte sich wie eine Betrügerin, zwischen all den freundlichen Menschen, die sie mit offenen Armen aufgenommen hatten. Diese Leute schienen die Naturgeister zu bewundern, vielleicht sogar zu verehren. Was würden sie sagen, wenn sie Carson kennenlernten? Ein Meliad, der menschliche Gefühle belächelte und denen ihr Leben nichts wert war.

»Addy …« Casimir berührte ihre Schulter, doch sie entzog sich ihm.

Konnte sie sich denn so getäuscht haben? In den Meliad, aber vor allem in ihm? Nein, Casimir war nicht so wie Carson. Und dennoch verteidigte er dessen Verhalten.

»Ich habe es geahnt«, erklärte er. »Dass Carson so viel über eure Art zu fühlen und zu denken wusste, schien mir ungewöhnlich. Es ließ sich nur damit erklären, dass er sich diesen Körper teilte und Zugriff auf die Gefühle eines lebenden Menschen hatte. Aber sicher war ich mir nicht und es hätte auch nichts geändert. Was hätten wir denn tun können? Wenn unsereins in eurer Welt landet, bleibt nur ein kurzer Augenblick, um in einem Körper Zuflucht zu finden. Carson hatte wahrscheinlich gar keine andere Wahl, als sich Bens zu bemächtigen. Hätten wir von ihm verlangen sollen, diesen Körper wieder zu verlassen, zu sterben, wo es doch nicht sein freier Wille war, in eurer Welt zu stranden, und wo wir ihn doch brauchten, um Bennet aufzuhalten?«

»Du hättest es mir nicht verheimlichen sollen«, sagte sie mit brüchiger Stimme.

»Und dann? Schau dich um. Schau, was hier passiert.« Er breitete die Arme aus und Addy ließ ihren Blick über das Lager schweifen. Eiskristalle überzogen den Boden und die Zeltplanen und noch immer fielen sanft die Lichter vom Himmel. »Was du hier siehst, ist ein Massensterben. Es sind die Ignis, die Bewohner einer weiteren Sphäre, die durch die Taten der Menschen in Gefahr geraten ist.«

»Durch die Taten von Elekreen«, verbesserte sie ihn. »Wir haben doch versucht, das Kraftwerk abzustellen. Wir hatten es beinahe geschafft.«

»Nein, Addy. So einfach ist das nicht ...« Er sah sie mit einem Blick an, in dem Mitgefühl und Bedauern lagen. »Sie sterben, weil sie ohnehin schon geschwächt sind. Weil das Licht, im Gegensatz zur Dunkelheit, keinen Platz mehr findet in einer Welt, die sich selbst zerstört – eine Welt, die ihr zerstört. Ihr Menschen. Und das weißt du auch. Es ist nicht nur Elekreen, auch wenn du dich in den letzten Tagen darauf versteift hast. Selbst wenn es uns wie durch ein Wunder gelingen sollte, alle Kraftwerke abzuschalten, ist das nur der erste Schritt. Was unsere Welt tatsächlich sterben lässt, das seid ihr. Ihr alle, mit euren Giften, die ihr in die Meere pumpt, euren Chemikalien, die die Erde verbrennen, eurer Genmanipulation, der Massentierhaltung, der Ausrottung unzähliger Arten, der Verwüstung ganzer Landstriche. Mit alldem habt ihr unsere Welt geschwächt und erst das hat es Elekreen überhaupt ermöglicht, bis zur Sphäre der Energie vorzudringen. Vielleicht können wir Elekreen stoppen, aber dadurch bekämpfen wir nur ein Symptom, nicht die Krankheit. Und was, glaubst du, passiert, wenn bis dahin alles Licht und damit alle Wärme aus dieser Welt gewichen ist? Wie wird es noch Leben geben können, wenn alles zu Eis erstarrt? Du kannst nicht von uns erwarten, dass wir uns dem Tod ergeben, um euch zu schonen, die ihr uns das alles angetan habt. Das kannst du nicht, Addy. Weder von Carson noch von mir.«

Addy hatte das Gefühl, keinen Boden mehr unter den Füßen zu spüren. Er hatte ja recht mit dem, was er über die Zerstörung der Umwelt sagte, und Addy schämte sich auch für die Taten der Menschen. Sie fühlte sich mitschuldig und hätte alles getan, um die Zeit zurückzudrehen und vieles ungeschehen zu machen. Aber das konnte sie nicht. Niemand konnte das. Trostlosigkeit schuf sich in ihr Platz.

»Du hast niemandem den Körper gestohlen«, sagte sie leise. »Eric lebt nicht mehr. Ben schon.«

»Und wenn er noch leben würde? Würdest du dann von mir verlangen zu sterben?«

Addy schüttelte den Kopf. Das würde sie von niemandem verlangen wollen, aber vielleicht hätte sie Bennets Behauptungen nicht so schnell abgetan, wenn Eric noch am Leben gewesen wäre. Wie wäre ihr Weg verlaufen, wenn sie nicht Casimir, sondern Carson zuerst getroffen hätte? Wenn nicht Eric, sondern Sarah oder ihre Mum von einem Meliad besessen gewesen wäre? Hätte sie die Naturgeister dann bekämpft? Hätte sie genau das getan, was Elekreen und das Militär taten?

Vielleicht war es einer der größten Irrtümer zu glauben, dass es immer eine richtige und eine falsche Seite gab. Vielleicht war alles im Leben nur eine Frage der Sichtweise und es zerriss Addy innerlich, nun langsam begreifen zu müssen, dass Casimir und sie auf verschiedenen Seiten standen.

»Und wenn ich es wäre?«, fragte sie. »Wenn Carson mir meinen Körper und meinen freien Willen genommen hätte, würdest du ihn dann einfach machen lassen? Weil … es ja okay ist, uns unsere Körper zu nehmen, wo wir uns doch an so vielem schuldig gemacht haben?«

»Ich würde niemals zulassen, dass dir jemand ein Leid zufügt. Egal wer«, schwor er.

»Dann stell dir einfach vor, Ben wäre ich. Was würdest du tun, um mir zu helfen?«

»Addy, verlang das nicht von mir. Verlang nicht, dass ich mich gegen meinesgleichen und für die Menschen entscheide. Carson hat genauso ein Recht auf Überleben wie dein Freund Ben.«

»Ist das so?«, fragte sie und wusste im selben Moment, dass sie nicht entscheiden durften, wer leben und wer sterben musste. Dennoch suchte sie Ausreden. »Carson hat uns belogen. Er ist …«

»Was ist er?«, unterbrach Casimir sie. »Dir weniger sympathisch? Weniger Mensch? Er kann nicht so fühlen und so denken wie du. Ist es das? Dann muss ich dir sagen, dass es bei mir nicht anders ist. Vieles von dem, was du sagst oder tust, verstehe ich nicht. Einiges werde ich vielleicht nie verstehen. Auch ich bin kein Mensch. Das darfst du nicht vergessen.«

Addy atmete tief durch. Als ob sie das je hätte vergessen können. Tränen sammelten sich in ihren Augenwinkeln, die sie hastig wegwischte.

»Es muss einen Weg geben, beide zu retten«, erwiderte sie, obwohl sie wusste, dass das nur ein Tropfen auf dem heißen Stein war. Mittlerweile gab es sicher Unzählige, die in einer ähnlichen Lage waren. Und wie viele würden noch folgen? Am Ende schien ihr Kampf gegen Elekreen doch nur einer gegen Windmühlen zu sein. Was, wenn Terra Mater alle Kraftwerke zerstören würde, bevor sie abgestellt werden konnten, und dadurch die Grenzen zwischen allen Sphären fielen? Daran wollte sie gar nicht denken.

»Wenn Ben erfährt, dass ein fremdes Wesen in ihm steckt, wenn er beginnt, sich zu wehren, während Carson noch zu geschwächt ist, dann könnte Carson sterben«, erklärte Casimir.

Addy schüttelte den Kopf. Casimir hatte nichts Böses an sich. Nichts Falsches. Alles, was er wollte, war zu verhindern, dass Carson starb. Schließlich hatte er ihm das Leben gerettet. Aber war Addy ebenfalls bereit, alles für Carson zu tun?

Sie wusste es nicht. Ja, er hatte ihnen geholfen, gegen Elekreen vorzugehen, aber er hatte auch weggesehen, als Orsett zerstört worden war, hatte mehr als einmal deutlich gemacht, wie sehr er die Menschen verachtete, und Ben leiden lassen.

»Und wenn wir es Ben verschweigen?«, fragte sie.

»Dann wird sich Carson erholen und wieder die Oberhand gewinnen. Beide würden überleben und wir können versuchen, Carson davon zu überzeugen, Ben freizugeben. Aber ich kenne keinen Weg, ihn dazu zu zwingen. Nicht ohne Bens Körper irreparabel zu beschädigen. Eine Kopfverletzung, die beide töten würde.«

Addy bezweifelte, dass Carson freiwillig zurücktreten würde. Wenn sie Ben nicht die Chance gaben, sich zu wehren, solange er es noch konnte, sah sie keinen Weg, ihm zu helfen. Casimir musste das ebenfalls klar sein, doch er würde nichts unternehmen. Und sie? War sie fähig, Carsons Leben aufs Spiel zu setzen, um Ben zu retten?

»Du frierst«, sagte Casimir.

Er war wieder näher an sie herangetreten und legte seine Hände an ihre Arme, doch Addy konnte seine Berührung nicht ertragen und wich ihm aus.

Sie hatte sein Vertrauen nicht verdient. Wenn er ahnen würde, dass sie mit dem Gedanken spielte, Carson zu opfern, indem sie Ben alles erzählte, was würde er dann von ihr halten? Was hielt er überhaupt von ihr, wo sie doch ein Mensch war und damit mitschuldig an so vielen Verbrechen gegen die Natur? Sie hatte nie darüber nachgedacht, mit welchen Augen er sie betrachtete, doch jetzt konnte sie an nichts anderes mehr denken.

»Was ist mit dir?«, fragte er.

Sie schüttelte nur den Kopf. Würde er sie hassen? Würde er ihr genauso wenig verzeihen können wie sie sich selbst? Sie wusste es nicht, wusste ja nicht einmal, ob er so etwas wie Hass, Liebe und andere starke Gefühle überhaupt empfinden konnte oder es je können würde. Wie viel von dem, was sie in ihm sah, interpretierte sie nur in ihn hinein? Er hatte selbst gesagt, dass sie es nicht vergessen durfte: Er war kein Mensch und er konnte nicht so fühlen wie sie. Er würde es vielleicht nie können.

»Es tut mir leid«, sagte sie, wirbelte herum und rannte davon.

KAPITEL 23

ADDY

TAG 6: DO, 08:15 UHR, SUTTON PARK, ENGLAND

Addy hatte die Nacht unter Decken in einem der Vorratszelte verbracht. Bei der Kälte und den vielen Dingen, die ihr durch den Kopf gingen, war es schwer gewesen zu schlafen.

Am Abend hatte sie es nicht über sich gebracht, noch einmal mit Ben zu reden. Egal, was sie tat, sie würde ihn oder Carson opfern, und diese Entscheidung zu treffen, quälte sie auf unerträgliche Weise.

Sie richtete sich auf und stellte fest, dass Sarah nicht mehr neben ihr lag. Von draußen drangen Stimmen zu ihr vor, also verließ sie das Zelt und sah sich um. Nebel lag über der Lichtung, die Lagerfeuer waren niedergebrannt und die Bewohner dieser versteckten Zuflucht allesamt längst auf den Beinen und bei der Arbeit.

Neue Hütten wurden errichtet, damit die Neuankömmlinge nicht mehr in den Vorratszelten schlafen mussten, Öfen aus Lehm gebaut und vor einem der Zelte saß eine Gruppe Männer und Frauen, die Kleidung flickte und Körbe flocht. Trotz der Kälte und dem Reif, der alles bedeckte, lachten und scherzten die Leute miteinander. Als gäbe es all das Schreckliche nicht, das die Welt in den letzten Tagen auseinanderbrechen ließ.

»Addy!« Sarah winkte ihr zu. Selbst sie wirkte nicht mehr so mitgenommen wie am Abend zuvor.

»Du siehst aus, als wärst du noch nicht richtig wach«, stellte Sarah fest.

Addy schüttelte benommen den Kopf und rieb sich den Nasenrücken. »Wie lange habe ich denn geschlafen?«

»Wenn ich eine Uhr hätte, würde ich es dir sagen«, meinte Sarah mit einem Lächeln auf den Lippen. »Komm, ich zeige dir, wo du dich waschen kannst und etwas zu essen bekommst.«

Sie hakte sich bei Addy ein und zog sie quer über den Platz. Unter einer Plane standen Waschschüsseln, Tücher hingen vor Kabinen, in denen man sich mithilfe von Eimern duschen konnte, und schmutzige Handtücher lagen in Wäschekörben daneben.

»Essen gibt es dort drüben«, sagte Sarah und deutete auf ein offenes Zelt, in dem ein Tisch mit dampfenden Töpfen darauf stand.

»Hast du mit jemandem gesprochen?«, fragte Addy. Sarah kam ihr ungewöhnlich gelassen vor, dafür, dass sie gerade erst ihren Vater verloren hatte und mit diesen Menschen hier nichts zu tun hatte haben wollen.

»Wie meinst du das?« Sarahs Mundwinkel zuckten beim Versuch zu lächeln.

»Du wirkst so … glücklich?«

Sarah winkte ab. »Ich habe einfach nur eingesehen, dass du recht hattest. Elekreen hat die Tore in die andere Sphäre aufgestoßen. Sie sind für alles verantwortlich, was danach geschehen ist, und nach dem, was die Menschen hier erzählen, sind diese Naturgeister gar nicht so übel. Bestimmt ist es nicht ihre Absicht, unsere Welt zu erobern. Ich wünschte nur …« Sie brach ab und ließ ihren Blick in die Ferne schweifen. Das trübe Lächeln auf ihren Lippen verlor sich. »Ich wünschte, ich hätte es meinem Dad erklären können, bevor es zu spät war.«

Addy strich ihr über den Arm. Sie konnte so gut nachvollziehen, wie zerrissen Sarah sich fühlen musste, und es tat ihr weh, sie so leiden zu sehen. Sie wollte ihre Freundin in den Arm nehmen, doch da lächelte Sarah bereits wieder.

»Und jetzt entschuldige mich«, bat sie. »Ich muss Malte suchen. Er wollte mir beibringen, wie man sich diese coolen Perlenzöpfe ins Haar flechtet, die hier alle tragen.« Sie zwinkerte Addy zu und ließ sie dann stehen.

Perlenzöpfe? Gestern noch hatte Sarah die Bewohner dieser Kommune als Neuzeithippies beschimpft und nun wollte sie sich von ihnen Zöpfe flechten lassen? Eigentlich sollte Addy froh sein, dass Sarah sich hier wohlfühlte, doch irgendwie ging das alles zu schnell. Vielleicht machte sie sich nur etwas vor? Vielleicht belog sie sich selbst, so wie Addy sich belogen hatte, als sie Elekreen an allem die Schuld gab, obwohl sie wusste, dass Terra Mater sich nicht nur wegen der Machenschaften des Stromkonzerns gegen die Menschheit richtete.

Addy verzichtete darauf, sich bei der Kälte in einer der Duschkabinen mit eisigem Wasser zu übergießen, wusch sich an einer der Schüsseln und nahm sich dann ein Stück Brot vom Frühstückstisch. Es war ziemlich hart, aber es füllte ihr den Magen.

In den Töpfen dampften Suppen, die bitter und würzig rochen, und beim Umrühren konnte Addy sehen, dass Blätter und Baumrinde darin schwammen. Auch wenn der Gedanke an eine warme Mahlzeit verlockend war, verzichtete sie lieber darauf, eine dieser Suppen zu kosten.

»Du kannst dir ruhig etwas davon nehmen«, sprach Skye sie an. Sie deutete auf die Holzschüsseln, die neben den Töpfen gestapelt waren.

»Oh danke, nein. Ich weiß nicht, ob mein Magen da mitmacht.«

»Sie sind gesund und nahrhaft«, versprach Skye. »Einige von

uns leben schon eine ganze Weile hier draußen und haben gelernt, mit dem zurechtzukommen, was der Wald uns bietet.«

»Ihr habt euch wirklich komplett selbst versorgt, während ihr die Bäume besetzt habt?«

»Na ja, fast. Es kamen immer mal Freunde vorbei und haben uns Proviant gebracht. Toilettenpapier und so.« Skye zwinkerte. »Aber im Grunde ist es durchaus möglich, von dem zu leben, was die Natur uns bietet. Wir Menschen haben bloß vergessen, dass wir diese Erde nicht nur bewohnen, sondern ein Teil ihres Ökosystems sind. Wir gehören dazu und sie gibt uns alles, was wir brauchen. Und wenn wir in Maßen davon nehmen, schaden wir ihr nicht, sondern helfen sogar, unseren Beitrag zu leisten. Es gab Zeiten, da wussten die Menschen das.«

Addy betrachtete das angebissene Brot in ihrer Hand. Sie hatte Hunger, aber keinen großen Appetit. Den hatte sie schon lange nicht mehr und sie bereute, an jenem Morgen nicht mit ihrer Mum gefrühstückt zu haben. Es wäre ihre letzte Gelegenheit gewesen, Zeit mit ihr zu verbringen und so zu tun, als wäre die Welt noch in Ordnung. Dabei hatte sie damals insgeheim geahnt, dass etwas Schlimmes passieren würde. Bloß hatte sie dieses Gefühl ignoriert.

»Wir hören nicht mehr auf unsere Instinkte«, murmelte sie nachdenklich. »Das meintest du doch, oder? Wir haben aufgehört, auf unsere Instinkte zu vertrauen, und sie durch Regeln ersetzt, an die wir uns nicht halten.«

Skye nickte. »Genau das. Regeln der Gesellschaft, der Wirtschaft, der Industrie. Wir haben uns der Macht des Geldes gebeugt, dabei ist Geld nur eine Fiktion. Das Leben ist es, worauf es ankommt.« Sie lächelte Addy an. »Dein Freund Casimir hat uns einiges erzählt. Von der Sache mit Elekreen, der Natur und den fünf Sphären. Ich wusste ja, dass es mehr zwischen Himmel und Erde gibt, als wir ahnen, aber das zu erfahren, war wirklich sehr … erschreckend.«

»Du hast gleich erkannt, wer er ist«, sagte Addy nachdenklich. »Ich hätte nicht geglaubt, dass ich mal auf einen Menschen treffe, der sieht, was ich sehe.«

Skye schüttelte den Kopf. »Ich habe nicht wirklich etwas gesehen. Es ist mehr so, dass ich die Aura spüren kann, die alle Lebewesen umgibt. Deine Aura zum Beispiel ist violett mit etwas Rot darin. Du bist mutig, hast Visionen, die du auch verfolgst, bist intuitiv und kreativ. Aber da ist auch etwas Klares an den Farben, die dich umgeben, etwas Weiß, das sicher auf deine Verbindung zu den Meliad hinweist. Es erklärt, warum du sie erkennen kannst.«

Vor einer Woche hätte Addy das alles noch als Unsinn abgetan. Sie glaubte nicht an Esoterik und all diese Dinge, die nicht wirklich greifbar und zu beweisen waren. Aber nach allem, was sie gesehen und erlebt hatte, hielt sie mittlerweile nichts mehr für unmöglich.

»Casimirs Aura ist von reinem Weiß«, fuhr Skye fort. »Sie ist kristallklar wie die Aura der Pflanzen um uns herum. Bevor unser Kontakt zur Außenwelt abbrach, haben wir von unseren Mitstreitern aus aller Welt Berichte über übernatürliche Wesen erhalten. Wirklich glauben konnten wir es nicht, aber so etwas wie die Aura deines Freundes habe ich bei einem Menschen noch nie gesehen. Es gibt immer Farbeinschläge, in die eine oder andere Richtung.«

»Und Carsons Aura?«

»Wer?«

»Ben«, korrigierte Addy sich.

»Oh, das ist schwer zu sagen. Er war ja geschwächt und seine Aura war es auch. Sie wirkte erst klar, aber nachdem es ihm besser ging, merkte ich nichts mehr davon. Jetzt ist sie orange und genau wie bei dir etwas rot. Ich denke, ihr beide versteht euch ganz gut, nicht wahr?«

Addy zupfte an dem Brot in ihrer Hand, löste Krumen davon und drehte sie zwischen ihren Fingern. In einem anderen Leben vielleicht, da hätten Ben und sie sich gut verstanden, aber es schien, dass ihnen das nicht vergönnt sein sollte.

»Ich finde deine Fähigkeiten faszinierend«, sagte sie und schenkte Skye ein Lächeln. »Du bist wirklich begabt.«

Skye schüttelte den Kopf. »Es ist nichts, was nicht jedem anderen auch offensteht. Wir Menschen besitzen unsere Instinkte noch. Wir haben sie über die letzten Jahrhunderte nur vernachlässigt. Wir könnten einander und unsere Welt viel besser verstehen, wenn wir uns davor nicht länger verschließen würden.«

Es wurde immer kälter und Addy fragte sich, wie viel Zeit ihnen noch blieb, bis so viele Ignis gestorben waren, dass die Welt von Eis bedeckt war. Darüber, dass es vielleicht gar nicht erst so weit gekommen wäre, hätte sie das Kraftwerk nur ein paar Sekunden früher abgestellt, wollte sie gar nicht erst nachdenken.

Sie machte sich auf den Weg zurück zum Zelt, wo sie sich eine wärmende Decke holen wollte, und kam an den Männern und Frauen vorbei, die Lehm anrührten, um Steine zu formen. Eine andere Gruppe baute daraus Öfen. Und das alles nur mit dem, was die Natur ihnen bot. Addy wurde langsamer und beobachtete sie fasziniert. Erst als sie bemerkte, dass unter ihnen auch Ben war, lief sie eilig weiter.

Sie war noch nicht bereit, mit ihm zu reden, auch wenn sie wusste, dass die Zeit gegen sie arbeitete.

»Ah, noch eine helfende Hand!«, sagte einer der Männer, gerade als sie geglaubt hatte, unbehelligt davonzukommen. Wie vom Donner gerührt, blieb sie stehen und wandte sich nur langsam um. Die Arbeiter sahen zu ihr auf und auch Ben hatte sie bemerkt.

»Oh, ich …«, begann Addy, machte einen Schritt rückwärts und suchte nach einer Ausrede.

»Komm schon«, forderte Ben sie auf. »Ich zeige dir, wie das geht.«

Widerwillig ging sie zu ihm. Er kniete vor einem Erdloch, in das andere Leute Wasser einfüllten. Die Ärmel hatte er sich bis zu den Ellbogen hochgekrempelt und vermischte mit bloßen Händen Sand und Wasser zu Lehm.

»Es ist wie Teigkneten«, erklärte er.

Addy ging ihm gegenüber in die Hocke. Er lächelte fröhlich, geradezu ausgelassen und strich sich mit der lehmverschmierten Hand über die Stirn, sodass ein grauer Streifen zurückblieb. Dass er bald schon nicht mehr sein würde, dass sein Schicksal in den Händen eines Meliad lag, dem Menschen nicht gleichgültiger sein konnten, ließ sie einfach nicht los. Das konnte doch nicht der richtige Weg sein.

»Aber Vorsicht«, meinte Ben. »Es ist ziemlich kalt.«

Einer der Männer seufzte. »Und wenn es noch kälter wird, gefriert die Erde. Dann war's das mit den Lehmsteinen.«

»Gib mir deine Hände«, bat Ben und streckte ihr seine entgegen. Zögerlich griff sie zu. Sein Lächeln wurde breiter. Trotz des kalten Lehms waren seine Finger warm und legten sich fest um ihre.

Sie konnte das einfach nicht. Sie konnte ihn nicht ansehen und die Wahrheit für sich behalten. »Es tut mir leid.«

Ben legte die Stirn in Falten. »Was sollte dir leidtun?«

Eilig zog sie ihre Hände weg. »Ich muss dir etwas sagen.«

»Geht es um unser Gespräch von gestern?«

Addy nickte und Ben wurde sofort ernst. Er wischte sich den Lehm grob an der Hose ab und deutete in Richtung Wald. Sie nickte und folgte ihm, als er aufstand und vorausging.

Es kam ihr vor, als würde sie jeder Schritt, den sie tat, ein weiteres Stück von Casimir entfremden. Sie fühlte sich wie eine Verräterin, wusste aber, dass sie es sich nie verzeihen würde, Ben die Wahrheit verschwiegen zu haben.

Abseits der Lichtung, zwischen den Bäumen, blieb er stehen und wandte sich ihr zu. »Schieß los. Und sei ruhig schonungslos. Ich verkrafte das schon. Was habe ich angestellt, von dem ich nichts mehr weiß?«

Addy schüttelte den Kopf. »Nichts. Es ist … hat man dir erzählt, was wirklich passiert ist?«

»Du meinst die Sache mit den Naturgeistern? Ja, hat man. Aber ganz ehrlich, ich halte zwar viel von diesen Leuten hier, aber ein bisschen verklärt sind die schon, oder? Ein paar von den Dingen, die sie erzählt haben, scheinen mir ziemlich weit hergeholt.«

»Aber es ist wahr«, sagte Addy und nahm all ihren Mut zusammen. »Und einer von diesen Naturgeistern steckt in deinem Körper.«

Das Lächeln auf seinen Lippen gefror. Addy erwartete, dass er es abstreiten und sie für verrückt erklären würde, doch nichts dergleichen geschah. Sie fühlte sich auch nicht erleichtert, nachdem sie es ausgesprochen hatte. Ganz im Gegenteil.

»Das erklärt einiges«, sagte er nachdenklich und wandte sich von ihr ab.

»Es tut mir leid. Ich wusste nicht, dass du noch am Leben bist, sonst hätte ich von ihm verlangt, dich freizulassen.«

Ben nickte, sagte aber nichts dazu.

»Ben?« Vorsichtig legte sie ihm eine Hand auf den Arm.

»Also war er das?«, fragte er, ohne sie anzusehen. »Das mit meinen Narben. Er ist nicht gerade zimperlich mit meinem Körper umgegangen.«

»Ich weiß …«

»Aber das war noch nicht alles, oder?« Ben wandte sich nun doch wieder zu ihr um. Etwas Trauriges lag in seinen Augen. Etwas, das ihn ganz anders wirken ließ als bisher. »Du hast nicht gesagt, dass er in mir gesteckt hat, sondern dass er in mir *steckt.*«

Addy öffnete den Mund, fand aber nicht die richtigen Worte. Ein Kloß steckte ihr im Hals und schnürte ihr die Kehle zu.

»Schau nicht so traurig. Sag es mir einfach. Ich muss es aus deinem Mund hören.«

»Er … er ist geschwächt«, erklärte sie. »Deswegen hat er die Kontrolle über dich verloren. Aber er wird sich erholen.«

»Und dann verschwinde ich?«

Addy nickte. Sie hätte weinen können, so sehr zerriss es sie, Ben das sagen zu müssen. Sollte sie ihm raten zu kämpfen? Sich zu wehren? Wenn sie das tat, gab sie ihm den Dolch in die Hand, mit dem er Carson töten konnte. Dann machte sie sich wirklich schuldig. Aber war sie das nicht ebenso, wenn sie ihm die Möglichkeit verweigerte, sich zu verteidigen?

»Das heißt nicht, dass er dich gar nicht mehr freigibt. Aber …«

»Ihr könnt ihn nicht dazu zwingen …«, ergänzte Ben und sah zu Boden. Er schob sich die Hände in die Hosentaschen, erinnerte sich daran, dass sie noch voller Lehm waren, grummelte und zog sie wieder hervor.

Abwesend begann er, sich den Dreck von den Fingern zu reiben, bis seine Haut gerötet war, Addy ihre Hand auf seine legte und ihn damit unterbrach.

»Ich konnte dir die Wahrheit nicht verschweigen«, sagte sie.

»Du kannst versuchen, die Kontrolle zu behalten. Aber wenn du ihn bekämpfst, könnte das vielleicht bedeuten, dass er stirbt. Und das hat er nicht verdient.«

»Und ich habe verdient, was er mir antut?«, fragte Ben aufgebracht.

»Nein, das auch nicht. Ich wollte nur, dass du verstehst …«

»Schon verstanden«, unterbrach er sie.

»Wir finden eine andere Lösung«, versprach Addy. »Sollte er die Kontrolle zurückgewinnen, finden wir einen Weg, ihn zu zwingen, sich einen anderen Körper zu suchen.«

»Und wie wollt ihr das anstellen?«

»Ich … ich weiß es nicht«, gestand sie ein.

»Wie lange habe ich noch?«

Addy schüttelte nur den Kopf.

Ben löste sich von ihr, presste die Lippen zusammen und schnaubte wutentbrannt. Er kickte einen Tannenzapfen weg und ließ seinen Blick durch den Wald schweifen.

»Ich hatte Pläne«, sagte er schließlich. »Ich wollte ein paar Tage verstreichen lassen und dich dann fragen, ob wir beide, du weißt schon … weil ich dich mag. Irgendwie. Ich hatte mir ausgemalt, wie wir ein Schneepicknick veranstalten. Mit Kerzen und dem ganzen Romantikkram. So schnell, wie es kälter wird, kann es ja nicht mehr lange dauern, bis hier alles zu einem Winterwunderland geworden ist. Aber wahrscheinlich habe ich gar nicht mehr so viel Zeit, oder?«

»Das wissen wir nicht«, antwortete sie mit rauer Stimme. Ein Lächeln huschte ihr über die Lippen bei dem Gedanken an das, was er für sie geplant hatte. Sie hätte gar nicht damit gerechnet, dass so etwas in ihm steckte.

»Na ja, wenn mir jetzt die Zeit davonläuft, sollte ich vielleicht alles auf eine Karte setzen.«

Noch bevor Addy realisieren konnte, worauf er hinauswollte, war er nah an sie herangetreten. Sie hätte zurückweichen können, tat es aber nicht.

Er legte seine Hand an ihre Wange, strich ihr das Haar hinters Ohr und kam ihr so nah, dass sie den süß-salzigen Geruch seiner Haut wahrnehmen konnte. Mit einem Lächeln beugte er sich vor, legte seine Lippen sanft auf ihre und umfasste ihr Gesicht mit beiden Händen.

Addy war wie erstarrt. Sie ließ es zu, wehrte sich nicht gegen ihn und wusste nicht, ob sie das aus Mitleid oder Zuneigung tat.

Er drängte sie gegen einen Baum. Seine Hand wanderte über ihren Körper, bis hin zu ihrer Hüfte und erst, als sie langsam unter ihren Pullover glitt, löste Addy sich von ihm und wandte den Kopf von ihm weg.

»Tut mir leid«, hauchte er ihr atemlos ins Ohr. »Das ging zu schnell, ich weiß.«

Sie antwortete nicht, versuchte noch zu verstehen, was gerade geschehen war und warum sie nichts dagegen getan hatte, als sie eine Gestalt am Rande der Lichtung wahrnahm. Jemand beobachtete sie. Erst jetzt bemerkte sie den Geruch nach Energie. Als wäre die Luft elektrisch aufgeladen.

»Casimir«, stieß sie erschrocken aus und drängte Ben von sich. Wie hatte sie es bloß so weit kommen lassen können?

Ben fuhr sich mit der Hand durchs Haar und lächelte sie schief an. »Ich hätte fragen sollen.«

»Nein, ich …«, stotterte sie. »Es ist … ich muss weg.«

Sie musste es Casimir erklären, musste ihm sagen, dass das nichts zu bedeuten hatte, doch als sie zur Lichtung laufen wollte, hielt Ben sie fest.

»Ben, ich …« Sie wandte sich ihm zu und erstarrte, als sie goldene Blitze in seinen Augen zucken sah.

»Carson!«

Carson grinste verstohlen. »Du schmeckst gut. Irgendwie nach Haselnuss.«

Addy riss sich von ihm los. War er es gewesen, der sie geküsst hatte, oder hatte Ben da noch die Kontrolle gehabt? Wie lange hing der süßliche Geruch der Meliad schon in der Luft, ohne dass sie es im Chaos ihrer aufgewühlten Gefühle bemerkt hatte?

Ihr wurde übel bei dem Gedanken daran, dass Carson sie die ganze Zeit an der Nase herumgeführt haben könnte.

Sie stolperte von ihm weg und stieß gegen jemanden in ihrem Rücken. Hände legten sich an ihre Oberarme, und als sie den Kopf umwandte, erkannte sie Casimir.

»Du hast dich also wieder erholt«, stellte er fest und blickte dabei zu Carson.

»Casimir …«, begann Addy und löste sich von ihm.

»Du hast es Ben erzählt, oder?«, fiel er ihr ins Wort.

»Er musste es erfahren«, erklärte sie und versuchte, in seiner Mimik zu lesen. Doch seine Züge waren wie aus Stein geschlagen. Sie konnte darin nicht erkennen, ob er wegen dem Kuss oder ihrem Verrat wütend war oder ob ihn beides gar nicht berührte.

»Wenn du mich vorgewarnt hättest, wenn du gestern nicht einfach davongelaufen wärst, dann hätte ich dir gesagt, dass Carson alles mitbekommen könnte und sich die Kontrolle vielleicht zurückholt, sollte er sich bedroht fühlen und bis dahin stark genug sein.«

Addys Herz machte einen Satz. Erschrocken sah sie zu Carson, der amüsiert schmunzelte und nur mit den Schultern zuckte.

Sie hatte zu lange gewartet. Hätte sie es Ben doch früher gesagt! Gleich zu Anfang, bevor ihr klar geworden war, welche

Bürde sie damit trug, die Wahrheit zu kennen und nicht zu wissen, ob sie sie für sich behalten sollte oder nicht.

»Was hätte ich auch sonst tun sollen?«, fragte Carson. »Zulassen, dass dieser Kerl gegen mich ankämpft? Wenn ich nicht wäre, hätte es ihn längst erwischt und jetzt soll er mich einfach vertreiben dürfen?«

»Aber Ben lebt und es ist sein Körper. Du hast kein Recht dazu, ihn zu kontrollieren!«, warf Addy ein.

»Hörst du mir nicht zu?« Carson lachte höhnisch. »Ich bin der Grund, aus dem er noch am Leben ist. Ich habe alles Recht dazu.«

»Ganz sicher nicht!«

»Sie haben beide ein Recht auf Leben«, mischte sich Casimir ein.

»Aber nicht beide ein Recht auf diesen Körper«, beharrte Addy.

»Du magst ihn, nicht wahr?«, fragte Casimir.

Addys Herz begann, schneller zu schlagen. Sie wünschte sich, er hätte nicht mit angesehen, was zwischen ihr und Ben passiert war. Sie hatte das gar nicht gewollt. Und doch hatte sie es nicht verhindert.

Alles, was sie in diesem Moment sagen wollte, war Nein. Sie mochte nicht Ben, sondern ihn – Casimir. Doch die Art, wie er diese Frage gestellt hatte, tat weh. Weil da kein Gefühl in seinen Worten lag. Als würde es ihn nicht berühren. Und er hatte es ja selbst gesagt: Er war kein Mensch und das, was sie fühlte, war ihm fremd. Deshalb brachte sie es nicht über sich, ihm zu gestehen, was in ihr vorging.

»Nein, ich … das hat damit nichts zu tun.«

»Es ist nur menschlich«, erklärte Carson. »Ihre Gefühle für ihn blenden sie. Sie hätte mich einfach geopfert, wenn es nach ihr gegangen wäre.«

»Nein, das stimmt so nicht!«, entgegnete sie und sah zu Casimir. Nichts an ihm wies darauf hin, dass er ihr glaubte. Noch immer kam er ihr unterkühlt und abgeklärt vor. Aber sollte sie das denn wundern? Sie hatte nicht nur bewiesen, dass sie Carson für Ben opfern würde, sie hatte sich auch von ihm küssen lassen. »Ich habe Ben gesagt, dass er Carson nicht bekämpfen soll und dass wir versuchen …«

»… mich aus seinem Körper zu vertreiben«, ergänzte Carson. »Mit allen Mitteln.«

»Du verdrehst mir die Worte im Mund!«

Carson kräuselte die Lippen. »Vielleicht sollte ich mir wirklich einen anderen Körper suchen, wenn ihr dieser Ben so wichtig ist. Sie scheint aufrichtige Gefühle für ihn zu haben.«

»Das stimmt nicht!«, schrie sie und ihre Hände ballten sich zu Fäusten.

Carson achtete gar nicht auf sie. »Du kannst das nicht verstehen, Casimir. Weil du in einem toten Körper steckst. Menschliche Gefühle müssen sehr verwirrend für dich sein. Das weißt du doch, Addy, oder? Du wirst doch wohl nicht verdrängt haben, dass er genauso wenig ein Mensch ist wie ich?«

»Wieso tust du das?«, fragte sie mit zittriger Stimme. »Das zwischen mir und Ben, das ist … es bedeutet nicht, dass …«

»Es ist schon gut«, versicherte Casimir mit ruhiger Stimme. »Du musst deine Gefühle nicht erklären und dich dafür auch nicht entschuldigen. Es ist, wie es ist.«

»Aber …«

»Aber was?«, fiel Carson ihr ins Wort. »Ich habe doch gesagt, ich suche mir einen geeigneteren Körper, wenn sich die Gelegenheit dazu bietet. Soll ich ihn dir jetzt also nicht zurückgeben?«

»Doch! Ich meine, nein, du sollst ihn nicht *mir* zurückgeben.«

»Versteh einer die Menschen«, seufzte Carson und zwinkerte ihr daraufhin zu. »Dafür, dass du nichts für ihn empfindest, war das aber ein ziemlich langer Kuss.«

Casimir sah zu Addy. Nicht einmal seine Mundwinkel zuckten. Es war wie am Tag ihrer ersten Begegnung, als er noch wirkte wie eine Puppe, ohne jedes Gefühl in sich. Berührte es ihn wirklich nicht? Ihr war, als würde ihr Herz bei diesem Gedanken zerspringen. Alles, was sie geglaubt hatte, zwischen sich und ihm zu spüren, schien mit einem Mal wie ein dumpfer Traum, der ihr langsam entglitt. Sie hatte Gefühle für jemanden entwickelt, der selbst gar keine empfinden konnte.

»Gut, dann ist ja alles geklärt«, meinte Carson und machte sich auf den Weg zurück zum Lager. »Kommst du?«

Casimir reagierte nicht sofort. Sein Blick lag noch immer auf Addy und ein Lächeln schlich sich auf seine Lippen. Für den Bruchteil einer Sekunde dachte sie, es wäre dasselbe warme Lächeln, das sie von ihm kannte und von dem sie glaubte, es wäre nur für sie bestimmt. Doch das war es nicht. Es war kühl und distanziert.

Was auch immer zwischen ihnen gewesen war – falls es da je etwas gegeben hatte –, es war zu Bruch gegangen und daran zerbrach auch sie.

Addy öffnete den Mund. Alles in ihr drängte darauf, ihm zu sagen, dass der Kuss nichts bedeutet hatte. Doch sie schwieg. Sosehr es auch schmerzte, wusste sie, dass es das Richtige war loszulassen, was von Anfang an keine Zukunft gehabt hatte. Je länger sie damit wartete, das zu akzeptieren, desto mehr würde es sie verletzen.

Sie löste sich von seinem Anblick, sah zu Boden und biss sich auf die Lippe. Tränen füllten ihre Augen, während Casimir sich zum Gehen wandte. Sie konnte nichts dagegen tun. Es tat einfach weh, auch wenn sie wusste, dass es für sie beide das Beste war.

Immer wieder sagte sie sich das. Casimir war kein Mensch, er konnte nicht so fühlen wie sie. Und trotz dieser Tatsache wurde Addy immer unruhiger. Sie wollte ihn nicht verlieren und konnte das Gefühl, gerade einen unglaublich großen Fehler zu begehen, einfach nicht abschütteln.

Ohne weiter nachzudenken, riss sie den Kopf hoch und öffnete den Mund, um ihm etwas hinterherzurufen. Doch da hatte er bereits zu Carson aufgeschlossen, der ihm den Arm auf die Schulter legte und etwas ins Ohr flüsterte.

Die Worte blieben Addy im Halse stecken, als Carson ihr dabei einen Blick über seine Schulter hinweg zuwarf. Die goldenen Blitze in seinen Augen zuckten gefährlich und er grinste hämisch.

Hatte er mit voller Absicht einen Keil zwischen sie und Casimir getrieben? Und sie hatte ihm in die Hände gespielt, indem sie Casimirs Vertrauen missbraucht hatte? Sie musste das wieder geraderücken! Irgendwie musste es ihr gelingen.

Ein Knacksen im Wald hinter ihr ließ sie aufhorchen und lenkte sie kurz ab. Sie sah sich um, konnte aber nichts erkennen. Es war so kalt geworden, dass ihr schauderte. Sie hauchte sich warmen Atem in die hohlen Handflächen und wollte Casimir folgen, als sie wieder etwas hörte. Ob das wieder die Belial waren?

Trockenes Laub raschelte, als würde jemand hindurchwaten, und leise Stimmen waren zu hören. Nein, das waren keine Belial. Es war Sarah, die da sprach. Aber was tat sie so tief im Wald, wo sie doch wusste, wie gefährlich das sein konnte?

Addy folgte den Geräuschen und fand Sarah nicht weit entfernt zwischen einer Baumgruppe. In ihrer Hand hielt sie ein

Funkgerät. Unwillkürlich griff Addy sich an den Gürtel, wo sie es am Tag zuvor noch bei sich getragen hatte.

War Sarah deswegen so gut drauf gewesen? Sie musste ihr in der Nacht das Funkgerät geklaut und Kontakt zu Elekreen aufgenommen haben. Noch bevor Addy diesen Gedanken verarbeitet hatte, trat eine Gruppe Soldaten aus dem Dickicht. Sie hielt vor Schreck die Luft an, ging in die Knie und versteckte sich hinter einem Baum.

»Sarah Bennet?«, fragte einer der Männer.

»Ja, danke, dass Sie gekommen sind«, sagte Sarah erleichtert.

Während Addys Gedanken sich überschlugen und sie versuchte, Sarahs Verrat zu verstehen, spürte sie plötzlich etwas Kaltes an ihrem Hinterkopf. Ihr Herz begann zu rasen und Panik übernahm ihr Denken. Vorsichtig drehte sie sich um und blickte in den Lauf einer Pistole.

»Aufstehen!«, verlangte der Soldat von ihr.

Jennifer Alice Jager

Terra

Band 1
978-3-401-60492-3

Band 2
978-3-401-60493-0

Band 4
978-3-401-60501-2

Band 3, 978-3-401-60494-7

Collapse

Chaos regiert die Welt, Terras verheerende Naturkatastrophen haben Millionen von Menschen in den Tod geschickt und die Überlebenden sind längst nicht sicher. In Tokio gibt es nur einen Menschen, der die Zerstörungswut der Erdmutter überstanden hat. Doch Ayumi weiß, dass ihr noch etwas viel Schlimmeres bevorsteht als die Vernichtung rings um sie herum. Denn in einer Vision wird ihr klar, was Terra Mater vorhat. Und so bleibt ihr nur eines: Ayumi muss ihre Angst überwinden und zusammen mit den Naturgeistern versuchen, das Elekreen-Kraftwerk abzuschalten. Nur sie, Liam, Addy und Younes können den Untergang der Menschheit noch verhindern.

Arena

Jeder Band:
Auch als E-Book erhältlich
www.arena-verlag.de

Jennifer Alice Jager

Windborn

Erbin von Asche und Sturm

Als die Skar kamen, nahmen sie den Menschen alles. Seither ist die Erde von Sand bedeckt und Wasser schwer zu finden. Ashara, Wolkenstürmerin und somit Gebieterin über den Wind, kämpft jeden Tag ums Überleben. Auf der Flucht vor den Skar, die es auf Elementwandler wie sie abgesehen haben, läuft Ashara dem unnahbaren Kiyan in die Arme. Trotz anfänglichen Misstrauens kommen sich die beiden näher und Ashara erkennt, dass Kiyan der Retter der Menschheit sein könnte. Denn die Tyrannen haben einen Fehler begangen. Einen Fehler, durch den sie sich ihren größten Feind selbst schufen. Als Kiyan in die Fänge der Skar gerät, muss Ashara handeln. Ist sie bereit, die zerstörerische Kraft des Sturms in sich zu entfesseln, um Kiyan zu befreien und die Skar zu besiegen?